Asesinato suicida

Asesinato suicida

Keith Ablow

Traducción de
Escarlata Guillén

Rocaeditorial

Título original: *Murder Suicide*
© Keith Ablow, 2004
First published in July 2004, St. Martin's Press, New York

Primera edición: febrero de 2006

© de la traducción: Escarlata Guillén
© de esta edición: Roca Editorial de Libros, S.L.
Marquès de l'Argentera, 17. Pral. 1.ª
08003 Barcelona
correo@rocaeditorial.com
www.rocaeditorial.com

Impreso por Puresa, S.A.
Girona, 206
Sabadell (Barcelona)

ISBN: 84-96544-13-3
Depósito legal: B. 584-2006

Para Karen Ablow

Pero cuando el yo le habla al yo, ¿quién habla?... el alma sepultada, el espíritu conducido a, a, a la catacumba central; el yo que tomó el velo y abandonó el mundo... un cobarde quizá, pero hermoso en cierto modo mientras se desliza incesantemente con su farolillo arriba y abajo por los oscuros pasillos.

Una novela no escrita,
VIRGINIA WOOLF

Prólogo

12 de enero de 2004, 4:40 h

La sombra de la noche aún se aferraba a la mañana helada de Boston, y el silencio tan sólo quedó roto por los sonidos secos, limpios, de la guía de una pistola Glock deslizándose hacia atrás, y una bala de 9 mm salió del cargador, ajustándose en la cámara.

John Snow, de cincuenta años, profesor del Instituto Tecnológico de Massachusetts, genio inventor, se encontraba en un callejón entre los edificios Blake y Ellison del Hospital General de Massachusetts, que desembocaba en Francis Street. Estaba programado que se sometiera a una operación experimental de neurocirugía al cabo de una hora, una intervención que alteraría su vida de forma radical.

Miró la pistola que le apuntaba al pecho. El miedo le aceleraba el pulso, pero era un miedo distante, como el que siente un testigo del asesinato de otro hombre. Se preguntó si era porque ya se había despedido de las personas a las que quería, o había querido alguna vez.

—Eres incapaz de hacerlo —dijo con la voz temblorosa y las palabras alejándose en bocanadas de los edificios.

De nuevo, silencio. Empezó a caer una llovizna gélida. La pistola temblaba ligeramente.

—Si alguna vez quieres ser más de lo que eres, tienes que ser capaz de reinventarte.

La pistola dejó de moverse.

Oyó pasos a lo lejos. Miró el callejón; una débil esperanza animó su apesadumbrado corazón.

El cañón de la pistola tocó su pecho, justo por debajo del esternón.

Lo cogió con la mano enguantada.

El cañón presionó su cuerpo con más fuerza.

Los pasos se acercaban.

—No puedes aferrarte al pasado —logró decir con los dientes apretados.

El gatillo comenzó a moverse.

Cayó de rodillas y alzó la vista a la oscuridad; no podía hablar, su mente buscaba consuelo en las palabras que le habían alentado durante su odisea médica, palabras del *Bhagavad Gita*, el texto sagrado hindú que inspiró a Thoreau y a Gandhi:

12

> Para el que nace la muerte es segura,
> Y para el que muere seguro es el nacer;
> Por ello ante lo inevitable no ayuda
> El lamentar sobre lo que siempre fue.

La pistola se apartó unos centímetros de su pecho.

Logró esbozar una sonrisa forzada.

El gatillo empezó a moverse, de nuevo.

Sintió el dolor antes de oír la detonación, un dolor que estaba más allá de todo lo que había conocido o imaginado en su vida, un rayo que lo atravesaba, quemándole el pecho, los brazos y las piernas y las ingles y la cabeza, así que apenas vio y sin duda no notó que la sangre le empapaba la camisa y las manos y corría entre sus dedos hasta el suelo. Era un dolor que borraba todo lo que se encontraba a su paso, por lo que, al cabo de unos momentos, pareció que era demasiado intenso como para que su cuerpo pudiera soportarlo; después, demasiado intenso como para que su mente pudiera soportarlo. Y luego fue como si ya no le perteneciera. Y luego dejó de existir del todo. Se había librado de él, y de todo su sufrimiento, y de todo el mundo, tal como había pretendido.

1

Sin perder un segundo, los auxiliares médicos entraron a John Snow en las urgencias del Mass General a las 4:45, inconsciente y con respiración superficial. Ya habían llamado por radio para informar de que Snow era víctima de una herida de bala en el pecho que él mismo se había infligido. El neurocirujano de Snow, J. T. *Jet* Heller, de treinta y nueve años, fue uno de los seis doctores y cinco enfermeras que respondieron al código rojo.

Un interno llamado Peter Stratton había oído el disparo cuando se marchaba a casa tras una noche de guardia y había llamado al 911 desde el móvil. La policía respondió y encontró a Snow desplomado en el callejón, en un charco de sangre. Tenía los brazos y las piernas pegados al pecho, en posición fetal. Una bolsa de viaje negra de piel y una pistola Glock de nueve milímetros descansaban sobre el asfalto junto a él.

Se estabilizó a Snow sobre el terreno, pero entró en urgencias con electrocardiograma plano. El equipo consiguió recuperar sus constantes vitales tres veces, pero su pulso no aguantó más de unos pocos segundos.

Fue Heller quien dio los pasos heroicos, comenzando por una pericardiocentesis. El músculo del corazón está rodeado por una resistente bolsa membranosa llamada pericardio, que lo envuelve como un guante de látex. Pero puede producirse una formación de líquido (un derrame pericárdico) entre el músculo y la membrana, lo que provoca que el pericardio se hinche como un globo de agua, presione el corazón e impida que éste bombee la sangre. Así que cuando el corazón de Snow no respondió a nada más, Heller insertó una aguja hipodérmica de quince centímetros por debajo del esternón de Snow y la guió hasta el corazón en un ángulo de treinta grados, con el objetivo de perforar el pericardio, extraer la sangre acumulada y desatascar el ventrículo izquierdo para que pudiera realizar su trabajo. Lo intentó siete veces, pero cada vez que retiraba la jeringuilla, sólo sacaba aire.

Hacía un minuto que Snow presentaba electrocardiograma plano.

—¿Lo dejamos? —preguntó una enfermera.

Heller se apartó de la cara el pelo rubio y largo. Se quedó mirando a Snow.

—Dame una jeringuilla de epi —dijo.

La epinefrina es un estimulante cardíaco que a veces se administra por vía intravenosa a pacientes con paro cardíaco. Nadie se movió para ir a buscarla. Sabían que J. T. Heller tenía en mente algo mucho más invasivo que un intravenoso, y sabían que era inútil. Tanto si la bala había agujereado el corazón de Snow como si le había seccionado la aorta, la herida era mortal.

—Lo hemos perdido, Jet —dijo Aaron Kaplan, otro de los médicos—. Sé que es paciente tuyo, pero...

—Dame la epi —dijo Heller, con sus ojos azul zafiro clavados todavía en Snow.

Los miembros del equipo se miraron.

Heller se abrió paso entre los demás hacia el carro de emergencias, revolvió entre el material y encontró una jeringuilla con epinefrina. Volvió junto a Snow, sacó un chorrito de epi, le clavó la aguja debajo del esternón y vació los diez centilitros directamente en el ventrículo izquierdo. Miró el monitor.

—¡Late, cabrón!

Siguió mirando cinco, diez, veinte segundos. Pero sólo había esa línea plana, ese terrible zumbido.

Entonces Heller dio el último paso. Cogió un bisturí de la bandeja y, sin dudarlo, realizó una incisión transversal de quince centímetros debajo del esternón, introdujo la mano en el pecho de Snow, agarró el corazón e inició el masaje cardíaco interno, apretando y soltando rítmicamente las gruesas paredes cardíacas del músculo, intentando arrancar manualmente el corazón.

—Por el amor de Dios, Jet —susurró otro médico—, está muerto.

Heller siguió incluso con más energía.

—No me hagas esto —mascullaba sin cesar—. No me hagas esto. —Pero no sirvió de nada. Cada vez que Heller dejaba de apretar, el electro de Snow mostraba de nuevo una línea plana.

Al final, Heller sacó la mano con el guante ensangrentado del pecho de Snow. Y al hacerlo, Snow comenzó a agarrotarse, todo su cuerpo tembló como un pez fuera del agua, le castañetearon los dientes, los ojos se le pusieron en blanco. El ataque duró sólo medio minuto. Entonces, Snow se quedó absolutamente quieto, la mirada vacía fija en el techo.

Heller se apartó de la camilla. Estaba empapado en sudor y sangre. Miró a Snow y meneó la cabeza, como aturdido.

—Cobarde —dijo—. Eres... —Miró a los demás—. Se acabó. —Echó un vistazo al reloj de la pared—. Hora de la muerte, 5:17.

17

2

8:35 h

Grace Baxter, propietaria de una elegante galería de arte en Newbury Street, esposa de George Reese, fundador y presidente del Beacon Street Bank & Trust, se abrazó para dejar de temblar. Su internista llevaba un año tratándola con Zoloft y Ambien y un poco de Klonopin, pero ésta era su primera hora de psicoterapia y, muy posiblemente, la primera vez que alguien la escuchaba, que la escuchaba de verdad, durante casi una hora.

—Siento derrumbarme así —susurró—. Pero los medicamentos no me hacen efecto. No quiero levantarme por la mañana. No quiero ir a trabajar. No quiero irme a la cama con mi marido por la noche. No quiero esta vida.

El doctor Frank Clevenger, de cuarenta y ocho años de edad, miró por la ventana de su consulta situada frente al muelle de Chelsea la hilera de coches que cruzaba la estructura de acero del puente Tobin y se adentraba en Boston. Se preguntó cuántas personas de las que iban en esos coches realmente querrían ir a donde iban. ¿Cuántas de ellas tenían el lujo de acabar en algún lugar donde expresar algo auténtico sobre sí mismas o, como mínimo, algo que no les hiciera sentir que eran un fraude, que llevaban un disfraz? ¿Cuántas volverían a casas en las que deseaban vivir?

—¿Está pensando en hacerse daño, Grace? —le preguntó con delicadeza, inspeccionándola.

—Sólo quiero no sentir más dolor. —Se balanceó en la silla—. Y no quiero hacer daño a nadie nunca más.

Los sentimientos de culpa irracionales eran una de las marcas de una depresión grave. Algunos pacientes incluso llegaban a creer que eran responsables del Holocausto o de todo el sufrimiento del mundo.

—¿Hacer daño en qué sentido? —le preguntó Clevenger.

Grace bajó la vista.

—Soy mala persona. Una persona horrible de verdad.

Clevenger vio que las lágrimas comenzaban a resbalar por sus mejillas. Tenía treinta y ocho años y aún era bellísima, pero su pelo caoba ondulado, los ojos verde esmeralda y la nariz y los pómulos perfectos indicaban que su belleza había sido de otro mundo a los veintiséis, cuando se casó con George Reese, catorce años mayor que ella y ya entonces extraordinariamente rico. Sólo ahora, cuando su aspecto físico comenzaba a decaer, se enfrentaba al hecho de que no amaba a su marido ni su trabajo ni su estilo de vida: ni los coches caros ni el jet privado ni la mansión de Beacon Hill o las casas de vacaciones en Nantucket y Aspen. Comenzaba a sospechar que la belleza y el dinero la habían alejado mucho de su yo verdadero y que no sabía cómo recuperarlo o si quedaría siquiera algo de ella si alguna vez lo recuperaba.

—A veces es inevitable hacer daño a otras personas, Grace —dijo Clevenger—. Si se está decidido a ser una persona completa.

Baxter juntó las manos sobre su regazo.

—Cuando me casé con él, me dejó mantener mi apellido. Se suponía que era el símbolo de que ninguno era dueño del otro. —Sus dedos tiraron de las tres pulseras de diamantes que llevaba en una muñeca. Con el pulgar, frotó la esfera del Rolex de oro y diamantes que llevaba en la otra—. Odio estas cosas —dijo—. Me las regaló George. Regalos de aniversario. Bien podrían ser esposas.

Ese comentario hizo que Clevenger se preguntara hasta qué punto los pensamientos de Grace eran realmente oscuros. Quizá utilizaba una metáfora elegante para describir cómo era la vida en una jaula de oro, pero el hecho de que hubiera mencionado hacer daño a alguien y llevar esposas en el mismo minuto le preocupó. Quizá de verdad tuviera en mente algo destructivo.

Desde que, hacía un año, Clevenger había resuelto el caso del Asesino de la Autopista, atrapando al asesino en serie Jonah Wrens antes de que pudiera deshacerse de otro cuerpo decapitado en algún tramo de asfalto solitario, la distancia entre su trabajo forense y su práctica de psicoterapeuta se había reducido. A su puerta no llamaban muchos depresivos y neuróticos normales y corrientes. La mayoría de personas que recurrían a él para que los curara luchaban contra el impulso de hacer daño a los demás.

Grace no sería la primera mujer que, al sentirse aprisionada por su matrimonio, estuviera dispuesta a cambiarlo por la celda de una cárcel.

—¿Fantasea con la idea de hacer daño a alguien? —le preguntó.

Grace miró de reojo al suelo; era evidente que imaginaba algo. Fuera lo que fuera, hizo que se sonrojara.

—No —contestó. Alzó la vista y alisó las arrugas imaginarias de su falda—. Sólo quería decir que quiero ser mejor persona. Quiero aprender a valorar lo que tengo.

Aquello sonaba a evasiva. La gente se sonroja cuando se destapa una de sus verdades básicas. Algo con raíces en el alma. El nombre de un amante. Una preferencia sexual. Incluso un objetivo personal muy firme. Y cada vez parecía más evidente que el impulso de hacer daño a alguien formaba parte de la esencia de Grace. Ese hecho, más que la explicación preparada de que había visto a Clevenger hablar del Asesino de la Autopista en televisión y que le gustaba cómo le quedaban los vaqueros, el jersey de cuello alto y el pelo rapado, explicaría por qué había elegido hacer terapia con un psiquiatra forense que poseía la habilidad de meterse en la cabeza de los asesinos.

—Puede contármelo —la instó Clevenger.

—Tengo que irme —dijo Grace, secándose los ojos—. Se lo juro: no supongo un peligro para nadie, ni para mí misma. Nunca he tenido esos pensamientos.

Eso era lo que los psiquiatras llaman un «contrato no suicida», las palabras que un paciente potencialmente peligroso tiene que pronunciar para evitar que lo internen contra su voluntad, que lo encierren en una unidad psiquiátrica. Clevenger se preguntó si Grace conocería la profesión psiquiátrica un poco mejor de lo que parecía.

—Tengo que preguntárselo directamente: ¿tiene alguna intención de hacer daño a su marido?

—¿Que si tengo...? Eso es ridículo. —Se quedó mirándolo, sin pestañear.

Él le sostuvo la mirada.

—Está bien.

Grace se levantó y bajó los dedos por la hilera de botones dorados de su chaqueta negra de Chanel.

—Le llamaré para pedir hora para dentro de unos días, si tiene un hueco.

Clevenger permaneció sentado. Quería dejar claro que la decisión de no profundizar la había tomado Grace, y sólo ella. Tendría que dar la espalda al terapeuta. A la verdad.

—Aún nos quedan diez minutos —le dijo.

Grace se quedó quieta unos segundos, incómoda, como si el silencio de Clevenger pudiera persuadirla para que se sentara de nuevo. Pero entonces se dio la vuelta con brusquedad y se marchó.

Clevenger observó por la ventana cómo se dirigía con brío hacia su coche, un BMW sedán azul, grande, con los cristales tintados. Hurgó en el bolso, lo agitó con violencia, volvió a buscar. Se echó a llorar. Por fin sacó las llaves, abrió la puerta del coche, desapareció en su interior y cerró de un portazo.

—¿Vas a devolverle el dinero? —preguntó North Anderson desde la puerta de la consulta de Clevenger.

Clevenger se volvió hacia él.

—Estaba peor al salir que al entrar.

Anderson era compañero de Clevenger en el Instituto Forense de Boston desde hacía dos años. Era un ex policía de Baltimore que se había hecho detective privado, un hombre negro de cuarenta y cuatro años que parecía diez años más joven, seguramente porque era adicto al levantamiento de pesas, tres horas todos los días. No quedaba ni un solo gramo de grasa en su cuerpo. Las únicas pistas de que había tenido una vida dura eran una cicatriz irregular encima del ojo derecho y la ligera cojera de su pierna izquierda, la primera causada por el cuchillo de un sospechoso y la segunda por la 0,45 de otro. Los dos habían acabado boca abajo contra el suelo. El del cuchillo fue a la cárcel. El de la pistola, al depósito de cadáveres.

—Está viviendo una mentira —dijo Clevenger, mirando el coche de Baxter, que pasaba por delante de la alambrada y la verja metálica que separaba el astillero Fitzgerald, donde estaban las oficinas del Instituto Forense de Boston, del resto de Chelsea—. Una mentira que le hace daño. Más y más cada día.

—La verdad te hará libre —dijo Anderson—. A menos que seas culpable. —Esbozó aquella sonrisa encantadora que hacía que gustara a la gente y que ésta se abriera a él, con la misma facilidad en Boston que en Baltimore. Porque a él le gustaba la gente, con todas sus flaquezas—. Hemos recibido una llamada de un tal Mike Coady, detective de la policía de Boston.

—¿Qué pasa? —preguntó Clevenger.

—¿Sabes el tipo ese al que iban a operarle el cerebro en el Mass General?

—Claro, era esta mañana. John Snow. Volvió a salir en la primera plana de *The Globe*.

—La operación ha sido cancelada.

—¿Por qué?

—Ha muerto.

—¿Que ha muerto? ¿De qué?

—Lo han encontrado en un callejón entre dos edificios del hospital. Con una bala de nueve milímetros en el pecho.

—Dios santo. ¿Tienen al asesino?

—Coady cree que sí. El propio Snow.

—¿Se ha suicidado?

—No hay testigos. La bala procedía del arma de Snow.

—El forense no ha descartado oficialmente el asesinato —dijo Anderson. Cruzó sus brazos enormes—. Coady tiene once casos de asesinato abiertos.

—Así que el bueno del detective quiere que elabore un perfil psicológico conveniente, y póstumo, que encaje con la teoría del suicidio —dijo Clevenger. Meneó la cabeza con incredulidad—. Le diré que se base en el informe de balística.

Anderson se encogió de hombros.

—Podría echar un vistazo, ver qué se dice en la calle, sólo para tener una percepción del asunto.

—¿Por qué gastar energías, si lo único que quiere Coady es un informe rutinario para cerrar el caso sin preguntas?

—Nadie cree realmente que nosotros cerremos casos sin hacer preguntas.

—Quizá por eso esta vez espera que lo hagamos. Credibilidad instantánea. —Descolgó el auricular—. ¿Tienes su número?

—Claro —dijo Anderson. Pero se quedó ahí parado.

—¿Sabes esas intuiciones que se tienen a veces? Quizá

me esté tragando todo el bombo que se ha liado en torno a ese tal Snow, pero estaba a punto de adentrarse en un campo de la medicina que no se ha explorado jamás. Iba a hacer historia. Todos los periodistas del país andaban a la caza de una entrevista con él después de la operación. Yo no soy loquero, pero imagino que esa clase de expectación puede ayudarte a sobrellevar los días malos. ¿Y el tío va y se pega un tiro en un callejón, justo al lado del quirófano? No tiene mucho sentido.

—No crees que se matara.

—Creo que es la respuesta que está buscando Coady. Quizá sea la correcta. Pero esta mañana un hombre ha recibido una bala en el pecho, y mi intuición me dice que consigamos toda la historia.

—De un hombre muerto.

—Si la verdad fuera fácil de obtener —dijo Anderson—, Coady ya no te habría llamado.

3

Clevenger subió a su camioneta Ford F-150 negra e inició el viaje por el puente Tobin en dirección a Boston. Había quedado con el detective Mike Coady en el depósito de cadáveres de Albany Street al mediodía. Si iba a meterse en la cabeza de John Snow, imaginó que bien podía empezar con el cadáver, la última página de la biografía, y trabajar hacia atrás.

Lo que ya conocía de Snow, lo sabía por los periódicos y la televisión. Snow era un ingeniero aeronáutico doctorado por Harvard que, tras ascender todos los rangos académicos, se había convertido, a sus treinta y dos años, en el catedrático más joven del prestigioso Laboratorio Lincoln del Instituto Tecnológico de Massachusetts. Unos años después dejó el Instituto para poner en marcha Snow-Coroway Engineering, cuya sede estaba en Cambridge. Y durante las dos décadas siguientes había visto cómo sus inventos en los campos de la tecnología de radares y la propulsión de cohetes le reportaban más de cien millones de dólares gracias a empresas como Boeing y Lockheed Martin.

Pero el genio de Snow parecía pasarle factura. Sufría ataques, como si la fuerza combinada del conocimiento y de la inspiración que se arremolinaban en su mente se combinara a veces con demasiada intensidad. Y no eran ataques sutiles, de ausencia, que hacían que uno se quedara mirando al vacío. Eran tónico-clónicos, ataques generalizados que hacían que Snow se desplomara, se quedara inconsciente, emitiera grandes respiraciones, las extremidades le temblaran con violencia, apretara los dientes y, a veces, se mordiera la lengua.

Según un segmento 20/20 que le realizaron, Snow había tenido el primer ataque a los diez años mientras se esforzaba por resolver una ecuación que le había puesto su profesor de cálculo, una ecuación que habría frustrado a la mayoría de matemáticos. Cuando Snow rompió su lápiz por la mitad, el profesor se disculpó por exigirle demasiado. Pero luego vio que Snow había garabateado la respuesta correcta a pie de página, y que sus extremidades rígidas comenzaban a temblar.

Su madre y su padre se temieron lo peor, un tumor cerebral. Pero las pruebas neurológicas que le practicaron no revelaron nada. No había ni líquido, ni infarto cerebral. Un electroencefalograma dio con la respuesta: grupos de impulsos eléctricos de ondas delta y theta que cruzaban los lóbulos temporales y subían por los lóbulos frontales. Descargas de inspiración descontroladas.

John Snow tenía epilepsia. Y si bien el Dilantin la controlaba cuando era pequeño, sólo una combinación de dos medicamentos lograba controlarla a medias para cuando acabó el instituto. A los treinta y cinco años, tomaba tres medicamentos y seguía teniendo ataques. Cuanta más intensidad ponía en aquello que le apasionaba —inventar—, más sufría. Era como si su don alimentara la enfermedad. A los cincuenta, su tratamiento incluía cuatro anticonvulsivos. E incluso con este cóctel de medicinas, sufría ataques como mínimo una docena de veces al año.

Así que John Snow se propuso arreglar su cerebro estropeado. Leyó miles de libros, revistas y estudios sobre neurología y neurocirugía, se entrevistó con neurólogos y neurocirujanos de todo el mundo, buscó en Internet; todo para encontrar la respuesta a una sola pregunta: ¿qué partes de su cerebro había que extirpar para eliminar los circuitos descontrolados responsables de sus convulsiones?

Era una pregunta desalentadora porque el sistema de circuitos del cerebro está mojado. El problema tiende a filtrarse por el tejido. Cada neurona del cerebro (y hay miles de millones) gotea y absorbe constantemente iones cargados a medida que la corriente eléctrica recorre su largo axón, acabando en una colección de burbujas membranosas que contienen mensajeros químicos como la serotonina y la norepinefrina, lo que explota esas burbujas y traspasa las sustancias químicas a la siguiente neurona de la línea. Y así sucesivamente. Una reacción en cadena electroquímica alucinante que se extiende en cascada en todas direcciones.

Pero no infinitamente. El cerebro también tiene estructuras de prudencia en su interior, como los estados de un país, con fronteras que son difíciles de cruzar, incluso para la electricidad.

Snow convenció a su neurólogo para que le encargara una combinación compleja de electroencefalogramas, escáneres TEP e IRM para encontrar su patología. Luego creó un programa de *software* que cruzaba los resultados y generaba una imagen tridimensional por ordenador de su cerebro, en la que las zonas que mayor implicación tenían en sus ataques aparecían destacadas en rojo. Las menos sospechosas eran azules. Todas juntas, incluían partes del lóbulo temporal del cerebro, el lóbulo occipital, la circunvolución cingulada, la amígdala y el hipocampo: las bases operativas del neuroterrorismo que bombardeaban a Snow.

Después, Snow escogió cuidadosamente a su neurocirujano: J. T. *Jet* Heller, jefe del departamento de neurocirugía del Hospital General de Massachusetts. Con sólo treinta y nueve años, Heller, brillante y desenvuelto, se había dado a conocer al separar con éxito a unos siameses unidos por la cabeza. También se había hecho famoso por la criocirugía elegante, apenas sin sangre, que extirpaba glioblastomas cerebrales sin dañar tejidos sanos.

Heller era un inconformista dispuesto a aventurarse por un paciente e intentar lo imposible, aunque ello significara chocar con el *establishment* del Mass General, incluido el Comité de Ética Médica. Lo había hecho por Snow, al convocar una rueda de prensa para protestar contra la decisión inicial del Comité de Ética Médica de impedir la operación de Snow basándose en que era demasiado agresiva y podía tener efectos secundarios imprevisibles, incluido el posible daño a la vista, la memoria y el habla de Snow. Heller argumentó que Snow tenía derecho a decidir si estaba dispuesto a correr el riesgo que conllevaba eliminar su enfermedad. Amenazó con dimitir del cargo si al final el Comité se negaba a darle el permiso para seguir adelante.

Presentadores de tertulias radiofónicas de Boston, como el legendario Matty Siegel de la Kiss 108, siguieron la causa de Snow. Las cartas inundaron el hospital. Profesionales de la ética médica de renombre nacional se pusieron de su lado. Y, en un cambio total de parecer poco común, el Comité de Ética se reunió y dio luz verde a la intervención.

Ahora Snow estaba muerto; una bala le había atravesado el corazón cuando quedaba menos de una hora para que entrara en quirófano. Quizá, pensó Clevenger, la entrega de Heller por conseguir que Snow tuviera su operación había dejado atrás el deseo de éste de someterse a ella. Quizá Snow se dejó arrastrar por la campaña para revocar el fallo del Comité de Ética y no supo cómo decirle a Heller que había cambiado de opinión. Pudo llegar al hospital abatido, al tener que escoger entre renunciar a la operación y seguir sufriendo ataques debilitadores, o afrontarla y correr el riesgo de quedar ciego o mudo. Quizá no pudo vivir con ninguna de las dos decisiones.

Clevenger aparcó el coche y entró en el depósito de cadáveres. La recepcionista le dijo que encontraría a Jeremiah Wolfe, el forense, en la «cámara frigorífica» donde se realizaban las autopsias. El detective Coady estaba con él.

Clevenger recorrió el pasillo de hormigón, cruzó una puerta giratoria y entró en el frío ambiente. Por un altavoz minúsculo sonaba jazz. Wolfe y Coady estaban cada uno a un lado de una mesa de acero inoxidable donde un cuerpo yacía debajo de una sábana.

—Doctor Clevenger —dijo Wolfe—. Bienvenido.

Wolfe tenía casi setenta años; era un hombre delgadísimo con gafas redondas y de pelo indisciplinado y artificialmente oscuro. Había enseñado a Clevenger más cadáveres de los que ninguno de los dos quería recordar.

—Parece que nunca encontramos una ocasión agradable para vernos —dijo Clevenger, acercándose.

—Gajes del oficio. El detective Coady —dijo Wolfe, señalando con la cabeza a un hombre corpulento que estaba al otro lado de la mesa; un tipo de unos cuarenta y cinco años, pelirrojo y de tez rubicunda, que llevaba un traje azul oscuro. Mediría uno setenta y era ancho de espaldas.

—Gracias por venir, doctor —dijo Coady.

Clevenger estrechó la mano rolliza de Coady. Luego miró el rostro sin vida de Snow; toda la energía que había animado su mente ingeniosa y su cuerpo atlético se había marchado quién sabe adónde. Parecía veinte años mayor que el hombre algo descuidado, pero sorprendentemente guapo, que Clevenger había visto por televisión unos días antes. Tenía los ojos aparentemente clavados en algo muy lejano, faltos de la inteligencia evidente que habían desprendido; la piel, ya gris como el pergamino seco; la cabeza de pelo plateado, salpicada de sangre.

—Tiene incluso peor aspecto de lo que es habitual —dijo Clevenger.

—Es por culpa de la Glock —dijo Coady. Señaló con la cabeza una bala ensangrentada del nueve que había en una bandeja de acero inoxidable junto a la mesa.

—Perdió casi el setenta por ciento del volumen sanguíneo —dijo Wolfe.

Quizá eso explicaba lo vacío que parecía Snow. Pero Clevenger tuvo la sensación de que faltaba algo más. No había nada en su expresión que transmitiera que descansaba en paz. Al principio, Clevenger desechó la observación y se dijo que estaba sacando más conclusiones de las que debería de los labios apretados, la mandíbula rígida y los ojos escrutadores de Snow, que seguramente sólo estaba viendo el comienzo del rígor mortis. Pero la sensación que notaba en el estómago no desapareció. Porque a pesar de que era médico, a pesar de que había estudiado física, epidemiología y bioquímica mucho antes que psiquiatría, el científico que llevaba dentro no había asfixiado al poeta. Y no podía negar que tenía el convencimiento de que aún quedaba trabajo por hacer antes de que John Snow pudiera descansar realmente en paz. Quizá ésa era la sensación que North Anderson había tenido en la oficina: que la historia de Snow aún estaba inacabada.

—¿Os parece bien esta música, o queréis que ponga otra cosa? —preguntó Wolfe.

Clevenger y Coady se miraron. Coady se encogió de hombros.

—Creo que nos parece bien —dijo Clevenger.

—Tomad nota —dijo Wolfe—. En urgencias hicieron un esfuerzo hercúleo para salvar al doctor Snow. —Los miró para comprobar que habían asimilado la advertencia. Entonces retiró la sábana.

—Dios santo —dijo Coady.

Un agujero del tamaño de un puño, del puño de Jet Heller,

perforaba el pecho de Snow. El ventrículo izquierdo de su corazón, hinchado y azul oscuro por el bombeo manual de Heller, sobresalía por la herida abierta. La anatomía estaba tan deformada, y la piel tan negra por los moretones, que casi no había rastro de la patología asociada a la causa de la muerte de Snow: un agujero de bala por encima de la primera costilla.

—Los médicos intentaron salvarle realizando una incisión en la pared torácica y bombeando su corazón manualmente —dijo Wolfe—. Como podéis ver, estiraron los tejidos y éstos se desgarraron. Tengo claro el punto de entrada de la bala, justo por encima de la primera costilla. —Utilizó un puntero metálico para señalar el lugar—. Estoy seguro de que atravesó el ventrículo derecho del corazón y se alojó en la tercera vértebra torácica. Pero para hacer una conjetura con cierta base acerca de que la herida fuera autoinfligida, necesitaría saber el ángulo exacto de la trayectoria de la bala. Eso me indicaría si otra persona empuñó la pistola en paralelo al suelo, o si el doctor Snow, apuntando el cañón hacia arriba, se disparó a sí mismo.

—¿Por qué no puedes establecerlo? —preguntó Coady—. El ángulo.

—Porque la postura de la víctima también es una variable. Y no la sé. El doctor Snow podía estar de pie en posición erguida o inclinado hacia la izquierda, o hacia la derecha. Podía estar de rodillas, suplicando por su vida. Sin saber en qué posición se encontraba cuando recibió el disparo, no puedo hacer una extrapolación a partir de sus heridas y determinar una trayectoria clara de la bala.

Coady negó con la cabeza.

—Te olvidas de Chuck Stuart. Entonces dijiste que estabas seguro al 99,9 por ciento de que se había disparado él mismo. ¿Por qué ahora es distinto?

Coady se refería al famoso caso de Charles Stuart. En 1989, Stuart había asesinado a su esposa Carol, que estaba embarazada, y se había pegado un tiro en el abdomen antes de aparcar su coche en un peligroso barrio de Boston. Después declaró que un hombre negro los había asaltado de camino al hospital cuando iban a una clase de preparación al parto y que luego abrió fuego contra ellos.

—Primero, sabíamos que Stuart iba sentado al volante en el momento del «asalto». La bala se encontró en el asiento de atrás. Segundo, en este caso tenemos un daño iatrogénico importante.

—Por favor, cuidado con las esdrújulas, profesor —dijo Coady—. Fui al zoo de Massachusetts. —Universidad de Massachusetts, matrícula de honor, Pi Beta Kapa, licenciado en derecho penal y sociología, pero Coady nunca mencionaba nada de eso. No necesitaba que los chicos del cuerpo pensaran que era distinto a ellos.

—Iatrogénico —dijo Clevenger—. Causado por los trabajadores del hospital. —Señaló con la cabeza el ventrículo izquierdo hinchado de Snow—. El masaje cardíaco.

—Bien —dijo Coady—. Genial. ¿Qué pasa con el guante que llevaba Snow? —preguntó Wolfe—. ¿No dijiste que tenía quemaduras de pólvora?

—Sí que hay restos de pólvora en la piel —dijo Wolfe—. Pero, de nuevo, las muestras quedaron contaminadas por el vertido de fluidos en urgencias: sangre, preparados intravenosos, antisépticos. No puedo decir qué es más probable, que la pólvora se depositara cuando el doctor Snow cogió el arma y disparó, o que fuera cuando otra persona apretó el gatillo y él intentó apartar el arma.

—Así que me estás diciendo que no tenemos nada —dijo Coady.

—Tenemos exactamente lo que teníamos cuando hablamos por teléfono —dijo Wolfe—. Nada concluyente.

Clevenger se inclinó para mirar más de cerca las uñas de Snow, que brillaban bajo los fluorescentes.

—Se hizo la manicura —dijo—. Lleva las uñas arregladas, apenas tiene arañazos.

—Si se hizo la pedicura —dijo Coady, mirando los pies de Snow—, al menos sabríamos algo concluyente sobre él.

Wolfe no hizo caso del comentario de Coady.

—¿Quiere compartir con nosotros lo que está pensando, doctor? —le preguntó.

—¿Por qué un hombre que estaba tan deprimido como para pegarse un tiro se haría la manicura un día, dos, a lo sumo, antes de suicidarse? —preguntó Clevenger.

Coady frunció la boca y asintió.

—En mi primer año en el cuerpo, me llamaron para que fuera a la torre Hancock. Un tipo trajeado en una fiesta de Navidad amenazaba con tirarse de la azotea. Llevaba pajarita, gemelos, toda la parafernalia. Apuesto a que llevaba las uñas perfectas.

—De acuerdo —dijo Clevenger.

—Yo no soy psiquiatra —dijo Coady—, pero por lo que sé, el comportamiento de la gente puede ser muy contradictorio. Un tipo quiere tanto a su mujer que la mata cuando ella le dice que va a dejarle. La mata porque no puede soportar la idea de estar sin ella. No tiene sentido, ¿no? Porque no va a salir de paseo con ella si ella está en una caja, y él, cumpliendo la perpetua.

—No tiene sentido, aparentemente —dijo Clevenger.

—Aparentemente, cierto. Pero cuando alguien como tú indaga un poco más, o mucho más, quizá las piezas empiezan a encajar. Tú puedes meterte en la mente del asesino. En su realidad. Por eso te llamé. Si haces eso con Snow, imagino que comprenderemos por qué se pegó un tiro en ese callejón, a pesar de que llevara las uñas arregladas y todo eso. Entonces podré quitarme de encima a la prensa y pasar a un caso que tenga una víctima de verdad.

—No intentas obligar a nadie a actuar —dijo Wolfe.

—Claro que no —dijo Coady.

Al menos Coady no fingía tener una mente abierta, pensó Clevenger.

—Veo que tu teoría preferida es que Snow se suicidó —dijo—. ¿Tienes también una teoría de por qué lo hizo?

—Como ya le he dicho al profesor —dijo Coady—, creo que no tuvo agallas de someterse a la operación. Se rajó.

—Un momento de cobardía. Se me ha pasado por la cabeza —dijo Frank Clevenger. Asintió para sí—. Pero si se pegó un tiro en un impulso, ¿cómo explicas que llevara un arma con él?

—Tenía licencia de armas. Querría llevar una pistola cuando saliera del quirófano.

—¿Por qué?

—Era rico —dijo Coady—. Tenía una empresa que hacía negocios con contratistas militares. Snow...

—Podía haberse sentido amenazado —dijo Wolfe—. Ya sé que mi trabajo no es hacer especulaciones.

—Todo es posible —dijo Coady, con sequedad.

—¿Cogió él el coche para ir al hospital? —preguntó Clevenger.

—No —contestó Coady—. Tenía chófer desde hacía diecisiete años. Un inmigrante checo llamado Pavel Blazek. Dice que lo dejó en la esquina de Staniford Street, a dos manzanas de donde se pegó el tiro, unos quince minutos antes de que el 911 recibiera la llamada.

—¿Y Snow estaba casado, tenía familia? Creo que leí que sí. Su mujer es una arquitecta bastante conocida.

—Tenía mujer y dos hijos: un chico de dieciséis años y una chica de dieciocho.

—Pero fue solo al hospital para someterse a la operación. Parece que los Snow no eran precisamente una familia muy unida.

—Escucha, un caso como éste puede generar muchos

sospechosos —dijo Coady—. Encuentran a un hombre muerto en un callejón. No hay testigos. Si descubrimos que hay una docena de personas que lo odiaban a muerte, la mitad no tendrá coartada. Puede que parezca que a tres o cuatro les va mejor con él muerto que vivo. Pero eso no quiere decir que lo mataran. El hecho sigue siendo que la bala salió de su propia arma.

—¿Llevaba algo más aparte de la pistola cuando lo encontraron? —preguntó Clevenger.

—Un maletín negro de piel con un ordenador portátil y una especie de libreta o diario. Páginas y páginas de garabatos y dibujos. Están etiquetando todas las pruebas en la comisaría.

—¿Puedo verlas?

—Cuando quieras. Te sacaré una copia del diario y de los archivos del ordenador.

—Podría pasar a recogerlas mañana.

—Muy bien —dijo Coady. Se aclaró la garganta—. Una cosa: sé que la prensa no te deja en paz desde el caso del Asesino de la Autopista.

—No hay ninguna necesidad de... —comenzó a decir Wolfe.

—Ya me están acosando del *Globe,* del *Herald* y de todas las cadenas de la ciudad —le interrumpió Coady—. Me gustaría evitar tener pegados al culo a Geraldo Rivera, Larry King y otros, si fuera posible. Si tienes que decirme algo, que quede entre tú y yo.

—No haré ningún comentario —dijo Clevenger.

—Excelente —dijo Coady—. Te lo agradezco.

—No hay problema —dijo Clevenger—. Hay una cosa que ya puedo decirte ahora: si no fue un suicidio, pronto podrías tener otro cadáver en tus manos. Porque si el doctor Snow no se llevó el arma al pecho y se lo agujereó, lo mató alguien que no tiene ningún problema para disparar una

35

Glock a quemarropa mientras su víctima lo observa. Alguien lleno de ira. Y no hay ninguna razón para pensar que ya no está enfadado.

—Gracias por la advertencia —dijo Coady con frialdad.

—Que quede entre tú y yo.

4

$\mathcal{A}$ Clevenger aún le quedaban unas horas antes de ir a recoger a su hijo adoptivo Billy Bishop, de dieciocho años, a la clase de boxeo en el club de boxeo Somerville. Decidió acercarse al Mass General y pasar a ver a J. T. Heller.

Dejó el coche en el aparcamiento del hospital y caminó hasta el edificio Wang.

La consulta de Heller estaba en el octavo piso, en un pasillo normal y corriente que acababa en una serie de paneles empotrados de caoba y apliques incandescentes. Unas puertas correderas de cristal esmerilado en las que había grabado DEPARTAMENTO DE NEUROCIRUGÍA, DIRECTOR: DR. J.T. HELLER se abrían a la sala de espera.

Dentro, media docena de pacientes, algunos con la cabeza recién afeitada y cicatrices que biseccionaban su cuero cabelludo, estaban sentados en mullidos sofás de piel con reposabrazos de madera, leyendo revistas y dormitando debajo de, como mínimo, unas cincuenta fotografías enmarcadas, recortes de periódicos y artículos de revistas que relataban el ascenso a la fama de su cirujano. Había fotos de Heller con famosos de todo tipo: políticos, actores, atletas profesionales. Instantáneas en blanco y negro mostraban a Heller en actos para recaudar fondos y ceremonias de entrega de premios con actrices, modelos y debutantes con las que había salido en un momento u otro. Un artículo, de la revista *Boston*, estaba más ampliado que el resto y en él podía leerse el titular: «Jet Heller irá al infierno y volverá para salvarle la vida».

Clevenger se acercó a la recepcionista de Heller, una mujer delgada de pelo oscuro de unos veinticinco años que podría haber salido tranquilamente en la portada de *Vogue*. Lo miró como si no acabara de situarle.

—¿Es usted un paciente nuevo? —preguntó con acento británico. Sonó el teléfono. Siguió mirando a Clevenger mientras contestaba—: Consulta del doctor Heller.

Clevenger oyó que sonaba otro teléfono. Miró la luz parpadeante del aparato. Alguien contestó la llamada y la puso en espera.

—Puedo tomar nota de su nombre y dárselo al doctor —dijo la recepcionista—. No. No puedo precisarle cuándo podrá devolverle la llamada. —Anotó «Joshua Resnek, Independent News Group», y un número de teléfono—. No, no puedo dejarle en espera hasta que esté libre.

Clevenger conocía bien a Resnek. Era el periodista más agresivo de Boston, el que le había puesto entre la espada y la pared cuando parecía que Jonah Wrens, alias el Asesino de la Autopista, seguiría dejando cuerpos por las carreteras interestatales del país para siempre.

—Muy bien —dijo la recepcionista—. Sí, Sí, por supuesto. Me aseguraré de que recibe su mensaje. —Colgó y volvió a mirar a Clevenger—. ¿De parte de qué médico viene?

Clevenger se dio cuenta de que su cabeza rapada hacía que armonizara con los pacientes que Heller había operado. Habló casi susurrando.

—No soy un paciente. Me llamo Frank Clevenger. Soy psiquiatra y trabajo con la policía en el caso John Snow. Me preguntaba si el doctor Heller podría recibirme unos minutos.

—Dios mío. Lo siento mucho —dijo. La recepcionista extendió la mano—. Sascha Monroe.

Clevenger la estrechó y advirtió los dedos largos y finos, la muñeca delgada y la confianza evidente que había en su apretón.

—No pretendía ofenderle —dijo—. Debí reconocerlo. Lo he visto en televisión tantas veces...

—No pasa nada.

—La muerte del doctor Snow ha sido una conmoción terrible.

—¿Lo conocía bien? —le preguntó Clevenger.

—Hablábamos mientras esperaba a que el doctor Heller lo recibiera. Yo creía que teníamos una buena relación.

—¿Y ahora lo duda?

—Jamás habría predicho que haría algo así.

Era obvio que Sascha Monroe creía que Snow se había suicidado.

—Es difícil predecir el comportamiento humano —dijo Clevenger.

—Me considero una persona bastante intuitiva, al menos eso pensaba, pero se me escaparon todas las señales. Debía de sufrir muchísimo. Estaría muy asustado. Y no lo vi. —Parecía verdaderamente decepcionada consigo misma.

—Se nota que se preocupaba por él —dijo Clevenger—. Eso significa que él también lo notaba. A veces, es lo máximo que podemos ofrecerle a alguien que lo ve todo negro.

—Gracias —dijo—. Gracias por decir eso. —Miró a Clevenger de un modo que confirmaba que lo decía en serio—. Deje que consulte con el doctor Heller. —Se levantó y desapareció entre unas columnas que soportaban un arco en la pared de mármol rosa que había detrás de su mesa.

Clevenger la observó mientras pasaba por delante de dos secretarias que trabajaban en las oficinas interiores de Heller, para luego desaparecer tras unas puertas de caoba muy altas.

Regresó a los quince segundos.

—Lo recibirá en cuanto acabe con este paciente. Dentro de cinco o diez minutos, si puede esperar.

—Puedo esperar.

La paciente de Heller, una mujer de unos cuarenta años, salió al cabo de cinco minutos, pero pasaron veinticinco antes de que Heller llamara a Monroe para que acompañara a Clevenger a su consulta. Clevenger imaginó que o bien Heller necesitaba un tiempo para revisar el historial médico de su paciente y escribir su evolución, o bien necesitaba alimentar su ego, dejar claro que no esperaba sentado a que pasaran las visitas.

Monroe acompañó a Clevenger a la puerta de Heller, que estaba abierta.

—El doctor Clevenger está aquí —dijo. Se volvió y se marchó.

Heller se levantó de la mesa.

—J. T. Heller —dijo, acercándose a Clevenger. Medía como mínimo uno noventa, tenía una sonrisa reluciente y el pelo rubio le llegaba casi a los hombros. Sus ojos eran de un azul asombroso: oscuros, aunque luminosos, como dos zafiros. Tenía la voz grave, pero sorprendentemente dulce. Por el físico y la voz parecía un vikingo fuerte y afable con unas botas de vaquero negras de piel de cocodrilo. Llevaba el nombre bordado en letras rojas grandes en el bolsillo de la bata blanca almidonada, que le llegaba por las rodillas. La llevaba abierta, mostrando un cinturón negro de piel de cocodrilo, cuya hebilla, grande y plateada, llevaba lacado en rojo un emblema de Harvard—. Siento haberle hecho esperar. Pase, por favor.

Clevenger estrechó la mano de Heller.

—Frank Clevenger.

—Como si necesitara presentarse —dijo Heller—. Seamos sinceros: es usted más famoso de lo que yo seré nunca. —Le soltó la mano—. Menudo viajecito por todo el país le organizó el Asesino de la Autopista.

—Sí —dijo Clevenger, intentando apartar de su mente la imagen de las víctimas decapitadas por Jonah Wrens—. Fue todo un viajecito.

—Pero lo atrapó.

—Lo atrapamos, después de que matara a diecisiete personas —dijo Clevenger.

—Cuando vences el cáncer, lo vences, amigo mío —dijo Heller—. Pierdes cosas por el camino. Así es la guerra.

—Eso sería la perspectiva quirúrgica —dijo Clevenger, esbozando una sonrisa forzada.

—¿Qué otra perspectiva podría haber? —preguntó Heller, con una gran sonrisa—. Siéntese, por favor. —Se dirigió a un par de sillones negros de ante situados delante de su larga mesa de cristal.

Clevenger se sentó en uno de los sillones. Heller ocupó el otro, en lugar de sentarse en su silla. ¿Era ésa su forma de hacer que los pacientes se sintieran cómodos?, se preguntó Clevenger. ¿O era su forma de dirigir la mirada de Clevenger detrás de Heller, a una pared cubierta de títulos académicos de la Universidad de Harvard y su Facultad de Medicina, certificados de la Asociación Médica Americana y la Junta Americana de Neurocirugía, una llave de Pi Beta Kapa, una fotografía de Heller con el Presidente, el Premio de Docencia de Harvard de 2001 y 2003, el premio de la revista *Boston* al mejor médico de Boston en 2003 y 2004?

—Me alegro de que estés aquí, Frank —le dijo—. ¿Puedo tutearte?

—Por supuesto.

—Y, por favor, llámame Jet.

Clevenger asintió. Miró la mesa de Heller, tan despejada que rayaba en la obsesión. Los únicos objetos que había encima eran un monitor de ordenador y un teclado negros, un cartapacio de piel negro con una hoja en blanco con el membrete en el centro y un bolígrafo plateado Cartier con un pequeño reloj en el capuchón.

—Desorden obsesivo compulsivo —dijo Heller—. Tengo todos los síntomas.

—Puedo ayudarte —bromeó Clevenger.

Heller negó con la cabeza.

—Disfruto con mi patología. Es... ¿Cómo decís vosotros? *Egosintónico*. Me gusta que mis márgenes estén limpios.

Heller se refería a extirpar por completo un tumor, eliminando todas las células cancerígenas.

—Entonces, no se me ocurriría nunca privarte de tus síntomas. Es obvio que tus pacientes se benefician de ellos.

—Quizá. —De repente, Heller parecía agobiado—. No sé exactamente por qué has venido, Frank, pero me alegro de que lo hayas hecho. Necesito que alguien me ayude a comprender lo que le pasó a John Snow. —Parecía medio triste, medio enfadado—. No me importa confesártelo, me está costando sobrellevarlo.

—Cuéntame.

—No es la primera vez que se me muere un paciente, entiéndeme. ¿Has visto a la mujer que acaba de salir?

—Sí.

—Tiene cuarenta y un años. Tres hijos pequeños. Le doy cinco, seis semanas de vida. Siete, como mucho.

—Siento oírlo. ¿Cuál es el diagnóstico?

—Glioblastoma. —Torció un poco el gesto, como si mencionar al enemigo bastara para despertar su furia—. Hace diez días, tuvo una experiencia curiosa. No recordó el nombre de su labrador negro. A los quince, veinte segundos se acordó. Pero le pareció extraño. Empezó a preocuparse. Su madre tuvo principios de Alzheimer antes de cumplir los cincuenta. Así que fue a ver a su médico, Karen Grant, del Brigham. Karen le hizo una IRM. Bang. Tejido maligno que le había invadido el cuarenta por ciento de la corteza cerebral. Imposible de operar. No puedo hacer absolutamente nada por ella.

—Tiene que ser duro.

—Para ella lo es —dijo Heller.

—Quería decir para ti —dijo Clevenger.

—No, para mí no lo es. Verás, es ahí adonde quiero llegar. Cuando aún no he operado, no arriesgo mi corazón. No soy masoquista. Pero con John... —Se inclinó un poco hacia delante, levantó las manos como un cura bendiciendo a un feligrés—. Podría haber cambiado la vida de John Snow. Por eso me enfrenté a muerte con el Comité de Ética. Arriesgué mi carrera por él. —Sus ojos azules brillaban con intensidad—. Hoy podría haber obrado un milagro.

Ahí estaba la arrogancia por la que Heller era famoso.

—Podría haber puesto fin a sus ataques —dijo Clevenger para poner a prueba con qué facilidad podía regresar Heller a la tierra.

De repente, pareció que Heller se daba cuenta de que tenía las manos levantadas.

—De entrada —dijo, descansándolas de nuevo sobre los muslos—, la epilepsia de John estaba claramente conectada a su genio creativo. Cuando utilizaba su mente con mayor intensidad, cuando inventaba, el riesgo de sufrir un ataque aumentaba. No sé por qué, pero así era. Sin los ataques, podría haber hecho cosas con su mente que antes, literalmente, le habrían provocado un cortocircuito. Parecía eufórico ante la perspectiva. Y va y hace esto. —De repente, los músculos de su mandíbula comenzaron a agitarse—. No lo entiendo.

—¿Qué clase de persona era? —preguntó Clevenger.

Heller pensó en ello unos segundos.

—Ambicioso. —Sonrió—. Teníamos eso en común.

Clevenger se rió. Heller podía ser arrogante, pero era obvio que lo sabía, y eso lo hacía al instante más simpático.

—Era un hombre apasionado —siguió Heller—. Por su

trabajo, por todo en la vida. Odiaba el hecho de que su cerebro estuviera «roto», fuera «defectuoso»; son palabra suyas, no mías. Así que dímelo tú: ¿por qué querría abandonar?

Clevenger no vio motivo alguno para ocultarle a Heller todos los aspectos de la investigación sobre la muerte de Snow.

—¿Por qué das por sentado que abandonó? —le preguntó.

Heller se encogió de hombros.

—No te gusta la palabra. De acuerdo. Eres psiquiatra. Lo respeto. Sé que a veces la gente se quita la vida porque está deprimida. Porque pierde el trabajo, se arruina. Porque su matrimonio se rompe. Quizá algunas personas sufrieran abusos o fueran abandonadas de niños. Y sé que John tenía sus problemas. Todo su mundo se estaba viniendo abajo. —De repente parecía esforzarse por controlar su ira—. Así que quizá puedas ayudarme a comprender por qué me ha dejado tirado después de que yo...

—Lo que te preguntaba —le interrumpió Clevenger— era por qué das por sentado que se ha suicidado.

Heller pareció sorprendido.

—En contraposición a...

—A que lo hayan asesinado.

Heller se irguió, como si una ráfaga de viento le hubiera empujado contra la silla.

—Se ha pegado un tiro con su propia arma.

—Un disparo realizado con su propia arma lo ha matado —dijo Clevenger—. Pero es posible que esta madrugada hubiera alguien más con él en ese callejón.

—Alguien más —dijo Heller, confuso—. Ni siquiera se me había ocurrido... La policía ha sido muy clara conmigo esta mañana. También los auxiliares de urgencias. Han dicho que era un suicidio. Un tal detective Coady.

—Podría ser —dijo Clevenger—. Y si realmente Snow se ha suicidado, intentaré averiguar por qué.

Heller se levantó y se dirigió a la pared de ventanas de detrás de su mesa, cruzó los brazos y miró los edificios de Boston que se recortaban en el horizonte. Pasaron varios segundos en silencio. Meneó la cabeza con incredulidad.

—No estarías aquí si la policía estuviera segura de que se ha suicidado —dijo—. Me estás diciendo que existe una posibilidad real de que a mi paciente lo hayan asesinado. Puede que sí tuviera intención de seguir conmigo hasta el final.

Parecía que Heller se tomaba la causa de la muerte de Snow como un veredicto sobre si éste lo había abandonado o no.

—Aún no puedo decirlo —dijo Clevenger—. Tengo que averiguar mucho más sobre quién era, y si alguien podía desear su muerte.

—Y tendrás que ser meticuloso. Querrás disponer de toda la información posible sobre él.

—También a mí me gusta que mis márgenes estén limpios —dijo Clevenger.

—Entonces hay algo que has de saber. —Se volvió y lo miró—. Hoy John habría arriesgado mucho más que su habla o su vista en el quirófano.

—¿Qué quieres decir?

Heller no parecía estar seguro de cuánto quería revelar.

—¿Había un riesgo importante de muerte? —preguntó Clevenger.

—Por decirlo de algún modo —dijo Heller. Regresó a su sillón y se sentó—. Si te lo cuento, tiene que quedar entre tú y yo. Es información privilegiada entre médico y paciente. Supongo que eres como el psiquiatra de John, post mórtem. Es una consulta informal. De médico a médico.

—De acuerdo —dijo Clevenger—. De médico a médico.

Heller se inclinó hacia delante, plantando los codos en los muslos.

—Las áreas del cerebro implicadas en los ataques de John

—dijo— incluían el hipocampo, la circunvolución cingulada y la amígdala. Resulta que son zonas estrechamente relacionadas con el reconocimiento facial y los componentes emocionales de la memoria, al menos si te crees los estudios con animales realizados por la UCLA y la Universidad de Minnesota. Son trabajos preliminares, pero cada vez parece más que son como bancos de datos donde registramos a quién conocemos y qué sentimos por ellos. Creo que los primeros descubrimientos saldrán publicados en *Neurosciences* dentro de dos o tres meses.

—¿Estás diciendo que John Snow podría haber sufrido amnesia?

—Una forma muy grave y concreta —dijo Heller—. Su memoria para los datos no habría quedado afectada. Su intelecto habría sobrevivido. Su imaginación habría florecido sin problema. Pero se habría quedado solo. Es muy probable que la intervención hubiera hecho que le resultara desconocida cualquier persona con la que tuviera una conexión emocional: su mujer, sus hijos, todo el mundo.

Ahora fue Clevenger el que se inclinó.

—Así que podría seguir siendo inventor, pero no recordaría a las personas cercanas. Una especie de amnesia interpersonal.

—Exacto —dijo Heller.

—Y aun así, ¿estaba dispuesto a someterse a la operación?

—Eso creía yo, hasta esta mañana. Estaba pasando... un momento complicado. Él y su socio, Coroway, se llevaban como el perro y el gato porque Coroway quería que sacaran a bolsa la empresa. John estaba totalmente en contra. No quería que nadie le controlara, y menos gente preocupada sólo por los beneficios. Y su matrimonio estaba en crisis.

—Hizo una pausa, al parecer volvía a tener dudas sobre cuánta información revelar.

—Necesito saber —dijo Clevenger.

Heller lo miró a los ojos.

—Tenía una amante. Creo que veía la intervención como una oportunidad de renacer, una oportunidad de escapar.

—De escapar... —dijo Clevenger.

—De todos los cabos sueltos de su vida. Del desorden. De todo lo que estaba roto. Había hecho preparativos; un testamento vital, por llamarlo de algún modo. Quería dar a sus hijos la parte de la herencia que les correspondía, arreglar los temas económicos con su mujer, avanzar limpiamente.

—¿El Comité de Ética no tenía nada que decir al respecto? —preguntó Clevenger—. ¿No es eso una amnesia voluntaria?

—No se centraron en eso —dijo Heller, recostándose.

—¿No se centraron en eso, o no se lo contaste?

—Como ya he dicho, los datos que se tienen al respecto son muy nuevos —dijo Heller con cara de póquer—. No se centraron en eso.

Clevenger sólo podía comenzar a vislumbrar cómo la decisión de Snow de pulsar el botón de reinicializar en el *software* que dirigía su existencia habría afectado a la gente a quien planeaba dejar atrás: a su hijo, a su hija, a su mujer, a su socio, a su amante. Todos pasarían a ser auténticos desconocidos para él. ¿Se sentirían abandonados? ¿Furiosos?

—¿Contempló Snow el impacto que eso tendría sobre su familia? —preguntó Clevenger—. ¿Que los dejara tan de repente? ¿De un modo tan absoluto?

—Era su vida —dijo Heller, con tono áspero—. Eso era lo que no logró entender el Comité de Ética, al principio. John quería dos cosas: liberarse de sus ataques y liberarse de su pasado. Resultó que yo estaba en situación de ayudarle a conseguir las dos. Si algo nos pertenece, es nuestro cerebro y nuestra mente. ¿No estás de acuerdo?

Clevenger no estaba preparado para responder a aquella

47

pregunta. Algo en Heller hacía que uno quisiera estar de acuerdo con él. Era un hombre muy carismático. Su personalidad era como una corriente fuerte y fría que podría arrastrarte con ella si te dejabas llevar. Pero Clevenger no sabía qué pensar realmente del plan de Heller de utilizar un bisturí para extirpar las conexiones emocionales de su paciente con los demás. Era como jugar a ser Dios.

—Lo que yo piense no importa —dijo al final—. Lo que importa es lo que habrían pensado las personas que lo rodeaban, si una de ellas se habría sentido lo suficientemente amenazada o enfadada como para cargárselo. ¿Intentó alguno de los miembros de su familia impedir la operación?

—Su mujer Theresa le presionó para que se hiciera una evaluación psiquiátrica con la que valorar su capacidad de consentir en la operación. Creía que los riesgos eran demasiado elevados, que se estaba comportando de modo irracional. Pero por lo que yo sé, sólo conocía el tema de la pérdida de habla y vista, y también que sufriría una ligera pérdida de memoria temporal. John accedió a su petición. Pasó cinco días aquí, en el edificio Axelrod seis.

—¿Puedes conseguirme su historial? —preguntó Clevenger.

—Déjame una dirección. Te lo mandaré lo antes posible —dijo Heller—. Si no perdió la fe, si de verdad estaba dispuesto a que lo operara, nada me gustaría más que ver al hijo de puta que le robó el futuro a Snow pasar lo que le queda del suyo entre rejas.

—¿Crees que le contó a su mujer, o a otra persona, el alcance de la amnesia?

—Que yo sepa, sólo se lo confió a dos personas: a mí y a su abogado, Joe Balliro, hijo.

—Balliro. Snow no se andaba con tonterías.

—Tenía que preparar documentos legales muy complicados —dijo Heller—. El testamento vital, etcétera.

—Entonces, con tanto papeleo, alguien pudo averiguarlo. Una secretaria del bufete. Un empleado de la copistería. Un amigo de un amigo de la amante de Snow.

Heller asintió.

—Su amante. He aquí un factor impredecible.

—¿Por qué?

—John intentó poner fin a la relación unas semanas antes de la operación. Pensó que sería más fácil para ella. Ella consideraba que eran almas gemelas. Lo presionaba para tener una vida en común de verdad.

—¿Y Snow?

—Creo que tenía dificultades para querer a la gente.

—¿Por qué lo dices?

—Le escuchaba bastante. Era un perfeccionista. Amaba las ideas y los ideales. El genio. La belleza. El amor perfecto. No había muchas cosas que cumplieran sus expectativas, ni siquiera su cerebro. Era inflexible. —Hizo una pausa—. Me dijo que ella no había reaccionado bien a la ruptura.

—¿Tienes idea de a qué se refería con eso?

—Ella amenazó con hacerse daño, otra vez. Supongo que se había cortado las venas en el pasado, o algo así.

—Parece *borderline* —dijo Clevenger, refiriéndose al trastorno de personalidad *borderline*, un desorden cuyos síntomas son relaciones intensas e inestables, miedo extremo al abandono y amenazas reiteradas de suicidio.

—No puedo hablar de su diagnóstico —dijo Heller—. Lo que sí sé es que es muy guapa, muy rica y que tiene muchos problemas. Está casada. Dirige una galería en la ciudad.

Clevenger se quedó en silencio. Se le aceleró el pulso. De repente, tuvo el mal presentimiento de que su trabajo en el caso Snow había comenzado incluso antes de visitar el depósito de cadáveres.

—¿Te dijo Snow cómo se llamaba? —le preguntó a Heller.

49

—Él la llamaba Grace —dijo Heller—. No sé si era su verdadero nombre y tampoco lo presioné al respecto. —Heller advirtió que Clevenger no tenía muy buen aspecto—. ¿Estás bien? —le preguntó.

—¿Mencionó por casualidad a qué se dedicaba su marido? —preguntó Clevenger. Luego sólo esperó a que su día diera un giro completo, como un bumerán. Un segundo, dos, tres...

—Sé que era muy discreta al respecto. Paranoica. Decía que ya no quería vivir a la sombra de su marido. Que él fuera su dueño. Pero estoy bastante seguro de que le dijo que era banquero. Sí, seguro. Eso sí se lo dijo.

El Four Seasons

Otro día de invierno, un año antes

Snow acababa de pronunciar el discurso de apertura de un congreso sobre diseño de sistemas de radar que se celebraba en el hotel Four Seasons, situado en Tremont Street. Salió del hotel. El cielo estaba oscuro. Lloviznaba. No soportaba la idea de tener que volver a entrar. Cruzó la calle y desapareció en el Public Garden.

No estaba programada otra presentación suya hasta dentro de unas horas, para una mesa de debate sobre la detección de misiles. Si se quedaba por el vestíbulo o en la recepción, tendría que hacer frente a un ingeniero tras otro que intentarían incansablemente preguntarle sobre sus conocimientos. Parecían no entender que no podía compartir lo que sabía. Había tenido un éxito espectacular como investigador en el Instituto Tecnológico de Massachusetts, pero como profesor era un fracaso total. ¿Cómo iba a enseñar un momento de inspiración, una epifanía? Los hechos estaban inertes en su cerebro hasta que una fuerza superior a él les infundía vida, convirtiéndolos en semillas de ideas. Y entonces esas ideas crecían sin su consentimiento, ramificándose allí donde tenían que hacerlo. En realidad, tan sólo era alguien que plagiaba los inventos que nacían en su interior.

Pasó por delante de la pista de patinaje pública y se fijó en los rostros felices de los niños y sus padres mientras se deslizaban por el hielo. Él tenía poco tiempo para el ocio. La fuerza creativa que había en su interior lo reclamaba siete días a la semana, cincuenta y dos semanas al año. Tenía una esposa, un hijo y una hija, una casa elegante, suficiente dinero como para no tener que trabajar ni un día más. Pero la fuerza lo tenía atrapado, y eso anulaba todo lo demás.

El parque acababa en Arlington Street. La cruzó y se puso a caminar por Newbury. Recordó que a tres manzanas de allí había un café, pensó en entrar y tomarse un expreso. Pero al cabo de unos minutos, el cielo ennegreció y empezó a caer una lluvia helada. Y justo cuando comenzaba a llover, miró hacia la ventana de la fachada más cercana y vio a la mujer más hermosa que había visto en su vida.

Tendría unos treinta y cinco años, el pelo caoba y el cuerpo de una sirena; llevaba un sencillo vestido negro, y lo miraba con unos ojos de un verde imposible. Tuvo la sensación de que llevaba mirándolo un rato. Por una milésima de segundo se preguntó si sería real o un producto más de su imaginación.

Entró y se encontró rodeado por óleos espléndidos que colgaban bajo focos de luz en las paredes. Eran escenas de Boston, incluidos el Public Garden y la Commonwealth Avenue, pero el artista había conseguido algo más de ellos, deconstruyedo la dureza de la línea y de la forma para crear una ciudad ideal en la que la gente, los edificios, las calles y el cielo estaban unidos por remolinos de color, arrastrados a un mundo mucho más fascinante que la suma de sus partes.

Su mirada viajó hasta la pared del fondo, al retrato de una mujer desnuda que estaba de pie tras unas cortinas de encaje al atardecer, contemplando desde la tribuna de su casa de ladrillo la vista de Beacon Street con sus farolas.

Snow se acercó al retrato y se detuvo a unos tres metros de él. Supo al instante que era la mujer que había visto en la ventana. Se imaginó a sí mismo en el cuadro, detrás de ella, las manos en sus hombros, besándole el cuello.

—El artista es Ron Kullaway —dijo ella, deteniéndose a su lado—. Vive en Maine.

Su voz era una mezcla de fuerza e inteligencia, con un punto de vulnerabilidad.

—Es espléndido —dijo sin mirarla.

—Se está convirtiendo en uno de los grandes pintores de Estados Unidos. ¿Había visto ya su obra?

—No.

—Creo que hace que la vida merezca la pena —dijo ella—. Que merezca la pena vivirla.

Notó que le rozaba la mano muy suavemente con el dorso de la suya. ¿O había sido él?

—¿Cómo lo consigue? —le preguntó Snow.

—Creo que es por lo que no refleja, más que por lo que pinta.

—La estructura —dijo Snow—. Los límites.

—Lo que nos limita. O no lo ve, o decide no hacerle caso.

Por fin Snow se permitió mirarla. Cuando lo hizo, se quedó incluso más prendado de ella.

—¿No se lo preguntó? Debió de tardar bastante en reproducirla. —Volvió a mirar el lienzo.

Ella sonrió.

—¿Cuánto cuesta?

—Doscientos mil.

—Para entrever que la vida merece la pena.

—Algunas personas ni siquiera consiguen eso. —Hizo una pausa—. Si puede alejarse del cuadro, ni siquiera debería considerarlo.

Retrocedió unos pasos y se volvió hacia ella.

—John Snow —dijo, extendiendo la mano.

—Grace Baxter —dijo ella, estrechándosela.

Notó que llevaba una alianza y un solitario que debía de

ser de cinco quilates. En la muñeca llevaba tres pulseras de diamantes. Todas esas joyas indicaban que pertenecía a alguien, pero nada más le hizo sentir que estaba ocupada; ni el tono de su voz ni la mirada de sus ojos ni el tacto de su mano.

—¿Cenaría conmigo esta noche? —le preguntó, soltándole la mano—. Le prometo que tomaré una decisión sobre el cuadro antes de que nos marchemos del restaurante.

Accedió a reunirse con él en el Aujourd'hui, en el piso superior del Four Seasons, después de su última exposición. Pero llegó pronto. La vio de pie al fondo de la sala escuchando sus observaciones, «Reducir la energía de rotación en vuelo». Advirtió que los hombres de la sala, incluido su socio Collin Coroway, le lanzaban miradas furtivas. Deseó poder decir algo más de lo que estaba diciendo, algo más comunicativo sobre el universo, la creatividad o el amor. Pero estaba limitado por las leyes de la física.

No pareció aburrirse ni siquiera un poquito.

—¿Cómo llamas al trabajo que realizas? —le preguntó más tarde, mientras Snow le servía una copa de vino.

—Soy ingeniero aeronáutico. Inventor.

—¿Y qué clase de cosas inventas, exactamente?

—Sistemas de radar. Sistemas de guiado de misiles.

Ella sonrió.

—¿Te importa compartir conmigo lo que estás pensando?

—La verdad es que no es cosa mía. Apenas te conozco.

Sentado junto a ella, escuchando su voz, oliendo su perfume, deseó contarle la verdad absoluta.

—No es eso lo que yo siento —dijo Snow.

—No.

Sintió que algo que llevaba mucho tiempo congelado en su interior comenzaba a derretirse.

—Entonces, sí puedes compartir conmigo lo que has pensado —le dijo.

—De acuerdo... —dijo ella—. ¿Por qué crees que dedicas

tanta energía a lo que puede y no puede ser visto? ¿Por qué te interesan los radares, y cómo eludirlos?

—Tengo un don para ello —contestó—. Él me eligió a mí, no yo a él.

—Pero ¿por qué? —preguntó—. ¿Por qué tienes ese «don»?

Snow parecía confuso.

—¿Hay algo en ti, John Snow, que no quieres que vea la gente? ¿O es que no quieres mirarte a ti mismo?

En aquel instante, Snow sintió algo que no había sentido jamás. Como si alguien hubiera conectado con su verdad, una verdad incluso más profunda que su genio, una verdad del corazón.

—Tienes la respuesta, pero no estás preparado para compartirla —dijo ella.

—Quizá —dijo Snow.

—Ni siquiera lo confirmas o lo niegas. —Bebió un sorbo de vino.

—Háblame más de ti.

—Quieres que hable yo primero. De acuerdo. ¿Qué quieres saber?

—¿Cenas con todos tus clientes?

—Vaya. —Pasó la punta del dedo por el borde de la copa de vino—. Quieres saber si eres especial.

De nuevo, Snow sintió que una fuerza casi gravitatoria accedía a su esencia.

—Sí —dijo—. Supongo que sí.

—No estaría cenando aquí contigo por una comisión. Lo último que necesito es dinero.

Tenían eso en común.

—¿Qué necesitas?

Ella meneó la cabeza.

—Los dos tenemos un radar muy bueno, John. Y a los dos nos gusta volar por debajo de él.

55

—Estás casada —le dijo.

—Lo estoy. ¿Y tú?

Él asintió con la cabeza.

De repente, a Snow le pareció que se ponía triste, y le asombró hasta qué punto le conmovía aquella aparente tristeza. A menudo no sabía qué hacer cuando la gente se ponía emotiva, era incapaz de comprender qué estarían sintiendo o por qué, y aún se sentía más solo, más rehén aún de su mente de lo que ya era habitual. Pero con aquella mujer, no.

—No quiero ser invisible —le dijo.

Ella recorrió la sala con la mirada para asegurarse de que nadie los miraba, a continuación deslizó la mano por debajo de la de él.

El contacto con su mano hizo que la respiración de Snow se calmara, que su pulso se ralentizara. No sabía qué hacer o decir, así que retiró su mano despacio, la metió en el bolsillo de su traje y sacó un cheque por valor de doscientos mil dólares a nombre de la galería Newbury. Dejó el cheque junto a la copa de ella.

—Me quedo el cuadro —le dijo—. Pero no puede ser la última vez que nos veamos.

—Ya te he dicho que no estoy en venta.

La frialdad de su voz hizo que le entrara el pánico.

—No lo decía en ese sentido —dijo Snow—. En serio. Estas cosas no se me dan bien. —La miró a los ojos, y esta vez él deslizó la mano debajo de la de ella—. Lo que quería decir es que... No quiero que el cuadro me recuerde que logramos escondernos el uno del otro.

Ella lo miró a los ojos, vio que hablaba en serio y deslizó el pulgar en la palma de su mano.

Quedaron en el Four Seasons la semana siguiente, esta vez en una suite con vistas al Public Garden. Habían hablado por teléfono todos los días desde la cena, a veces dos o tres veces, deleitándose con compartir más y más detalles de sus respectivos mundos: el arte que rodeaba literalmente a Baxter en la galería Newbury, los inventos de Snow que tomaban forma en Snow-Coroway Engineering.

Ninguno podía arriesgarse a una relación pública, así que nadie se ofendió porque tuvieran que expresar sus arrumacos dentro del hotel.

El chófer de Snow, Pavel Blazek, un hombre en el que confiaba incondicionalmente, reservó la suite y la cargó a su propia tarjeta de crédito.

Snow llegó quince minutos antes que Baxter. Entró en el baño de mármol y se miró en el espejo. Tenía la piel, el pelo y el físico de un hombre mucho más joven. Tenía la frente ancha, la mandíbula cuadrada, la barbilla ligeramente partida. Era guapo, y lo sabía, pero lo sabía de modo objetivo, igual que conocía las propiedades del carbono o las leyes de la gravedad. Nunca había sabido para qué utilizar su físico.

Ahora, por primera vez, quería ser atractivo, para Grace. Se había puesto una camisa y una americana nuevas, cuando cualquiera de las viejas le habría servido. Se había cortado el pelo indisciplinado. Se había afeitado la barba de dos días cuando normalmente esperaba más, hasta que le picaba y le distraía del trabajo.

Se puso un vaso de agua, metió la mano en el bolsillo, sacó dos comprimidos de Dilantin y los tomó. Durante las horas que había pasado hablando por teléfono con Baxter, sólo había mencionado una vez, y de paso, haber tenido ataques de niño. Le ocultó el hecho de que nunca habían desaparecido del todo. No quería que lo considerara defectuoso.

Cruzó el dormitorio y se acercó a una ventana de vidrio cilindrado que daba al Public Garden. El día era soleado y gélido. Todo parecía vigorizador. Veía la pista de hielo, repleta de familias. Y pensó que algún día le encantaría ir a patinar allí con Grace.

Miró la hora. Casi las cuatro. Llegaría en cualquier momento. En parte estaba emocionado, y en parte preocupado. Porque todavía se preguntaba si Baxter era real o algo que había ideado él. Se había permitido compartir con ella más pensamientos y sentimientos que con cualquier otro ser humano. ¿Era porque Grace era su alma gemela, o porque él deseaba ser la clase de hombre que podía tener un alma gemela? Con su matrimonio pendiente de un hilo, ¿se había creado un motivo para ponerle fin? ¿Tenía el potencial para ser plenamente humano, o estaba fingiendo que lo tenía?

Llamaron a la puerta. Se quedó inmóvil, se apoderó de él el miedo a que su mujer lo hubiera seguido o, peor aún, su hija o su hijo. Pero era un miedo irracional; era imposible que supieran dónde estaba. Blazek jamás traicionaría su confianza. En aquel momento, entre esas cuatro paredes, era libre. Con aquel pensamiento en mente respiró hondo y se dirigió a la puerta.

Como un acto de fe, no miró por la mirilla antes de extender la mano y abrir la puerta.

Ahí estaba Grace Baxter, vestida con lo que le había pedido que se pusiera: el sencillo vestido negro que llevaba el día que la vio por primera vez.

Notó que se le aceleraba el corazón. Una sensación nueva. Una sensación que le gustaba.

Grace alargó la mano. Él le tomó ambas y caminó hacia atrás mientras ella lo seguía al salón, mirando a su alrededor.

—Supongo que habrá que conformarse —bromeó, asimilando la amplitud del lugar, de casi cien metros cuadrados, con tapices orientales, paredes artesonadas, techo inclinado, molduras y lámparas de cristal. Miró a través de las puertas cristaleras que se abrían al dormitorio, vio la cama de matrimonio con sus almohadas, sábanas y edredón de blancura prístina. Se soltó y se acercó a la ventana que daba al parque. Luego se quitó los zapatos con gracilidad y se apoyó en el marco de la ventana, justo detrás de las finas cortinas.

Casi le pareció estar con ella detrás de las cortinas de encaje de su casa, cuando Kullaway la pintó desnuda. Y justo cuando imaginaba la escena, ella se llevó la mano a la nuca, se desató el vestido y lo dejó caer al suelo. Se apoyó en el marco de la ventana. Estaba desnuda y era perfecta, el pelo caoba le acariciaba los hombros delicados, la espalda se estrechaba en una cintura esbelta y luego se arqueaba ligeramente por encima de las partes de su cuerpo que tanto quería acariciar. Tenía las piernas tonificadas, pero no musculosas. Era todo lo que había imaginado. Era perfecta. Se acercó a ella, casi pensando que desaparecería en cuanto la tocara. Pero cuando lo hizo, ella se volvió, lo rodeó con sus brazos y lo besó. Y luego Snow sintió que perdía el sentido del espacio y del tiempo y que ganaba algo más importante, algo que había estado latente y que ahora despertaba: la pasión por otra persona. Se apretó contra ella y la besó aún con más intensidad.

Ella se apartó, sin aliento.

—Desvístete para mí —le dijo.

La mujer de Snow nunca lo había visto desvestirse, apenas lo había visto desnudo. Sus relaciones sexuales eran algo que el uno robaba al otro debajo de las sábanas por la noche. Se desabotonó despacio la camisa, se la quitó y la dejó caer al suelo. Se desabrochó el cinturón y los pantalones, dudó, y se bajó la cremallera. Se acercó a Grace.

Ella levantó la mano.

—Acaba.

Tenía vergüenza, y debió de notársele.

—No pasa nada —dijo—. Sólo quiero verte todo.

Snow se quitó los pantalones, los calcetines y los calzoncillos y se quedó desnudo delante de ella.

—Realmente no tienes ni idea de lo magnífico que eres, ¿verdad? —le preguntó Grace, acercándose a él. Le besó el cuello, las orejas, el pecho; luego se arrodilló—. Aquí dentro, hacemos lo que queramos.

5

15:40 h

Clevenger tuvo que esforzarse por concentrarse en la carretera al salir del aparcamiento del Mass General, en dirección al club de boxeo Somerville para recoger a Billy.

Recordó la sesión con Grace de aquella mañana: sus temblores, su culpa, cómo le había preocupado que fuera a suicidarse o a matar a otra persona. La imaginó meciéndose adelante y atrás en el sillón, abrazándose. Y pensó en lo que había dicho: «No quiero hacer daño a nadie nunca más».

¿Acababa de cometer un asesinato? ¿Por eso se había derrumbado? ¿Le había pegado un tiro en el corazón al hombre al que amaba y se había quedado sola en un matrimonio que la hacía sentirse como muerta?

¿O no había hecho daño a nadie? Aunque hubiera descubierto la amnesia inminente de Snow, quizá simplemente había planeado comenzar la psicoterapia el día que él se sometía a la operación. Tal vez el hecho de que él decidiera rehacer su vida la había inspirado para rehacer la suya.

Clevenger cogió el móvil y marcó el número de la consulta para ver si Baxter había intentado ponerse en contacto con él. Contestó la secretaria del Instituto Forense de Boston, Kim Moffett, una chica de veintinueve años con la sabiduría de una anciana de ochenta.

—¿Alguna llamada? —preguntó Clevenger.

—Llevo una hora intentando hablar contigo —le dijo.

Miró el móvil y vio que tenía mensajes en el buzón de voz. Lo había puesto en silencio antes de entrar a ver al doctor Heller.

—¿Qué pasa?

—La mayoría de cosas pueden esperar. Pero Grace Baxter te ha llamado cinco veces.

—¿Está bien?

—Dice que no es ninguna emergencia, pero no deja de llamar. Quiere que le dé hora para mañana por la mañana. Estás fuera todo el día en el Instituto Penitenciario de Massachusetts en Concord; tienes que evaluar la capacidad de un acusado para ser procesado. Pero le he dicho que hablaría contigo.

Clevenger tenía que visitar la prisión estatal de Concord para determinar si un hombre esquizofrénico que había matado a su padre estaba lo suficientemente cuerdo como para ser procesado. El juicio no comenzaría hasta el invierno.

—Dale hora para las ocho de la mañana —dijo—. Y llama a Concord y cambia la hora, por favor.

—Hecho. ¿Dónde estás? Se supone que tienes que estar en Somerville dentro de quince minutos.

—Estoy yendo para allá.

—North quería que te dijera que tiene información sobre un tipo llamado Collin Coroway.

—¿Está ahí?

—No, pero puedo localizarlo. Espera.

Moffett le pasó con él.

—¿Frank? —dijo Anderson.

—Aquí estoy.

—He comenzado investigando al socio de Snow, Collin Coroway.

—¿Y?

—No es alguien para tomar a broma. Es ex boina verde,

sirvió en Vietnam, y tiene contactos entre los agentes secretos. Su nombre aparece un montón de veces en negocios referentes a contratistas militares. Parece ser que Snow-Coroway Engineering se basa en el ingenio de Snow y los contactos de Coroway. El ochenta y cinco por ciento de su volumen de negocio está vinculado al Gobierno. Sistemas de radar, sónares, tecnología de misiles.

—Y se peleaban por si sacar la empresa a bolsa o no.

—Estaban en guerra. La típica confrontación. El tipo con cabeza para los negocios contra el tipo con la cabeza en las nubes. Coroway era el hombre de los números. Snow era el soñador. Hay que preguntarse lo encarnizada que era la batalla.

—Estoy contigo —dijo Clevenger. La lista de personas que podían desear que Snow muriera ya empezaba a crecer. Si Collin Coroway hubiera conocido el plan de Snow de cortar su relación personal, pasando a ser un competidor directo en potencia, quizá hubiera decidido terminar su sociedad con una bala—. No es el único al que hay que investigar —dijo Clevenger—. Acabo de estar en la consulta de Jet Heller. Me ha confiado un secreto: Snow tenía una aventura; con mi paciente de esta mañana, Grace Baxter.

—Quien, por casualidad, tenía un aspecto horrible —dijo Anderson.

—Me estás leyendo la mente.

—Lo que estoy pensando da miedo. ¿Vas a volver a verla?

—Mañana a primera hora. Mientras tanto, estaría bien concretar dónde estaba Collin Coroway hoy sobre las cinco de la madrugada.

—¿Eso no sería pisarle el terreno al detective Coady?

—Sin duda.

—Disculpa —dijo Anderson—. Siempre piso donde no debo.

63

—Disculpas aceptadas.

—Te llamo más tarde. —Anderson colgó.

Clevenger cogió el puente de Hanover Street para salir de Boston y llegó al club de boxeo Somerville unos minutos antes de la hora.

Billy estaba entrenando con un compañero en el cuadrilátero espartano que ocupaba la mitad del local. Del techo colgaban bombillas encendidas. Quince o veinte adolescentes más golpeaban sacos pesados, levantaban pesas y saltaban a la comba en puntos que rodeaban el cuadrilátero. El gimnasio debía de estar casi a treinta y cinco grados y olía como si hubiera absorbido el sudor de los cientos de boxeadores que habían entrenado allí. Algunos de ellos llegaron a ser Guantes de Oro como Billy; uno, Johnny Ruiz, acabó siendo campeón del mundo de los pesos pesados.

Clevenger fue hasta el fondo del local, se apoyó en la pared de hormigón y miró cómo Billy propinaba golpes a su contrincante, un chico más bajo, de hombros anchos, que retrocedía, cubriéndose.

—Enfréntate a él —le dijo desde un lado del cuadrilátero el entrenador Buddy Donovan, de sesenta y tantos años, cuyo gancho de derecha aún podía hacer crujir cuellos. Llevaba un chándal gris con las iniciales S.B.C. escritas en la sudadera—. Elige los golpes. —Vio a Clevenger y lo saludó con la cabeza.

Clevenger le devolvió el saludo y luego vio cómo Billy asestaba un buen derechazo a la mandíbula de su contrincante. Pareció que el chico iba a irse contra las cuerdas, pero en el último momento se recuperó.

No había duda de que Billy sabía boxear. Era fuerte y rapidísimo, y tenía buen alcance. Ejercitó el cuerpo hasta que su torso pareció una armadura. Pero tenía algo más aparte de músculo y reflejos. Tenía la intuición de un boxeador. Detectaba la estrategia de su contrincante y se ajustaba a ella, percibía sus debilidades y las explotaba. Había estudiado el deporte, leído libros sobre él, visto vídeos de los mejores, una y otra vez: Marciano, Liston, Ali, Frazier, Foreman, Leonard.

La idea de aprender a boxear había sido de Billy, pero Clevenger le había animado. Imaginó que sería un buen modo de liberar parte de su rabia y no ir soltándola por las calles de Chelsea.

Lo había adoptado hacía dos años, después de resolver el asesinato de su hermanita en Nantucket. Con el historial que tenía Billy de drogas y agresiones, la policía le había considerado el principal sospechoso. Pero Clevenger había demostrado que estaban equivocados. Cuando terminó su investigación del caso, el nombre de Billy quedó limpio, y su padre fue a la cárcel. A su madre le retiraron la custodia por considerarla incapaz.

Así que Billy quedó libre y debía ir a vivir con una familia de acogida, pero Clevenger tomó cartas en el asunto.

Vio que Billy encajaba un duro golpe de zurda en la frente. Sacudió la cabeza, comenzó a bailar. Sonó la campana; el asalto había acabado.

—Que no te haga retroceder, Nicky —le gritó Buddy Donovan al contrincante de Billy—. Dale golpes bajos y no pares.

Billy vio a Clevenger.

—Ha llegado el doctor —gritó, y se acercó a su rincón.

—Pinta bien —dijo Clevenger.

Billy le guiñó un ojo.

La verdad era que parecía peligroso. Se había hecho rastas en el pelo rubio largo y sucio. Un tatuaje en la espalda rezaba: «Deja que sangre», con letras verdes y negras de cinco centímetros de alto, y las palabras dibujadas sobre las cicatrices de las palizas que le había propinado su padre.

Hacer de padre de Billy era como cogerle de la mano

mientras caminaba por una cuerda floja sobre las llamas de su atormentado pasado. A veces parecía caminar bastante seguro y progresar bien. Otras, parecía estar destinado a caer en picado en ese infierno, a formar parte de él.

Lo más inquietante era que no tenía miedo. De niño, estar asustado no le había servido de nada; recibía la paliza de todas formas. Y la capacidad de tener miedo es uno de los ingredientes principales de la empatía. Hay que ser capaz de permitirse sufrir para poder imaginar el dolor de los demás.

Donovan tocó la campana para iniciar el siguiente asalto. Billy se dirigió saltando al centro del cuadrilátero. Su contrincante se acercó a él y se agachó, acechante. Billy saltaba de un pie a otro. Esperó hasta que el chico estuvo a su alcance, luego le asestó tres rápidos golpes de zurda que rebotaron en el casco protector.

El chico se acercó un paso más y soltó un derechazo que alcanzó a Billy en el hombro, lo que hizo que se tambaleara hacia un lado.

—Es más fuerte que tú —gritó Donovan a Billy—. Sigue moviéndote.

Billy miró a Donovan y comenzó a bailar de nuevo. Pero no toleraba que lo llamaran débil, y mucho menos considerarse como tal. Se quedó quieto, dio un paso hacia su contrincante y se plantó. Justo en ese momento, recibió un gancho de izquierda en la nariz. La sangre le bajaba por los labios.

—Te he dicho que te muevas —dijo Donovan—. No puedes enfrentarte a él directamente.

Algo nuevo asomó a los ojos de Billy. La visión estratégica, la búsqueda de una oportunidad, había desaparecido; la había reemplazado algo que parecía puro odio. Era como si el sabor de la sangre hubiera despertado en él algo primitivo e innato. Bajó los guantes a la cintura y avanzó un paso más hacia su contrincante. El chico soltó un derechazo directo que habría puesto fin al combate de haberle alcanzado, pero Billy se echó hacia atrás y el golpe le rozó la barbilla. Entonces Billy se agachó con rapidez, y comenzó a lanzar derechazos y zurdazos con la ferocidad de un luchador callejero. Algunos de los golpes los soltaba a lo loco, pero logró conectar los suficientes con los hombros, la cabeza y el cuello del chico como para hacer que se tambaleara.

—Volved a vuestros rincones. Hemos acabado —gritó Donovan, y se subió al cuadrilátero.

Clevenger se acercó.

Billy lanzó un gancho de zurda que falló y un fuerte cruzado de derecha que golpeó en la oreja izquierda del chico, que cayó rodilla en tierra.

—¡He dicho que basta! —gritó Donovan, más fuerte esta vez. Empujó a Billy hacia las cuerdas—. Cuando digo que hemos acabado, hemos acabado. ¿Entendido?

Billy se frotó los ojos con los guantes, como un niño pequeño que se despierta de un sueño.

—Lo siento —dijo. Se llevó un guante a la nariz y miró la sangre.

—Date una ducha y cálmate, por el amor de dios —dijo Donovan. Se volvió y se dirigió hacia el otro chico, que ya se había puesto de pie, pero que aún se tambaleaba un poco.

Billy miró a Clevenger, de pie a un lado del cuadrilátero.

—Vístete —le dijo Clevenger—. Te llevaré a casa.

Donovan se acercó a Clevenger mientras Billy caminaba hacia los vestuarios.

—Tiene el don, Doc. Algún día podrá ser profesional, si lo quiere de verdad. Sólo tiene que aprender a controlarse.

—Sí.

—Porque alguien con más ojo que Nicky lo hubiera noqueado cuando se ha puesto a dar golpes a lo loco.

Parecía que la pérdida de control de Billy preocupaba a Donovan por razones muy distintas a las suyas.

—Tampoco ha podido dejarlo cuando se lo has dicho —le dijo.

—Yo no le daría mucha importancia a eso. Estos chicos son puro nervio, no pueden controlarse. Eso llega con la edad y la experiencia.

—Esperemos —dijo Clevenger.

—Llevo mucho tiempo en esto —dijo Donovan. Le dio una palmada en el hombro y se fue hacia los vestuarios.

Clevenger se dirigió a la entrada, observando a los otros chicos sudar con sus ejercicios de entrenamiento. Le habría gustado creer que Donovan tenía razón, que Billy no era distinto a ellos, que los frenos de su sistema nervioso de dieciocho años sólo patinaban a veces. Pero Clevenger sabía más sobre Billy que Donovan. Conocía su historial de violencia fuera del cuadrilátero, las veces que había dejado a chicos sangrando en las aceras, con la mandíbula rota y una conmoción.

Sabía algo más sobre Billy, porque lo sabía sobre sí mismo. Cuando eres el objetivo de un padre cruel, esa crueldad se filtra en tu propia psique. La conservación de la energía rige la mente igual que los planetas. Absorber la cólera de un hombre significa literalmente eso. Puedes sentirla y luchar para eliminarla, o puedes intentar fingir que no existe, en cuyo caso crecerá más y más hasta que, a través de la depresión o la agresión, se apropie de cada rincón de tu alma.

Mientras Clevenger esperaba a Billy en la camioneta, su mente volvió de nuevo a Grace Baxter. Pensó en llamarla para asegurarse de que mantenía la cita. Pero le preocupó que lo tuviera rato al teléfono, y trataba de concentrarse totalmente en Billy cuando estaban juntos.

Billy salió del club con las galas de un adolescente, una camiseta negra Aéropostale, pantalones militares anchos y bajos de cadera y unas Nike de bota, sin atar. Se había vuelto a poner los tres aros de plata en la oreja izquierda y el collar de cuero con cuentas de hierro. Caminaba con un aire arrogante que era fingido, como un chico que imitara al tipo duro de una película.

Entró en la camioneta y se quedó con la vista al frente.

—Gracias por venir a recogerme.

—De nada.

Frank Clevenger salió marcha atrás, cogió Broadway en dirección a la carretera 99 y a las carreteras secundarias de Chelsea.

—He roto con Casey —dijo Billy.

Durante los dos últimos años, Billy había salido con Casey Simms, una chica de diecisiete años de Newburyport, un pueblo a una hora hacia el norte por la 95. Clevenger se preguntó si anunciar la ruptura era su forma de explicar por qué había perdido los nervios en el cuadrilátero.

—Me coge por sorpresa —dijo Clevenger—. Parecía que os llevabais bien.

—Se ha vuelto pesadita, de repente. Muy celosa.

—De repente. ¿Tienes idea de por qué?

—Es una chica —dijo Billy, sin apartar la vista de la carretera.

—¿Lo llevas bien? La ruptura, quiero decir.

—Claro.

Eso era todo el acceso a la vida emocional de Billy que Clevenger conseguía últimamente.

—¿Tiene algo que ver con la ruptura el hecho de que siguieras pegando a ese chico después de que Donovan pusiera fin al combate?

Billy se encogió de hombros.

—No le he oído.

Clevenger lo miró.

—En serio —dijo Billy, mirándolo—. Sé lo que piensas: que estaba proyectando mi frustración por Casey en Nicky. Pero no voy a echar la culpa de mi comportamiento a esa dinámica inconsciente. —Se volvió hacia Clevenger y esbozó su sonrisa más encantadora—. En otras palabras, tendría que haberle escuchado, y asumo toda la responsabilidad. ¿Te parece bien, Doc?

Billy siempre encontraba el modo de quitar importancia a sus problemas. Pero Clevenger no se los tomaba tan a la ligera.

—Si vuelves a desoír a Donovan, te quedas sin boxeo todo el verano, campeón —le dijo Clevenger—. Si respetas el deporte, genial. Si es una excusa para buscar pelea, lo dejas.

—Captado —dijo Billy, volviéndose y mirando de nuevo por el parabrisas. Pasaron quince, veinte segundos en silencio—. ¿Vas a coger el caso de ese tipo del callejón del Mass General? Ahora dicen que quizá no se mató, después de todo.

—¿Quién lo dice?

—Un periodista de la radio. Lo he oído mientras calentaba.

Clevenger había renunciado a intentar ocultarle a Billy su trabajo forense. Pensaba que no era muy saludable para él centrarse en la violencia, pero tampoco creía que fuera muy saludable crecer con un padre que le mantenía en secreto su ocupación. Y si Billy lo veía trabajando con la policía, tal vez estaría más predispuesto a respetar la ley.

—La policía de Boston me ha contratado hoy. Quieren que les ayude a averiguar si Snow se suicidó o no.

—Guay —dijo Billy con excitación—. ¿Qué piensas?

—Es demasiado pronto para pensar nada.

Billy asintió para sí.

—Se supone que iban a operarle del cerebro, ¿no?

—Sí.

—¿Podría haber muerto?

—En una operación de neurocirugía siempre existe esa posibilidad.

—Entonces seguro que no se mató.

Clevenger lo miró.

—¿Por qué no?

—Porque, como se dice, la libertad es no tener nada que perder. Suicidarte es algo que siempre puedes hacer. Si crees que es probable que mueras de todas formas, ¿por qué no jugársela? Quizá no despiertes nunca. O quizá despiertes y te sientas mejor, como si fueras otra persona. —Hizo una pausa—. Yo solía desear eso. ¿Tú no?

—¿Despertarme siendo otra persona, o no despertarme?

—Las dos. Cualquiera. Lo que fuera.

Clevenger miró a Billy, que lo miró a los ojos por primera vez desde que se había subido a la camioneta. Tenía la costumbre de abrirse de repente. Era una sensación agradable cuando pasaba, pero no ocurría a menudo, y nunca parecía durar mucho.

—Sí —admitió Clevenger—. Cualquiera.

—¿Y no me dijiste una vez que cuando peor se sienten las personas que más deprimidas están es por la mañana? —preguntó.

—Muchas de ellas.

—Eso es porque cuando se levantan, siguen siendo exactamente la misma persona que eran la noche anterior. Pero a este tipo iban a cortarle el cerebro. Podría haber pasado cualquier cosa.

Lo que decía Billy era muy sencillo y muy lógico. Snow intentaba liberarse, dejar atrás su vida y empezar de cero. Puesto que el suicidio siempre era una opción, ¿no habría esperado al menos a ver cómo salía la operación? Como inventor, ¿el hecho de reinventarse a sí mismo no suponía una oportunidad embriagadora?

—Es una forma muy interesante de verlo —dijo Clevenger—. Puede que tengas razón. —Su instinto le decía que cambiara de tema. No quería que Billy pensara en el asesinato o en el suicidio—. Volviendo a Casey —dijo—. ¿De verdad no tienes idea de por qué le preocupa tanto que puedas irte con otras chicas?

—He estado saliendo por ahí —dijo Billy—. No es lo que ella piensa. —Volvió a mirar al frente.

Clevenger imaginó que eso sería todo lo que podría sacarle.

—Podemos hablar luego —dijo.

—Sí —dijo Billy—. Luego está bien.

6

17:20 h

*B*illy se quedó en casa el tiempo justo para comer algo, y luego se marchó a ver a unos amigos. Así que Clevenger se quedó solo en el *loft* de ciento ochenta y cinco metros cuadrados que compartían, con su pared de ventanas altas arqueadas, que enmarcaban la noche de Chelsea, dominada por el río de faros que recorrían la cubierta superior del puente Tobin, a través de cuya estructura verde de acero asomaba el vapor de una chimenea cercana de veinte pisos de altura.

Debajo del puente había cinco kilómetros cuadrados de bloques de pisos, fábricas y casas adosadas de ladrillo que recibían una oleada tras otra de inmigrantes que veían Chelsea como un segundo útero: matriculaban a sus hijos en sus escuelas, solicitaban prestaciones a la oficina de la Seguridad Social de Everett Avenue, aprendían el idioma, conseguían sus primeros empleos en gasolineras, licorerías y almacenes, y luego renacían, prosperaban y se marchaban a ciudades más acomodadas como Nahant, Marblehead y Swampscott.

Clevenger encendió el ordenador que tenía en una mesa de pino antigua frente a los ventanales. Quería realizar su propia investigación sobre John Snow, Collin Coroway y Snow-Coroway Engineering. Y quería descubrir lo que pudiera sobre Grace Baxter. Mientras esperaba a que se reiniciara, fue hacia la puerta de Billy y miró su habitación. En el centro estaban el banco y la barra de pesas. Contra una pared, había un colchón. Un par de cientos de CD y DVD se apilaban unos junto a otros. La ropa rebosaba del armario. Sonrió al ver una fotografía pegada en la puerta del armario: él y Billy, el día que Billy se había trasladado al *loft*.

La mayoría del tiempo, hacer de padre a un adolescente problemático, incluso uno tan difícil como Billy, te hacía sentir sorprendentemente bien. Estructuraba la existencia de Clevenger, del modo en que puede hacerlo ser responsable de otro ser humano. Y su formación psiquiátrica le ayudaba a enfrentarse al hecho de que vivir con Billy podía hacer que se sintiera aislado y furioso, porque le recordaba su propia adolescencia infernal, el sadismo de su propio padre.

Para lo que menos preparado estaba Clevenger era para saber que educar a un adolescente realmente significaba aislarse. Dedicabas mucho tiempo y energía a otra persona, una persona que no era tu amigo, que no tenía por qué ayudarte cuando tenías un mal día o aguantar tu mal humor.

Clevenger estaba descubriendo lo solo que podía sentirse uno estando en la misma habitación con su hijo, incluso cuando quería tanto a ese hijo como él quería a Billy. Y no podía hacer desaparecer la soledad con los fáciles métodos de antes.

Las mujeres, por ejemplo. Clevenger había tenido aventuras durante los dos últimos años, incluida una relación intermitente con Whitney McCormick, la psiquiatra forense jefe del FBI que había trabajado en el caso de Jonah Wrens con él. Pero no podía abandonarse al romance, ni siquiera con ella, a pesar de que seguía apareciendo en sus sueños. No podía entregarse a una mujer y disolver sus inquietudes en el ofuscamiento de la pasión. Dar a tu hijo la impresión de que era el principal centro de atención de tu vida significaba acostarse y despertarse solo. Significaba llevar las aventuras como si fueran trabajos de media jornada.

Y luego también estaba su aventura intermitente con el alcohol y las drogas. Le había resultado menos estresante mantenerse sobrio por sí mismo, día a día, que obligarse a estarlo porque tenía que criar a un chico sano. Porque tener un desliz de vez en cuando era al menos más concebible cuando la única persona a la que podías hacer daño eras tú. Si el dolor se hacía demasiado intenso, sabías que podías aplacarlo, aunque tuvieras que pagarlo con creces más adelante. Ahora que el futuro de Billy estaba ligado al suyo, que tomarse una copa significaría que el padre de Billy era un bebedor, Clevenger no podía tocar el alcohol. Estaba casado con la realidad, por más dolorosa que ésta se volviera.

Pensó de nuevo en lo que John Snow había programado hacer, su plan de liberarse de sus neuronas enredadas y, muy probablemente, de todos los enredos. Por un lado, la idea era embriagadora. Snow podría haber vivido la vida sin restricciones de un desconocido en una tierra lejana, sin obligaciones para con nadie, sin sentimientos de culpa por pecados pasados, sin nada que lo definiera o lo limitara. Por el otro, había que preguntarse cuánto habría costado la libertad de Snow a las personas que lo consideraban parte de sus vidas, de sus realidades. Ahora que estaba muerto, ¿podrían resolver alguna vez los dramas de los que Snow era partícipe, o llevarían siempre en sus conciencias ese peso? ¿Era algo por lo que debiera preocuparse? ¿Hay alguien que sea libre hasta el punto de ser libre de hacer borrón y cuenta nueva?

¿Cómo se sentiría Billy si Clevenger decidiera que sus vínculos emocionales, positivos y negativos, eran nulos o inexistentes, que juntos no tenían ningún futuro, ni siquiera un pasado en común? ¿Sería capaz Billy de sobrevivir a semejante abandono? ¿Sería capaz de retener todo el amor y el miedo, la confianza y el resentimiento que habían compartido? ¿O su peso lo aplastaría?

El plan de Snow de marcharse ¿era un acto de supervivencia, un acto de destrucción, o ambas cosas?

Sonó el teléfono. Clevenger volvió a su mesa y contestó.

—Frank Clevenger al habla.

—Malas noticias —dijo North Anderson.

—¿Qué? ¿Dónde estás?

—En la oficina. Acaba de llamarme Mike Coady. La policía ha respondido a una llamada al 911 desde el 214 de Beacon Street. George Reese, el marido de Grace Baxter.

—Dios santo, no —dijo Clevenger, pensando que Grace lo había matado, o intentado matarlo. Le temblaban las piernas. Baxter le había ofrecido destellos de su desesperación, y él había tomado la decisión equivocada al dejarla marchar a casa en lugar de internarla en una unidad psiquiátrica—. ¿Es muy grave? —preguntó.

—Los auxiliares lo han intentado todo, pero no había nada que hacer. El cuerpo llevaba ahí un tiempo, seguramente un par de horas.

Clevenger se las arregló para acomodarse en su silla antes de que le fallaran las piernas.

—¿Cómo lo ha matado?

—¿Cómo lo ha...? —comenzó a decir Anderson, luego se detuvo—. El marido está bien, Frank.

La mente de Clevenger no podía, o no quería, dar sentido a los hechos que sugería la terrible respuesta.

—No entiendo.

—Es Grace —dijo Anderson. Se quedó callado unos segundos—. Se ha suicidado.

Clevenger cerró los ojos. Vio a Baxter dirigiéndose a su coche en el astillero, con lágrimas resbalando por su rostro. Se quedó mirando en la noche de Chelsea.

—¿Cómo? —logró decir.

—No es una historia agradable.

—¿Acaso lo son alguna vez?

—Pero ésta...

—Cuéntame.

—Ha entrado en el baño del dormitorio y se ha cortado las venas, luego el cuello. Después se ha tambaleado hasta la cama y ha muerto desangrada.

—¿Quién la ha encontrado?

—Su marido. Tenía que reunirse con él en el Beacon Street Bank para un cóctel. Un evento para recaudar fondos o algo así. No ha aparecido. Él ha vuelto a buscarla.

—¿Ha dejado una nota?

—Sí. Coady no me ha dicho qué decía.

—¿Podemos vernos allí? —le preguntó Clevenger. En parte quería ir porque Grace había sido paciente suya, aunque sólo fuera por una sesión. Pero también porque dos amantes habían muerto con pocas horas de diferencia. Una posibilidad era el asesinato con suicidio: que Grace Baxter hubiera matado a John Snow y luego se hubiera suicidado. Pero había otras posibilidades. Quería ver el lugar donde había muerto Grace, echar un vistazo a la disposición de las cosas, si había o no señales de lucha.

—Tengo que decirte que también han encontrado un papel en la mesita de noche con tu nombre y tu teléfono, y la hora de la cita de mañana. Supongo que el marido sabe que hoy vino a verte. Está buscando a un culpable.

—No tendrá que buscarme mucho. Estaré en el 214 de Beacon dentro de quince minutos.

—Te veo allí.

Clevenger le dejó una nota a Billy y luego condujo en dirección a Boston. Sabía que los psiquiatras perdían a pacientes, igual que otros médicos, que algunas enfermedades psiquiátricas eran mortales. Y sabía que había oído de la boca de Grace Baxter las palabras que la ley decía que tenía que oír, su compromiso de no hacerse daño a sí misma ni a otras personas. Pero su mente no dejaba de reproducir los cuarenta y pico minutos que habían pasado juntos, de repetir el momento en que le había preguntado si tenía intención de atacar a su marido. ¿Por qué no había insistido en el peligro real: que quisiera suicidarse? ¿Por qué no había presentido ese peligro?

Encontró sitio para aparcar en Beacon y caminó tres manzanas hasta el número 214, una casa majestuosa con miradores y ladrillos que tenían doscientos años, con anchos escalones de granito y un par de faroles negros de hierro forjado que enmarcaban una puerta esmaltada de color carmesí.

Los agentes lo reconocieron y se apartaron.

Cuando se acercaba a la puerta, ésta se abrió. Anderson salió y cerró.

Clevenger miró hacia la calle.

—No lo vi venir.

—Si tú no lo viste, no lo vio nadie.

Clevenger lo miró.

—No estoy seguro.

Ahora Anderson apartó la mirada.

—El marido está más resentido de lo que dijo Coady. Quizá lo mejor sea que lleven el cuerpo al depósito. Wolfe puede contarte lo que necesites saber.

Clevenger negó con la cabeza.

—¿Dónde está?

—Puedo ser tus ojos ahí dentro.

Clevenger se abrió paso.

Anderson lo agarró del brazo.

—Arriba, en el dormitorio principal. Coady está ahí. El marido está en el estudio que hay aquí a la derecha.

Clevenger abrió la puerta y entró en la casa.

George Reese, el marido de Grace Baxter, se levantó de un sillón de piel color burdeos, ladeó la cabeza y miró a Clevenger con unos ojos grises oscuros inyectados en sangre.

Era increíblemente delgado, medía metro ochenta más o menos y no aparentaba tener cincuenta y dos años. La camisa blanca que llevaba estaba manchada de sangre. El pelo negro azabache, engominado hacia atrás, le caía sobre la frente.

Clevenger se acercó a él. También tenía sangre en las palmas de las manos y en una de las mejillas.

—Siento mucho lo que ha... —comenzó a decir.

Unas manchas rojas aparecieron en el cuello de Reese.

—¿Cómo tiene la cara de poner los pies en mi casa? —dijo, esforzándose por no gritar.

Anderson se puso al lado de Clevenger.

Reese miró a Clevenger de reojo.

—Me ha dicho que le había llamado cinco veces hoy. Y no le ha devuelto las llamadas. ¿Qué era más importante que la vida de mi mujer?

Clevenger olió el alcohol en el aliento de Reese. Miró en el estudio y vio una botella de whisky abierta sobre la mesa de café.

—Llamaba para pedir hora. Se la dieron para mañana a las ocho de la mañana —dijo Clevenger. Sabía que no era una respuesta muy buena.

—Pues no ha llegado a mañana —dijo Reese indignado.

—Ojalá hubiera podido hacer más —dijo Clevenger.

Reese avanzó otro paso más. Anderson quiso interponerse entre ellos, pero Clevenger le hizo una señal para que se detuviera.

—Cinco llamadas —dijo Reese—. ¿La mayoría de sus pacientes le llaman media docena de veces en espacio de horas? —Hablaba con los dientes apretados—. ¿Conoce siquiera el historial de Grace, doctor Clevenger? ¿Se molestó en conseguir informes suyos antes de verla? ¿Habló con su último psiquiatra?

Esas preguntas trajeron a la memoria de Clevenger otro recuerdo desagradable de su sesión con Grace Baxter: el modo en que había salido de sus labios su «contrato no suicida», lo cual hizo que pensara en cuántas veces habría preocupado a sus psiquiatras con anterioridad. Pero no se lo había preguntado.

—Tres intentos de suicidio —dijo Reese—. Nueve ingresos en unidades de internamiento.

Clevenger apartó la mirada un instante y luego se obligó a mirar de nuevo a Reese.

—¿No tenía un hueco para ella, quizá a última hora de su ocupado día? ¿Tenía que ir a algún sitio?

—Siento lo de su esposa —dijo Clevenger.

Reese se inclinó hacia delante para susurrar algo a Clevenger al oído. El aliento le olía a alcohol de ochenta grados.

—Suba a nuestro dormitorio y échele un vistazo. Vaya a ver lo que ha hecho. —Se apartó.

Clevenger pasó por delante de él, subió la amplia escalera que llevaba al segundo piso; Anderson lo seguía de cerca. Oyó la voz de Mike Coady en el pasillo y se dirigió hacia allí. Se quedó inmóvil al entrar en el dormitorio.

Anderson le puso una mano en el hombro.

—Debió de tambalearse hasta que logró llegar a la cama.

Habían apartado el edredón del cuerpo de Baxter. Estaba desnuda sobre las sábanas empapadas en sangre, que había salpicado las paredes y la moqueta. Una de las cortinas de terciopelo azul claro que colgaban sobre las ventanas yacía en una pila manchada de sangre en el suelo.

Clevenger se acercó a la cama caminando sobre un sendero de plástico que habían extendido los investigadores de la escena del crimen. Miró a Baxter. Laceraciones color rubí le cruzaban el cuello: un trabajo mediocre. En las muñecas tenía un solo corte horizontal. Aún llevaba las pulseras de diamantes y el Rolex. Estaban llenos de sangre.

Coady caminó hasta el otro lado de la cama.

—¿Era paciente tuya?

—Me dijo que eran como esposas —dijo Clevenger.

—¿Eh?

—Las pulseras —dijo—. El reloj.

—Unas esposas bastante elegantes.

—Sí.

—Se ha cortado las dos carótidas —dijo Coady—. El baño aún está peor.

—¿Qué ha utilizado?

—Un cuchillo de tapicero. Estaban remodelando el tercer piso. El marido dice que debe de ser de uno de los contratistas. Clevenger asintió.

—Le ha dejado una nota —dijo Coady. Le alargó una bolsa de plástico con un papel de carta de doce por veinte.

Clevenger cogió la bolsa. La nota estaba salpicada de sangre, pero se podía leer.

Mi amor:

No puedo seguir. Entre que me quedo dormida por las noches y me deja el sueño por las mañanas, son escasos los momentos en que me siento viva, antes de despertar del todo a lo que se ha convertido mi vida. Imagina tener sólo esos pocos instantes de felicidad en todo un día y una noche, las ilusiones de libertad más dulces y fugaces, y puede que comprendas e incluso perdones lo que he hecho.

Recuerdo cada uno de nuestros besos, cada caricia. Cuando entrabas en mí, yo entraba en ti. Huía de mi dolor y lo dejaba atrás. Sola no puedo afrontarlo.

Me equivoqué al confiarte mi felicidad. Tu vida es tuya. Pero la idea de que me dejes ensombrece mi horizonte de un modo tan absoluto que no veo ningún futuro, ni deseo realizar ningún paso más hacia él.

Por favor, perdónamelo todo.

Para siempre,

GRACE

—El marido dice que habían hablado de separarse —dijo Coady—. Él había ido a ver a un abogado.

Clevenger le devolvió la bolsa.

—¿Hay algún sitio donde podamos hablar?

—Sígueme.

Clevenger siguió a Coady por otro sendero de plástico hasta el baño. Las paredes eran de espejo. Dondequiera que se volviera, Clevenger se veía cubierto con la sangre expulsada por las carótidas de Baxter. Le entró un sudor frío.

Coady utilizó su mano enguantada para cerrar la puerta.

—El cuchillo de tapicero —dijo Coady, señalando el lavabo.

Clevenger miró dentro y vio la herramienta; la hoja estaba manchada de sangre.

—Era la amante de Snow —dijo sin alzar la vista.

—Pero ¿de qué me hablas?

—Grace Baxter y Snow. Tenían una aventura.

—¿Te lo dijo ella?

—No —dijo Clevenger, y miró a Coady—. Hoy he ido a ver a J. T. Heller. Snow se lo contó.

Pareció como si la mente de Coady se pusiera a trabajar para dar con una solución sencilla a un problema complejo.

—Quizá ha sabido que su hombre se había matado, se ha deprimido y...

—Es posible —dijo Clevenger. Hizo una pausa—. ¿Por qué descartas al marido?

—¿Qué?

—El modo más habitual que tienen las mujeres de suicidarse es mediante sobredosis —dijo Clevenger—. A veces se cortan las venas. Pero ¿cortarse el cuello y hacerse un solo corte horizontal en cada muñeca? Sería un caso para las revistas de psiquiatría. Alguien se corta las carótidas como reacción a una psicosis, porque tiene la falsa ilusión de que por sus venas corre la sangre del diablo, o cosas así. No he visto ningún indicio de psicosis en Baxter.

—Seamos sinceros —dijo Coady—. No has visto venir nada de esto.

Aquella frase le sentó a Clevenger como una patada en el estómago. Tardó unos segundos en recuperarse.

—No —dijo al fin—. No lo he visto venir. Pero eso también es importante.

—Vaya, ya lo entiendo —dijo Coady—. No es posible porque al doctor Frank Clevenger, que todo lo ve, se le ha escapado. Lo obvio no es aceptable si eso significa que es obvio que la cagaste.

—El marido va todo manchado de sangre.

—Ha entrado, ha visto a la que fue su mujer durante doce años desangrándose en la cama y ha intentado reanimarla. Cuando hemos llegado, el cuerpo aún estaba caliente. No tenía pulso, pero aún estaba caliente.

Clevenger no respondió.

—¿Qué móvil tiene? —preguntó Coady—. ¿Los celos? La muerte de Snow ha salido en todos los periódicos. Tenía que saber que ya no competiría con él precisamente. —Pareció que sus propias palabras le disgustaban un poco.

—Estoy de acuerdo —dijo Clevenger—. Snow estaba fuera de circulación.

—Vaya, entonces ahora es culpable de doble homicidio. Tenemos a un banquero, un pilar de la comunidad, que en un arrebato homicida mata al amante de su mujer por la mañana y luego se la carga a ella por la tarde. Y no es que los pillara in fraganti, cogiera una pistola y les pegara un tiro. Aquí no hay impulso irrefrenable. Planeó liquidarlos el mismo día. —Hizo una pausa—. Eso sí que sería para las revistas de criminología.

—Quizá no lo planeó tan bien —dijo Clevenger. Hizo una pausa—. Mira, no digo que esté implicado necesariamente. Pero su mujer le engañaba. Ella y su amante están muertos. Y resulta que va todo manchado de sangre.

—De acuerdo —dijo Coady para zanjar el tema—. No le descartaré oficialmente.

—¿Sólo extraoficialmente?

—¿Qué tal si mi investigación la llevo yo? Sólo tenía una pregunta para ti: si John Snow era capaz psicológicamente de suicidarse. Si quieres el caso, tu trabajo se ceñirá a eso. Si establecemos que la muerte de Baxter fue o no un suicidio, no es asunto tuyo.

—Entendido —dijo Clevenger.

Coady sabía que se lo estaba quitando de encima.

—Deberías distanciarte. Tienes demasiado interés en que esto no haya sido un suicidio. Porque si lo fuera, también podría ser un caso de negligencia.

—Pues quizá sería el único modo de comenzar a obtener la verdad —dijo Clevenger. Se dio la vuelta y se fue.

7

20:40 h

Clevenger se marchó con Anderson. Volvieron a reunirse en las oficinas de Chelsea.

—¿Qué piensas? —preguntó Anderson, mientras se sentaba en la silla junto a la mesa de Clevenger, la misma que había ocupado Grace Baxter.

—Dos personas enamoradas, o que al menos tenían una relación íntima, han muerto con pocas horas de diferencia —dijo Clevenger—. Parece claro que hay que comenzar investigando su aventura amorosa. Alguien no pudo soportar lo que compartían, o no pudo soportar que se acabara.

—Podría ser la propia Grace. Podría ser la persona que disparó.

—Es posible —dijo Clevenger—. Pero para infligirse esas heridas, tenía que ser psicótica. —Negó con la cabeza—. Quizá estaba más enferma de lo que he intuido. Dijo que se sentía culpable. Quizá era más que eso. Quizá estaba convencida de que era mala. Quizá creyó que morir desangrada era la única forma de expiar sus pecados.

—¿Matar a Snow podía hacer que se sintiera así? —preguntó Anderson.

Clevenger lo miró.

—Puede ser. —Parte de la elegancia de llevar a cabo evaluaciones forenses de asesinos era comprender que sus estados mentales podían quedar muy afectados por el acto de matar en sí mismo. Asesinar puede provocar que una persona sufra algo muy parecido a la manía, o incluso a la esquizofrenia paranoide; a veces durante minutos, a veces durante horas. Negó con la cabeza—. No parecía alguien que está perdiendo el contacto con la realidad.

—Hasta que tengamos algo más, confiaremos en tu intuición. Si se trata de un asesinato con suicidio, caso cerrado. Lo mismo si los dos se suicidaron. Pero si ahí fuera hay alguien culpable de un doble homicidio, los únicos que lo estamos buscando somos nosotros.

Anderson tenía razón. Ellos dos eran los únicos que buscaban en serio la verdad. Y si esa verdad incluía a un asesino que tenía el descaro suficiente como para matar a un inventor prominente y a su amante de la alta sociedad, había llegado el momento de comenzar a preocuparse por su propia seguridad.

—Deberíamos empezar a tener cuidado —dijo.

—Entendido —dijo Anderson.

—Creo que mi siguiente parada será visitar a la mujer de Snow, averiguar si sabía lo de Grace Baxter. Mañana Coady me dará el diario de Snow. Le echaré un vistazo antes de pasar a verla.

—Aún tengo que investigar a Coroway. Y tendremos que llegar a George Reese de algún modo.

—De acuerdo.

—Supongo que te das cuenta de que no tenemos lo que se dice un cliente —dijo Anderson—. Tienes que realizar un informe sobre el estado mental de Snow para Coady, pero puede que éste incluso te retire el encargo si nos metemos a fondo en la teoría del doble homicidio.

Clevenger pensó en ello. Eran libres para retirarse del caso, y en parte le habría gustado. Había muchos otros casos aguardando en la oficina, por no mencionar el tiempo y la energía que requería evitar que Billy se metiera en líos. Pero sabía que si alguien había matado a Grace Baxter y a John Snow, esa persona estaría más tranquila si él y Anderson dejaban de investigar. Y eso le impediría conciliar el sueño, y también haría que regresaran las pesadillas, ésas en las que su padre estaba borracho y se ponía furioso por la noche. Al haber sido asesinado poco a poco por ese hombre, no soportaba dar vía libre a un asesino. Así era como habían encajado las piezas rotas de su psique, ésa era la persona en la que se había convertido.

—En realidad, el único cliente que hemos tenido era John Snow —dijo—. Imagino que es el único que puede despedirnos.

—Si lo hace, esperemos que sea a distancia.

22:35 h

Clevenger cogió el montacargas para subir al quinto piso y se dirigió a la puerta de acero de su *loft*. Del interior le llegaron voces y alguna que otra risa. Se preguntó si Billy habría invitado a algún amigo, algo que seguía haciendo los días de colegio, a pesar de que Clevenger le había pedido que lo dejara para los fines de semana. Intentó apartar la investigación de su mente y prepararse para un discurso paternal de tipo «Ya está bien por esta noche», y algo un poco más severo para cuando él y Billy se quedaran solos. Cuando abrió la puerta, vio a J. T. Heller sentado con Billy en la cocina, bebiendo coca-cola, como viejos colegas.

Heller se levantó y se acercó a Clevenger. Tenía un sobre grueso en la mano.

—Perdona que me haya puesto cómodo —dijo.

—No pasa nada —dijo Clevenger, sorprendido.

—He venido a traerte los informes que me pediste. El ingreso de Snow en la unidad de psiquiatría.

—Gracias.

—Quería que los tuvieras cuanto antes —dijo Heller—. Se te olvidó darme tu dirección. Me dieron ésta en la Sociedad Médica de Massachusetts. Billy me ha dicho que no tardarías en llegar. —Le alargó el sobre.

Clevenger lo cogió.

—Te lo agradezco.

—Veo que haces el mismo horario que yo. Acabo de pasarme seis horas en el quirófano.

—¿Operas hasta tan tarde?

—No. Un tipo ha ido a ver a su neurólogo porque tenía un dolor de cabeza horrible. Lo han bajado a toda prisa a rayos, como es lógico, y le han hecho un angiograma. Un aneurisma de la hostia justo en la arteria cerebelosa superior. No había ni un segundo que perder.

—¿Cómo ha ido?

—Cuando he abierto, ya había derrame. Si hubiera tardado una hora más en ir al hospital, no lo cuenta. Lo he cosido perfecto y he cerrado. Debería durar cien mil kilómetros más. —Guiñó un ojo y miró al techo—. Si dios quiere.

—Bien hecho.

—El día ha acabado mejor de lo que empezó, eso te lo aseguro —dijo. Pareció que aquellas palabras le devolvían el recuerdo de la mañana. De repente, parecía tan cansado como un hombre que ha perdido a un paciente y casi ha salvado a otro—. Debería irme —dijo.

—Es pronto —soltó Billy, luego bajó la mirada con timidez, como si se hubiera quitado su coraza de indiferencia.

Clevenger no estaba seguro de haberlo visto nunca tan emocionado por hablar con un adulto.

—Estoy muerto —le dijo Heller a Billy—. Otro día. Sin falta. —Le guiñó un ojo a Clevenger—. Billy y yo hemos visto que tenemos algunas cosas en común.

Billy alzó de nuevo la mirada, sonriente.

—Es genial —dijo Clevenger—. ¿Como cuáles?

—Mi camino hasta el arte de la curación estuvo lleno de baches, incluido el hecho de que me dieran en adopción.

—Y no sólo eso —dijo Billy.

Clevenger miró a Heller invitándole a completar la historia.

—Mis padres biológicos me abandonaron en el hospital después de que mi madre diera a luz. Se marcharon por la noche y salieron del estado. Una pareja de Brookline me llevó a su casa. Él era médico, del Mass General. Ella era enfermera. No podían tener hijos. —Miró a Billy, luego de nuevo a Clevenger—. Para serte sincero, les hice pasar un infierno durante años. No iba a clase, robaba coches. Me condenaron por agresión cuando tenía once años y pasé ocho meses en un centro de menores de los servicios sociales.

—Como yo —dijo Billy.

Hacía un año, Billy había pasado tres meses bajo la custodia del Departamento de Servicios Sociales, después de que él y un amigo se pelearan con otros tres adolescentes de cerca de Saugus. Los chicos de Saugus acabaron en urgencias.

—¿Qué te hizo cambiar? —le preguntó Clevenger.

—Mi religión —contestó Heller—. El sistema nervioso. —Dejó flotar sus palabras en el aire unos segundos—. Comencé a ir a trabajar con mi padre, mi padre adoptivo. Era neurólogo. Me dejaba ir a verlo al hospital después del colegio, rondar por la consulta, contestar al teléfono de vez en cuando, estar alguna vez con él mientras examinaba a pacientes, a los más interesantes.

—¿A que mola? —dijo Billy.

Clevenger imaginó que Billy pensaba que molaba mucho más que su reticencia a compartir su trabajo forense con él.

—Y acabaste haciéndote neurocirujano —le dijo a Heller—. Te gustaba lo que veías.

—Me fascinaba. Me fascinaba él. Realmente, que me dejara entrar en su vida profesional me salvó. Hasta que vi lo que podía hacer por la gente, el poder que tenía para ayudarla, no sabía que tuviéramos ese poder en nuestro interior. El poder para hacer el bien.

—Me ha dicho que puedo mirarlo en el quirófano —dijo Billy con orgullo—. Puedo verle abrir. —Dijo las últimas palabras como si lo hubieran admitido en una sociedad secreta que tuviera su propio idioma. En cierto modo, la neurocirugía era eso.

—No me he tomado tal libertad, en realidad —dijo Heller—. Le he dicho que consultaría contigo si te parecía bien.

Billy miró a Clevenger expectante.

—Por supuesto que puede —dijo Clevenger. Notó una punzada de celos, pero sabía que eran irracionales. Después de todo, era él quien se mostraba reacio a no compartir su trabajo. Billy habría estado encantado.

—Te llamaré para darte un par de fechas cuando sepa que hay un caso interesante —le dijo Heller a Clevenger.

—Me parece bien —dijo Clevenger.

—Quizá la semana que viene, si no hay cambios de horario. Voy a operar a una paciente que hace once años que está ciega. Ahora tiene treinta y tres años. Un tumor benigno en el nervio occipital. Si todo va como está previsto, y si tengo un poco de suerte, despertará, abrirá lo ojos y verá.

—Dios santo —dijo Billy.

—Dios interviene en todos los casos —le dijo Heller a Billy. Se volvió hacia Clevenger y señaló con la cabeza el sobre que tenía en la mano—. Llámame si puedo hacer algo más por ti.

—De hecho, si tienes un par de minutos —dijo Clevenger—, quería ponerte al tanto de un par de cosas sobre el caso Snow. Te acompaño a la puerta. —Vio que Billy ponía cara larga. No pretendía excluirlo. Y por supuesto, no quería que pareciera que competía con él por el tiempo de Heller. Pero tampoco quería hablar del asesinato de Grace Baxter delante de él. Intentó arreglarlo—. Pero estoy seguro de que estás tan cansado como yo —le dijo a Heller—. ¿Por qué no hablamos mañana a primera hora?

Billy se levantó de su asiento.

—Tranquilo, no os molesto más —dijo—. Tengo que irme de todas formas. —Comenzó a caminar hacia su habitación.

—Nos vemos en el hospital —dijo Heller.

—Eso —dijo Billy.

Clevenger lo vio desaparecer en su habitación.

—¿Ha habido algún progreso en el caso? —le preguntó Heller a Clevenger.

—Sí —dijo Clevenger—. Han encontrado a Grace Baxter muerta esta tarde.

—Grace Baxter... —dijo Heller, intentando situar el nombre.

—Su marido, George Reese, es el presidente del Beacon Street Bank.

—La Grace de Snow.

Clevenger asintió con la cabeza.

—Vengo de casa de Reese en Beacon Street.

—¿Cómo ha muerto?

—Tenía cortes en las muñecas y el cuello.

—Se ha suicidado. —Miró a Clevenger entrecerrando los ojos. Frunció ligeramente la boca—. ¿Crees que mató a Snow? ¿Qué es esto, una especie de triángulo amoroso con asesinato y suicidio? ¿Por eso he perdido a mi paciente?

—No lo sé —dijo Clevenger, sorprendido de nuevo por cómo Heller lo veía todo a través del prisma del interés personal. Que Snow hubiera perdido la vida no parecía ni de lejos tan importante para él como el hecho de que hubiera perdido a su paciente estrella—. No he sacado el tema cuan-

91

do la has mencionado esta mañana en tu consulta —dijo Clevenger—, pero Baxter era paciente mía. Una paciente nueva. La vi una vez.

—¿La tratabas?

—Ha venido a su primera sesión de psicoterapia esta mañana.

—Qué extraño.

—Seguramente pidió hora porque estaba deprimida después de que Snow la dejara.

—¿Te habló de la aventura?

—No.

—Había amenazado con suicidarse si la dejaba —dijo Heller—. Creo que te lo he comentado.

—Ojalá hubiera conocido su historial psiquiátrico —dijo Clevenger; sus palabras apenas atravesaron la tensa resistencia del sentimiento de culpabilidad que tenía—. Debí preguntarle más sobre el tema.

—Te culpas de su muerte —dijo Heller, mirando fijamente a Clevenger.

¿Qué tenía Jet Heller que contribuía a la camaradería inmediata, a la confianza instantánea? ¿Era su propia disposición a abrirse? ¿Era porque carecía de límites rígidos: pasaba a verlo a altas horas de la noche, invitaba a Billy al quirófano? O quizá sólo era por lo cómodo que parecía con todo, incluida la muerte. ¿Habría algo que pusiera nervioso a un hombre que se ganaba la vida abriendo la cabeza de otras personas todos los días?

—Hay algunas preguntas que no le he hecho —dijo Clevenger. No le comentó que no estaba seguro de si Baxter se había suicidado.

—Vamos, Frank. De médico a médico. Crees que la has matado.

Clevenger se aclaró la garganta.

—Verbalizó un contrato no suicida.

Heller asintió con la cabeza.

—He perdido a veintisiete pacientes en la mesa de operaciones —dijo—. ¿Quieres saber con cuántos la fastidié yo?

—Escucha, no tienes que...

—Seis. Posiblemente siete. Están muertos por culpa de mis limitaciones para curar.

Clevenger vio que estaba esforzándose por escuchar a Heller más como si fuera su psiquiatra que su paciente.

—¿Y qué piensas al respecto? —le preguntó.

—Pienso que tengo un trabajo muy jodido, que resulta que me encanta, y pienso que soy humano, digan lo que digan de mí los periódicos. Si no puedo digerir mis fracasos, no tengo derecho a meterme en la cabeza de nadie.

Clevenger tragó saliva.

—¿Y tú, Frank? ¿Eres humano? ¿O comienzas a creerte tu propia prensa, que puedes curar a todo el mundo, resolverlo todo? —Extendió la mano y apretó el brazo de Clevenger.

Cuando creces con un padre que no te demuestra ni pizca de amor, que un hombre te toque puede paralizarte o ablandarte. Clevenger apartó la mirada al tiempo que se le humedecían los ojos.

—Respuesta correcta, amigo —dijo Heller—. Me he ido a casa igual que como te sientes tú ahora media docena de veces, y me iré a casa sintiéndome así una docena más antes de que sea demasiado viejo como para que no me tiemble el bisturí.

Clevenger respiró hondo y lo miró de nuevo.

—Gracias —le dijo.

—Mantenme al día sobre el asunto, si no supone infringir las normas —le pidió Heller—. Y si acabas creyendo que el que lo hizo no fue Snow y necesitas más pasta para pillar a ese cabrón, pídemela. Si alguien le robó la vida, también me ha robado a mí.

—Te informaré si surge algo importante —dijo Clevenger. Tuvo que recordarse que en realidad no conocía demasiado a Jet Heller—. Y que no esté clasificado. Lo entiendes, ¿no?

—Todos tenemos nuestros códigos —dijo Heller—. Nunca te pediría que infringieras los tuyos. —Señaló la habitación de Billy con la cabeza—. A tu hijo le irá bien, por cierto. Tiene muy buen corazón. —Se encogió de hombros—. Nunca se sabe, debajo de esa mata de pelo y los *piercings* podría ser neurocirujano.

—Nunca se sabe.

—Buenas noches.

—Buenas noches.

Heller se dio la vuelta y salió.

Clevenger caminó hacia el cuarto de Billy. La puerta estaba cerrada. No salía luz por debajo. O estaba dormido, o fingía estarlo. Clevenger se quedó ahí quieto unos segundos; quería entrar y despertarlo, intentar que se le diera mejor compartir el entusiasmo de Billy por Heller y verlo operar. Pero sabía que obtendría la respuesta de siempre: «Más tarde, ¿vale? Estoy molido».

Se dirigió a su mesa frente a los ventanales que daban al puente Tobin, se sentó y abrió el sobre que le había dado Jet Heller. Pasó las hojas hasta llegar al informe de ingreso y al reconocimiento médico, escritos por un tal doctor Jan Urkevic, y leyó la sección titulada «Historial de enfermedades actuales».

El doctor Johnathan Snow, de 54 años de edad, casado y padre de dos hijos, epiléptico, queda ingresado para una evaluación de sus capacidades antes de someterse a una neurocirugía que supone riesgos potenciales muy graves, incluida la ceguera y la pérdida del habla. El paciente ingresa voluntariamente y declara ceder a los deseos de su familia, en especial de su mujer, al someterse a esta evaluación. «Necesita saber qué pienso racionalmente, que al decidir si seguir o no adelante con la operación, he sopesado los beneficios y riesgos que ésta conlleva, aunque no está de acuerdo con mi postura.»

El doctor Snow describe la intervención programada como «experimental». El doctor J. T. Heller extirpará partes concretas de su cerebro en un intento de eliminar los focos de los ataques responsables de la epilepsia que padece el doctor Snow, una enfermedad que él describe como «una cadena perpetua, estando la prisión en mi interior». Declara: «Mi cerebro es defectuoso. Sufre un cortocircuito cuando mi mente genera las mejores ideas. Mis vías neuronales no pueden con la corriente eléctrica que genera mi imaginación».

Al afirmar lo anterior, el doctor Snow comprende que está utilizando una metáfora para describir su estado. Es plenamente consciente de que eliminar de su cerebro los focos de los ataques, aunque esta operación le cure la epilepsia, puede o no resultar en un aumento de la función intelectual. Está dispuesto a aceptar los riesgos de la operación (que enumera con precisión), experimente o no beneficios en este terreno.

El doctor Snow es doctor en ingeniería aeronáutica y trabaja de inventor en una empresa de la que es cofundador (Snow-Coroway Engineering). No hay indicios de que no sea apto para realizar tareas que requieran memoria, concentración o tomar decisiones racionales.

Clevenger pasó a la sección titulada «Historial psiquiátrico pasado» y observó que Snow negaba haber sufrido enfermedades psiquiátricas en el pasado, o haber hecho terapia con un psiquiatra. Debajo de «Examen del estado mental», Urkevic había anotado que Snow declaraba no haber tenido pensamientos suicidas u homicidas ni alucinaciones. En sus conclusiones, consideraba a Snow capaz, a espera de las pruebas psicológicas.

Clevenger pasó las hojas hasta que encontró un «Informe de pruebas psicológicas» realizado por el doctor Kenneth Sklar. Formaba parte del historial médico que proporcionaría la mejor ventana a su intelecto y su vida emocional interior, incluyendo cualquier deseo consciente e inconsciente de morir que pudiera tener. La evaluación incluía una batería de pruebas: pruebas objetivas de inteligencia, perfil de la personalidad y pruebas objetivas de manchas de tinta.

Comenzó a leer.

PROCEDIMIENTOS DE EVALUACIÓN:
Entrevista
Test de Rorschach de manchas de tinta
Test de apercepción temática (TAT)
MMPI-2
WAIS-III (Escala de inteligencia de Wechsler para adultos)
Test Bender-Gestalt (TBG) con memoria.
Escala de evaluación de demencia-2

OBSERVACIONES DE CONDUCTA:
Visité al doctor Snow en mi consulta del edificio Ellison 7 en el Hospital General de Massachusetts para realizarle todas las pruebas. Es un hombre alto y atractivo que se mostró afable a lo largo de todas nuestras sesiones. Su flujo de ideas era normal y mostró una ausencia marcada de ansiedad (ver más abajo). Tenía curiosidad por la razón de cada una de las pruebas que se le realizaban, pero no era indiscreto. Sí que mostró una tendencia a cuestionar que este evaluador estuviera cualificado para el examen psicológico, incluyendo pre-

guntas sobre mi historial académico y años de experiencia. Dicho esto, se mostró dócil y comunicativo en todos los aspectos.

RESULTADOS DE LAS PRUEBAS:

Los resultados del test WAIS-III realizado al doctor Snow revelan que es un hombre extremadamente brillante e intelectual. Su razonamiento verbal y no verbal alcanza niveles sumamente dotados y tiene un coeficiente intelectual que se sitúa en los niveles de genio, en 165.

El WAIS también reveló una capacidad para pensar en función de los datos, así como de un modo más abstracto. En otras palabras, su pericia técnica no limita su creatividad. Esta dualidad es sumamente inusual y sin duda explica que el doctor Snow domine una disciplina científica compleja y luego sea capaz de aplicar esa disciplina de una forma nueva e «ingeniosa».

Los resultados de las pruebas de personalidad proyectiva y objetiva (incluyendo el MMPI), sin embargo, sí revelaron ciertas limitaciones. Exhibe una marcada tendencia a la autocrítica y la crítica a los demás. Piensa muchísimo más en sus déficits que en sus puntos fuertes y se centra de modo similar en los fracasos de los demás. Define a muchos de los personajes de las historias que se le presentaron como «imperfectos» o «no útiles». Las personas están sujetas a modelos de conducta ideales, más que realistas. Alaba la inteligencia, pero sólo cuando refleja genialidad. Denigra cualquier nivel inferior de inteligencia. Valora mucho los ideales de belleza física. Exagera los defectos físicos.

Estos temas siguieron manifestándose en el Rorschach. El doctor Snow pensaba que muchas de las tarjetas representaban el «caos» o «una tormenta», lo que indica su incomodidad con las pautas simétricas pero generadas al azar. Sobre una de las tarjetas con más colores dijo: «Quizás un jardín. No muy bien concebido. Una mezcolanza. Una cosa encima de la otra».

Curiosamente, el desorden no provocaba que el doctor Snow sintiera ansiedad, sino un mayor nivel de activación más cercano a la irritabilidad. Vinculó esa emoción a la que experimenta al inventar. Declaró que pensar en la solución correcta a un problema requiere rechazar las erróneas, incluidas las que estrictamente son correctas, pero mediocres. Dijo que estas ideas imperfectas «hacen que me enfade, lo suficiente como para que las destruya, sobre todo cuando son mías». Es una sensación de la que disfruta y que vincula directamente a la aparición de su genio creativo.

Este énfasis en la necesidad de alcanzar la perfección y el orden puede provocar que el doctor Snow piense de manera meditabunda y ensimismada. Espera que las personas «saquen lo mejor de sí mismas» e impidan que sus emociones controlen su intelecto. Cuando no lo hacen, las considera «débiles» o «defectuosas», en particular si el comportamiento de éstas le provoca un estrés adicional.

Las historias del test de apreciación temática del doctor Snow lo confirman. Por ejemplo, generó el siguiente relato al ver un dibujo de un niño observando un violín:

> Está pensando en Mendelssohn, lo que hacía con un violín, y se pregunta si puede componer música así. Siempre hay esperanza. Quizá tenga el don. Y sólo podrá averiguarlo tocando. Pero hay que tener mucho valor. Porque ¿quién quiere de verdad descubrir que sirve para la banda de música del instituto?

Cuando puse en entredicho este tipo de idea elitista, justificó sus sentimientos diciendo que reflejaban los de la sociedad en su totalidad, «aunque a nadie le interese admitirlo». En sus palabras:

> ¿Por qué no retransmiten partidos de baloncesto del parque del barrio? Porque a nadie le interesa. Son irrelevantes. Lo que importa de verdad es la NBA, y después sólo el equipo que gana el campeonato, y después sólo la superestrella de ese equipo. Eso es lo que fomentan todos los partidos de barrio, los partidos del instituto y los partidos de la liga universitaria de Estados Unidos. Toda esa energía está dirigida a alcanzar la cima, como un sistema de raíces, para que podamos ser testigos por la CBS de un triple a dos segundos de la conclusión del último partido de las finales y ponernos en pie, lo cual es una forma de adoración: adoración de la grandeza, que es tan sólo un reflejo de Dios.

99

El doctor Snow ve su trabajo exactamente del mismo modo. Rechaza el proceso en grupo, es su crítico más duro y compara su rendimiento con el de gente como Benjamin Franklin, Albert Einstein y Bill Gates.

RESUMEN

Como conclusión, podría decir sin ningún género de dudas que es probable que otro hombre tolerara la epilepsia que sufre el doctor Snow y rechazara los riesgos de la operación a la que ha aceptado someterse. Siempre ha considerado que sus ataques eran «un punto débil enorme», hasta llegar al extremo de etiquetarlos de «grotescos». Pero esta forma severa de juzgar su patología no alcanza el nivel de falsa ilusión y no debería afectar a su capacidad para acceder a someterse a una intervención diseñada para ponerle remedio.

El intelecto, la memoria y la concentración del doctor Snow están intactos. No hay ningún indicio claro que sugiera una alteración del razonamiento o una enfermedad psicótica. Lo considero capaz.

En caso de que el Comité de Ética deniegue al doctor Snow la operación, me preocuparía el impacto que eso tendría sobre su estado mental. Hay alguna posibilidad de que rechazara la noción de vivir el resto de sus días con esta enfermedad.

Más que nunca, a Clevenger le resultó muy difícil creer que Snow acabara solo en un callejón la madrugada de su operación, por falta de valor. Ni Urkevic ni Sklar habían detectado síntomas ni antecedentes de depresión que pudieran explicar que se hubiera vuelto un suicida. No padecía ansiedad. Tenía una imagen positiva de sí mismo, quizá incluso presuntuosa, y dirigía su ira hacia sus imperfecciones, muchas de las cuales estaba a punto de eliminar. No sólo iban a extirparle las partes del cerebro responsables de sus ataques, sino también las partes de la memoria responsables de mucho de su sufrimiento, las partes que lo ataban a relaciones defectuosas. Tenía que estar eufórico.

Sonó el teléfono. Respondió.

—Clevenger al habla.

—¿Cómo lo llevas? —preguntó Mike Coady.

Clevenger oyó algo sincero en el tono de Coady.

—Regular —contestó.

—Bien. Eso está bien. —Hizo una pausa—. Estoy en el depósito de cadáveres con Jeremiah Wolfe. Le está realizando la autopsia a Grace Baxter.

—¿Y?

—Tenía comida en el estómago. Comió menos de una hora antes de morir.

Algo que no cuadraba exactamente con un pánico suicida; aunque tampoco lo descartaba por completo. Se preguntó por qué le había llamado Coady en realidad.

—Decidió comer por última vez, ¿y qué? —dijo.

—Estoy seguro de que pasa.

—Sin duda.

—Pero es extraño, a pesar de todo.

No entendía adónde quería llegar Coady, o por qué no iba directamente al grano.

—De acuerdo, es extraño.

—Así que Jeremiah ha examinado más atentamente el contenido de su estómago. Ha encontrado un trozo de pastilla y la ha comparado con una de esas fotos de los libros de consulta de los médicos.

—Un libro de referencia médica —dijo Clevenger.

—Resulta que el fragmento de pastilla que ha encontrado concuerda con una píldora vitamínica, una cosa llamada Materna.

A Clevenger se le cayó el alma a los pies.

—Es una vitamina prenatal —dijo en voz baja.

Coady no contestó de inmediato.

—Los ultrasonidos demuestran que está... que estaba de tres meses. Quizá un poco más.

—De tres meses —repitió Clevenger.

—Así que, no sé, quizá haya algo de cierto en lo que has dicho. No soy psiquiatra, pero no me imagino a una mujer tomando una de esas vitaminas antes de suicidarse. Y no puedo citar estadísticas; pero, para empezar, no creo que las mujeres embarazadas se suiciden con tanta frecuencia.

—No, no lo hacen.

—Porque tienen ganas de que llegue el parto y todo eso, ¿verdad? Tienen otra vida en la que pensar.

A Clevenger le pareció que a Coady se le entrecortaba la voz al final de la frase. Quiso darle la oportunidad de expresar lo que sentía.

—No creo que nunca me acostumbre a este trabajo —manifestó.

Coady rechazó la invitación.

—Pero está la nota de suicidio.

—Me gustaría tener una copia.

—Te la haré. —Se aclaró la garganta—. No tengo ninguna prueba sólida que implique a George Reese en la muerte de su esposa —dijo—. Y sigo creyendo que de ahí a pensar que cometió un doble homicidio en un período de veinticuatro horas hay un gran paso. Sería un plan increíblemente estúpido, y él no lo es. Sigo viendo a Snow solo en ese callejón.

Clevenger no quería discutir el tema.

—George Reese no es el único que podía estar furioso por lo de la aventura —dijo—. Aún no me he entrevistado con ningún miembro de la familia Snow.

—¿Cuándo lo harás?

—Me gustaría que fuera mañana.

—Lo arreglaré. Puedo interrogar a Reese cuando quiera. Pero cuanto más sepamos sobre la relación de su esposa con John Snow por otras fuentes, mejor.

—Parece que estamos de acuerdo —dijo Clevenger.

Coady tampoco aceptó esa rama de olivo.

—Una cosa más —dijo—. Reese te ha amenazado cuando te has ido.

—¿Qué ha dicho exactamente?

—Que deberías estar tú de camino al depósito de cadáveres, no su mujer.

—Gracias por contármelo.

—Puedo ofrecerte protección policial basándome en esas palabras —dijo Coady—. Es un hombre de recursos.

—Gracias, pero no —dijo Clevenger.

—Ya he pensado que no la aceptarías. —Su voz fue apagándose—. Tres, tres meses y medio, no se puede salvar a un bebé, ¿verdad? Quizá cuatro.

Clevenger cerró los ojos. Se dio cuenta de que a Coady le preocupaba haber podido hacer algo para salvar al bebé de Grace. Era un pensamiento irracional —ni siquiera sabía que estaba embarazada en aquel momento—, pero eran los pensamientos irracionales los que tenían el poder de atormentarte.

—No —dijo Clevenger—. El niño no habría sobrevivido.

—Sabía que Coady necesitaría algo aún más definitivo que aquello cuando las dudas volvieran de noche; quizá no esa noche, quizá dentro de seis semanas, o seis años—. Imposible —dijo—. Del todo.

—Claro —dijo Coady, recobrándose. Se aclaró la garganta—. Hablamos mañana.

8

13 de enero de 2004

$\mathcal{M}$ike Coady llamó a Clevenger cuando pasaban unos minutos de las siete de la mañana para decirle que tenía luz verde para reunirse a las diez con la familia Snow en su casa de Brattle Street, en Cambridge. Antes de ir hacia allí, pasó por la comisaría de policía y recogió el sobre que Coady había dejado para él. Dentro había una copia del diario de Snow y cinco disquetes con los archivos del portátil de Snow.

Llegó a Harvard Square a las nueve y treinta y cinco y aparcó en Massachusetts Avenue, a medio kilómetro de la casa de Snow. Abrió el sobre y sacó el centenar de hojas.

Lo primero que le sorprendió fue el encabezamiento de la primera página: «Renaissance», renacimiento en francés. Lo segundo fue la letra de Snow: era tan pequeña que apenas se leía. Debía de haber mil palabras por página. Algunas estaban rodeadas con un círculo; otras, con un rectángulo; otras, subrayadas. Las frases traspasaban los márgenes, subían hasta la parte superior de la página, daban la vuelta, llenaban todo el espacio de arriba y continuaban por el otro lado, como si los pensamientos de Snow no encontraran resistencia.

Clevenger pasó las hojas y vio que en algunos puntos había dibujos esquemáticos y cálculos matemáticos que interrumpían el texto.

Entonces Clevenger se fijó en otra cosa: no había errores, ni una sola palabra tachada o escrita encima de otra. Todas aquellas letras minúsculas estaban perfectamente trazadas. En lo que parecía un caos había un orden absoluto, como un rompecabezas de cien mil piezas que encajaban para formar un laberinto perfecto.

Comenzó a leer, a veces girando la página en horizontal o al revés para seguir el texto.

RENAISSANCE

Existimos dentro de nuestro cuerpo, pero separados de él.

Por ley, se permite que una persona en pleno uso de sus facultades mentales deje morir su cuerpo, que rechace la atención médica que lo mantendría con vida, de acuerdo con sus creencias religiosas. Porque la religión de esa persona sostiene que la supervivencia del alma es primordial.

105

Existimos dentro de nuestro cuerpo, pero separados de él.

Un feto vive dentro de una mujer. Pero según el derecho común, esa mujer puede decidir eliminar esa parte de su biología por no concordar con su vida.

Un paso más. ¿Qué sucede si el espíritu que reside en el cuerpo de un hombre o una mujer desea deshacerse de la biología determinada que lo une a todas sus relaciones del pasado? Puesto que sólo la biología hace eso, nidos de neuronas en la circunvolución cingulada, el lóbulo temporal y el hipocampo. ¿Qué sucede si los recuerdos allí codificados ya no se corresponden con su sentido del yo? ¿Qué sucede si es consciente de esta espiritualidad con el mismo fervor con que una mujer puede saber que no es compatible con la vida que comienza a despertar en su vientre?

El hombre sabe que su espíritu podría renacer si no estuviera encadenado al pasado. Sufre muchísimo por culpa de sus ataduras, incapaz de avanzar en dirección a sus sueños. ¿Por qué ese hombre merece menos preocupación que los demás? ¿Por qué no debería liberarse su alma? ¿Por qué su espíritu debe envejecer y morir con el cuerpo, cuando en verdad puede renacer eliminando simplemente los obstáculos adecuados del sistema nervioso?

Yo soy ese hombre, estrangulado por las sogas que me atan a un matrimonio sin amor, a hijos a los que no hago de padre, a amigos y a un socio que sólo son tales de nombre. Deseo liberarme de todos ellos.

Mi historia ha salido mal, y anhelo escribir otra.

Que ellos hagan su vida y yo haré la mía. Pero que me dejen comenzar de nuevo de verdad, libre del peso incluso de un recuerdo distante de ellos. Porque entonces no podrán reclamarme nada.

<u>El hombre que conocen estará muerto.</u>

<u>Y yo renaceré.</u>

La ciencia médica necesaria para lograr este renacimiento personal está próxima. ¿Tengo derecho a utilizarla? ¿Es moral separarme de mi pasado, dejar atrás limpiamente mi vida actual para comenzar otra?

En este punto, Snow había dejado de escribir y había llenado las páginas siguientes de dibujos y cálculos. Los dibujos eran tridimensionales y muy detallados; describían un cilindro en diversas posiciones: horizontal, en un ángulo de treinta grados, en uno de cuarenta y cinco, vertical. En una versión, Snow había dibujado flechas para indicar que el cilindro rotaba en sentido contrario a las agujas del reloj; en otra, en el sentido de las agujas del reloj; y aun en otras, sobre el eje transversal.

Los cálculos parecían largas soluciones a ecuaciones físicas. Debajo, Snow había escrito: «Toda acción provoca una reacción DESIGUAL y opuesta».

Clevenger pasó la hoja y se paró en seco. A mitad de la página de la derecha, rodeado de cálculos, había un dibujo de cinco por cinco de la cabeza y hombros de una mujer: Grace Baxter. Era obvio que Snow se había entretenido con él, dedicando tiempo a sombrear el pelo, los ojos, los labios, capturando las sutilezas de su belleza.

El retrato estaba imbuido de la emoción que no había ni en los esquemas y cálculos, ni en la redacción. Snow había puesto verdadera pasión en él.

Clevenger pasó varias páginas. Más cilindros y números, más reflexiones filosóficas.

Miró la hora. Las 10:47. Arrancó el coche y condujo hasta Brattle Street, paró delante del 119, una majestuosa casa colonial de ladrillo con dos mil metros cuadrados de terreno, detrás de cincuenta metros de muro de piedra y un sendero de entrada semicircular protegido por enormes robles. El lugar debía de valer al menos cinco millones de dólares. Fuera había aparcados una limusina Mercedes, un Land Cruiser y tres coches de policía.

Clevenger se bajó del coche y caminó hacia la puerta principal. Un policía llamado Bob Fabrizio salió de su coche y se dirigió hacia él. Clevenger lo conocía de otro caso de Cambridge en el que había trabajado: un profesor de Harvard que había asesinado a su esposa.

—¿A qué viene este despliegue de medios? —le preguntó Clevenger.

—Misión oficial —dijo Fabrizio—. La viuda está intranquila.

—Lo suficiente como para pedir tres coches de policía.

—Cuatro. Sólo teníamos disponibles tres.

—Supongo que no podemos culparla —dijo Clevenger—. Mataron a su marido hace unas treinta horas.

—Eh, que no me importa el trabajo —dijo Fabrizio—. Pero le da al asunto un aire O. J-JonBenet, en mi opinión.

—¿Qué quieres decir?

—¿Cuatro coches patrulla? ¿Quién se cree que va a ir a por ella? ¿El puto Mossad? Tú mismo lo has dicho: despliegue de medios. Quizá todo esto sea un gran espectáculo. Quizá quiera dar la impresión de que está muy asustada, para que nadie se centre en ella, o en el hijo.

—¿Sabes algo sobre él?

—Como cualquier poli de Cambridge. Dos detenciones por posesión de cocaína. Una por agresión con violencia. Una amenaza malintencionada. Hizo una amenaza de bomba a su colegio privado de Connecticut. Llevaba encima un artefacto rudimentario que no habría prendido fuego ni a una pastilla de encender chimeneas. Se desestimaron todos los cargos o se aplazó indefinidamente el veredicto. Buenos abogados. En el fondo, el chico es un exaltado, pero nunca se sabe. Quiero decir que o bien el tal Snow se suicidó, o lo mató alguien que tenía acceso a su pistola. En cualquier caso, la brújula de mi intuición apunta directamente hacia aquí.

—Gracias por la consulta.

—Es gratis. Oye, ¿qué tal anda Billy?

—Bien —dijo Clevenger, un poco sorprendido por el interés de Fabrizio. A veces se le olvidaba que Billy se había hecho famoso por el caso de asesinato de Nantucket que supuso que perdiera a su hermanita. Una vez que su nombre quedó limpio, casi todas las revistas nacionales publicaron un artículo sobre él. Y cuando Clevenger lo adoptó, el frenesí de los medios de comunicación no hizo más que intensificarse.

—Me alegro —dijo Fabrizio—. Todos pensamos en él. —Volvió hacia su coche patrulla.

Clevenger se dirigió a la puerta principal y llamó al timbre. Medio minuto después, una joven muy hermosa de pelo castaño claro, liso y largo y ojos marrón oscuro abrió la puerta. Llevaba un estrecho jersey negro de cuello alto y unos Levi's aún más estrechos. Aparentaba veintidós o veintitrés años.

—¿Es de la policía? —le preguntó.

—Sí —dijo, ofreciéndole la mano—. Frank Clevenger.

Ella se la estrechó con desgana y la soltó.

—Mamá le espera en el salón.

¿Era posible que tan sólo tuviera dieciocho años?, se preguntó.

—¿Eres la hija de John Snow?

—Lindsey.

—Siento lo de tu padre.

Se le humedecieron los ojos.

—Gracias —dijo, casi con un susurro. Se apartó—. Vaya todo recto.

Clevenger caminó por una alfombra oriental que pasaba al lado de una escalera en curva y por un pasillo revestido de madera blanca y papel de pared de franjas anchas en tonos verde oscuro y oliva. De las paredes colgaban dibujos arquitectónicos antiguos de lugares históricos de Cambridge; probablemente los había elegido la mujer de Snow, al ser la arquitecta de la familia. El pasillo acababa en un salón, encuadrado en cada lado por chimeneas de metro ochenta con repisas de piedra caliza talladas con ángeles que tocaban una trompeta. Sobre las chimeneas colgaban dos óleos espléndidos. Y, encima, el techo estaba ribeteado con molduras intrincadas de treinta centímetros de profundidad, talladas con hojas de roble y bellotas.

La sala era tan imponente que Clevenger tardó unos segundos en fijarse en una mujer esbelta de metro sesenta que estaba de pie junto a una ventana en forma de arco, mirando el parque helado que brillaba con el sol tardío de la ma-

ñana. Llevaba unos pantalones grises de franela y un sencillo jersey azul claro que casi hacía que se confundiera con el
papel a rayas grises y azules de las paredes.

—Disculpe —dijo Clevenger.

Ella se volvió.

—Lo siento. No le había oído. Por favor, pase. —Señaló
un par de confidentes en el centro de la habitación.

Se encontraron allí.

—Soy Frank Clevenger —dijo, extendiendo la mano.

—Theresa Snow. —Le estrechó la mano con rigidez, luego la puso flácida y la dejó caer. Era elegante, aunque no
guapa. Tenía los ojos del mismo azul claro que el jersey, y el
pelo prematuramente gris, justo por encima de los hombros.
Tenía las facciones —los pómulos y la mandíbula— angulo-
sas, lo que hacía que pareciera que estaba muy concentrada.
Sonrió un instante, pero no le sirvió para suavizar el rostro.
Se sentó.

Clevenger se sentó frente a ella.

—El detective Coady me ha dicho que estaba usted ayudando en la investigación —dijo la mujer de Snow.

—Así es —dijo Clevenger.

—Gracias. Estamos más agradecidos de lo que se imagina. —Entrelazó los dedos debajo de la barbilla, como si re-
zara.

—Necesito saber todo lo posible sobre su marido —dijo
Clevenger—. Necesito entenderle, para comprender lo que
pudo haberle pasado.

—Quiere decir si se suicidó o no —dijo. Soltó el aire.

—En parte.

—El detective Coady dijo lo mismo. —Se inclinó hacia
delante y colocó las manos sobre una rodilla—. Tiene que
creerme: mi marido jamás se habría suicidado.

Clevenger advirtió que no llevaba apenas joyas, sólo un
recatado solitario y una fina alianza.

—¿Por qué lo dice? —le preguntó él.

—Porque era un narcisista.

No era un cumplido, pero la mujer de Snow no parecía resentida. Era como si afirmara un hecho: que su marido estaba enamorado de sí mismo.

—¿No le importaban los demás? —preguntó Clevenger.

—Sólo mientras confirmaran lo que quería creer de sí mismo y del mundo que lo rodeaba. Mi marido utilizaba a las personas como si fueran un espejo, para que reflejaran su propia imagen.

—¿Y cuál era esa imagen? —preguntó Clevenger, mirando el cuadro que colgaba sobre la repisa de la chimenea que Snow tenía a su espalda. Era la silueta de una mujer desnuda, detrás de una cortina de encaje, que contemplaba una calle de Boston iluminada por farolas al anochecer. Le resultaba familiar, como si lo hubiera visto en un libro o algo así.

—Que era infalible, todopoderoso —dijo Theresa Snow. Se recostó en el asiento—. Le echo muchísimo de menos. No sé muy bien cómo salir adelante sin él. Pero no quiero pintarle nuestra vida en común de color de rosa. Era un hombre complicado.

—¿Qué es lo que echará de menos?

—Su confianza. Su creatividad. Era brillante. De verdad. Una vez que has estado en compañía de una mente así, es muy difícil imaginar tener otra. Al menos para mí lo es.

Clevenger no sólo no detectó resentimiento en Theresa Snow, sino que percibió muy poco dolor. Parecía una presentadora de las noticias despidiéndose de un político famoso al que ha cubierto durante un par de décadas.

—Las personas ególatras no son inmunes al suicidio —dijo Clevenger—. A veces no pueden soportar la diferencia que existe entre cómo se ven ellas y cómo las ve el mundo.

—Eso tiene sentido para alguien a quien le importa el mundo que lo rodea —dijo ella—. Pero John no daba a nadie esa clase de poder. Nunca se preguntaba si sus pensamientos y sentimientos sobre sí mismo, o sobre cualquier otra persona, estaban justificados. Quizá por eso nunca lo vi deprimido. Siempre creía que los problemas de su vida estaban fuera de él, nunca dentro.

—¿Tenía tendencia a enfadarse?

—Tenía carácter.

—¿Cómo lo expresaba? —preguntó Clevenger. Volvió a mirar el cuadro.

—Haciendo sentir a la gente como si estuviera muerta —contestó.

—¿Disculpe? —preguntó Clevenger, centrándose de nuevo en ella.

—Si no encajabas en la visión que John tenía de la realidad, no te trataba como si fueras real, así de sencillo. Al poco de casarnos, a veces discutíamos, por nada demasiado importante, y podía pasarse semanas sin hablarme. Tenía la habilidad de fingir que una persona había desaparecido de la faz de la tierra.

Lo cual era, esencialmente, lo que John Snow pretendía hacer con las personas de su vida, por cortesía del bisturí de Jet Heller. A Clevenger no le hizo falta preguntarle a Theresa Snow por qué había estado casada veinte años y pico con alguien tan ególatra. La respuesta tenía que ser que no estaba preparada psicológicamente para una relación más profunda. Vivir con Snow le había proporcionado todo lo que conlleva una familia, incluidos una casa elegante e hijos, pero todo eso venía acompañado de la garantía de que estaría sola emocionalmente. Esa clase de trueque puede funcionar a la hora de sostener un matrimonio entre dos personas limitadas, pero también puede abonar el terreno para los problemas: si Theresa Snow llegó a creer que su marido había intimado de verdad con otra persona, infringiendo su código de aislamiento mutuo, puede que sintiera que era la única perjudicada, abandonada a su soledad. Y eso pudo enfurecerla mucho.

Clevenger se preguntó cuánto sabía la mujer de Snow acerca de Grace Baxter, si es que sabía algo. Y esa pregunta hizo que se diera cuenta de por qué le resultaba tan familiar el cuadro que colgaba sobre la repisa de la chimenea. Le recordaba a Baxter. Pero no cuando la había visto muerta. Ése no era el punto de referencia. Era el dibujo que había visto en el diario de John Snow. Éste había dibujado la cabeza y los hombros de Grace desde exactamente la misma perspectiva. Había tenido el descaro suficiente como para llevar el retrato a su casa.

—¿Le gusta? —le preguntó Theresa Snow.

—¿Disculpe?

—El cuadro —dijo—. Parece cautivado.

—Es muy bueno.

—La encontró John. —Se giró para mirar el cuadro—. Es magnífica, ¿verdad?

¿Estaba siendo esquiva, se preguntó Clevenger, hablando en clave sobre Baxter?

—El artista es de Boston —prosiguió—. Ron Kullaway. —Señaló con la cabeza detrás de Clevenger—. Ése de ahí también es suyo.

Clevenger se volvió hacia el cuadro que colgaba sobre la otra chimenea, una escena invernal de la pista de hielo del Public Garden, llena de patinadores.

—Extraordinario. —Se dio la vuelta.

—Hasta hace poco, a John no le había interesado mucho el arte. Se volvió un entendido muy deprisa. Coleccionó varias obras importantes.

—Sería agradable para ambos —dijo Clevenger, percibiendo lo falsas que habían sonado sus palabras.

—Creo que a John le entusiasmaba —dijo Snow, con total naturalidad—. Yo nunca llegué a entender su pasión.

Clevenger quería abrir la puerta para que Theresa Snow le dijera que sabía lo de Grace Baxter, si es que lo sabía.

—¿Lo consideraba un buen marido, a pesar de su narcisismo? —le preguntó.

Snow se quedó mirando a Clevenger varios segundos, impasible.

—Era mi marido —dijo al fin—. No era el hombre perfecto que él imaginaba. Pero yo le perdonaba sus defectos. No esperaba que fuera normal. Era extraordinario.

Eso no respondía a la pregunta de Clevenger.

—Me preguntaba si ustedes dos se llevaban bien —insistió—. La mañana de la operación su chófer lo llevó al hospital.

—¿Y?

—Me preguntaba por qué.

Por primera vez, Theresa Snow parecía un poco enfadada.

114

—Se lo pregunta por su propio marco de referencia —contestó—. Usted cree que cuando las personas se enfrentan a un peligro como el que supone una operación, sus familias deberían estar con ellos, físicamente. La mayoría de gente comparte su punto de vista. La verdad es que yo también. Pero la forma que tenía John de ver la realidad era que él era invulnerable. Jamás habría tolerado que los chicos o yo lo viéramos en un momento de debilidad, o miedo, antes o después de la operación. El apoyo que podíamos darle era dejarlo solo. Me dijo que Pavel lo llevaría, y supe que no debía insistir.

—¿Si no, su marido fingiría que usted no existía?

—Me contenté con poder darle un beso de despedida y desearle que todo fuera bien.

—Comprendía al hombre con quien se casó.

—No estoy segura de si había alguien que le comprendiera. Le perdonaba sus limitaciones. Quizá fuera egoísta por mi parte.

—¿Por qué lo dice? —preguntó Clevenger.

—Me casé con un genio. Nunca me he arrepentido. Las capacidades intelectuales de John equilibraban sus carencias en el terreno de las habilidades sociales. Literalmente, el poder de su cerebro te sobresaltaba. Era magnífico estar cerca de él. No sé cómo describirlo. Supongo que era un poco como estar cerca de cualquier otra fuerza de la naturaleza. Un amanecer. Una tormenta. Quizá como vivir en la playa, hipnotizado por unas olas que podrían arrasar los fundamentos de tu casa. Pero mi hija no aprobaba ese trueque, y también tenía que vivir en nuestra casa. Creo que esa situación le dificultaba mucho la vida.

—¿En qué sentido?

—La presión constante por ser perfecta —dijo Snow—. Es muy afortunada. Es guapa y su mente casi iguala a la de su padre, cuando se decide a utilizarla. Él la quería con locura. Pero creo que el esfuerzo constante por satisfacerle era una carga. Últimamente no se esforzaba tanto, y las cosas no iban tan bien.

—¿Qué cambió?

—Creo que está distraída, en el buen sentido. Se ha centrado mucho en los estudios. —Sonrió, casi con timidez—. Y puede que por fin haya descubierto a los chicos. —La sonrisa desapareció—. Solía ser la sombra de John literalmente. Hacía los deberes en su despacho de casa mientras él trabajaba en sus proyectos. Le llamaba varias veces al día a Snow-Coroway para hablar con él. Todo eso estaba fracasando.

—¿Y su hijo? ¿Cómo le afectaba a él vivir con su marido?

—Eso es otra historia. —Una mezcla de tristeza y frustración asomó a su rostro. Soltó un suspiro—. Kyle nunca pudo ganarse el amor de su padre, hiciera lo que hiciera.

—¿Y eso por qué?

—Tiene... diferencias de aprendizaje.

Pareció que no le gustaba pronunciar esas palabras.

—¿Dislexia?

—Sí, y problemas de concentración.

—¿Cómo interfería eso en la relación con su marido? —preguntó Clevenger. Ya sabía la respuesta por las pruebas psicológicas del historial médico de Snow. La importancia que éste daba a la belleza, la fuerza y la inteligencia no encajaban con un niño que tenía «diferencias de aprendizaje».

—John consideraba que Kyle era fundamentalmente defectuoso. Desde que nació hasta los dos años y medio, lo adoraba. Era un niño precioso. Pero cuando se hizo evidente que era distinto... Al principio John removió cielo y tierra para encontrar una solución, para arreglarle. Lo llevó al Mass General, al Johns Hopkins... Incluso a Londres, a un programa que se centra en el aprendizaje asistido por ordenador. Cuando vio que no podía convertirlo en un chico normal, comenzó a evitarle.

—¿Cómo lo hizo?

—Mandó a Kyle a escuelas especiales, desde muy pequeño. La primera estaba en Portsmouth, New Hampshire. Tenía siete años. Los días se hacían largos, con el viaje y todo eso. Se marchaba a las siete de la mañana y no volvía hasta las siete de la tarde, a veces más tarde. Desde sexto curso, estuvo en un internado de Connecticut. Sólo ha estado aquí viviendo con nosotros las veinticuatro horas desde que acabó el instituto en junio.

Clevenger asintió con la cabeza.

—¿Y usted no se opuso a esa educación?

—No me entusiasmaba la idea —dijo Snow—. Pero pensé, y aún lo pienso, que fue mejor para él que la otra alternativa. Le habría destrozado estar aquí la mayor parte del tiempo y ver que John no le prestaba ninguna atención.

—¿Su marido no le habría aceptado más con el tiempo?

—John no. No.

No parecía que Theresa Snow se hubiera enfrentado nunca a su marido, ni siquiera cuando éste había desterrado a su hijo con dificultades de aprendizaje a una década de educación privada fuera del estado. Pero Clevenger sabía que al menos una vez sí le había hecho frente, al obligarle a someterse a una evaluación de su competencia mental antes de entrar en quirófano. ¿Fue porque sabía que era la última oportunidad que tenía de mantenerlo en su vida? ¿Sabía que iba a dejarla?

—¿No se arriesgó mucho al obligar a su marido a que se sometiera a una evaluación psiquiátrica? —preguntó—. Tuvo que ser un desafío importante para la imagen que tenía de sí mismo. Podría haber cortado la relación con usted.

—Ha ido a ver al doctor Heller —le dijo—. ¿Tiene el historial médico de John?

—Sí —respondió Clevenger.

Theresa Snow asintió para sí.

—Obligarle a que se sometiera a la evaluación conllevaba ese riesgo —dijo—. Sabía que existía la posibilidad de que no volviera a hablarme nunca más. Pero tenía que saber si su conducta era racional. Se estaba jugando el habla y la vista. Y antes de tomar la decisión de operarse, llevaba un tiempo comportándose de un modo extraño, estaba casi eufórico. Fue un proceso que duraba ya meses. —Se encogió de hombros—. John no se resistió mucho a la evaluación. Estoy segura de que supo desde el principio que las pruebas demostrarían que pensaba con claridad. Si no, quizá jamás habría vuelto a saber nada de él. Era magnánimo en la victoria, mucho menos en la derrota.

—Sería duro estar enamorado de alguien así.

—No —contestó de inmediato—. Era fácil quererlo. Yo le comprendía. Invertía toda su tolerancia a la imperfección en una cosa: sus ataques. Pero apenas podía enfrentarse a eso. Cualquier otra falta de orden era inaceptable para él. Ésa es otra de las razones por las que nunca se habría suicidado. Tenía la oportunidad de liberarse de los ataques. Estaba extático.

—¿No compartía ninguna de sus dudas respecto a la operación?

—Confiaba plenamente en el doctor Heller. Conocía los efectos secundarios potenciales, pero no creía que fuera a sufrirlos.

Clevenger asintió para sí. Había un efecto secundario que John Snow sí esperaba «sufrir»: perder la memoria.

—Si su marido no se suicidó —preguntó Clevenger—, ¿quién cree que lo mató?

Theresa Snow dudó, pero sólo unos segundos.

—Le he insistido al detective Coady en que se centre en Collin —contestó.

Frank Clevenger no esperaba obtener una respuesta tan definitiva.

—¿Por qué Collin? —preguntó.

—John y él habían llegado a un punto muerto respecto a la empresa. Collin estaba furioso.

—Por si sacaban a bolsa Snow-Coroway o no —dijo Clevenger.

—Eso era lo principal. John nunca lo habría permitido.

—¿Qué era lo demás?

—Un invento de John.

—¿Qué clase de invento?

—John casi había acabado de inventar un sistema que haría que los objetos voladores fueran invisibles a los radares. Lo llamó Vortek.

—¿Objetos voladores? ¿Se refiere a aviones?

—El sistema estaba diseñado específicamente para misiles. Por lo que John me contó, aparte de moverse hacia delante, los misiles hacen tres cosas más en realidad: rotan, giran sobre el eje transversal y se mueven de un lado a otro.

Los radares funcionan identificando cualquiera de estos tres movimientos. John había desarrollado una serie de giroscopios capaz de eludirlos a todos. La empresa esperaba obtener unas ganancias extraordinarias de los contratistas militares.

—Pero...

—John tenía dudas. Era inventor, y le encantaba que su cerebro hubiera generado una idea tan elegante como el Vortek, pero vio que estaba creando un monstruo. Sabía que, en última instancia, causaría la muerte de muchísimas personas. No estaba dispuesto a vender la propiedad intelectual.

—¿Tenía poder de veto?

—Todas las decisiones importantes de Snow-Coroway requerían dos firmas: la suya y la de Collin.

—Y en el caso de que su marido muriera...

—Sus ideas pasaban a ser propiedad de la empresa. Todo el control pasaba a manos de Collin.

—En otras palabras —dijo Clevenger—, ahora Collin Coroway es libre de seguir adelante con el proyecto.

—Sí. Y John estaba convencido de que el Vortek generaría unas ganancias superiores a los mil millones de dólares. La oferta pública inicial de acciones de la empresa sería un éxito rotundo. Ahora no hay nada que impida a Collin sacar a bolsa la empresa.

Clevenger notó cómo Theresa Snow presionaba para que el rumbo de la investigación cambiara y se centrara en Collin Coroway. ¿Podía ser porque no quería que las sospechas recayeran sobre ella? ¿O sobre su hijo?

—¿Estaba usted de acuerdo con su marido? —le preguntó—. ¿Creía que su invento debía mantenerse en secreto?

—Por supuesto.

—Es una posición muy moral, y muy cara.

A Theresa Snow no se le escapó qué insinuaba Clevenger con aquel comentario.

—¿Me está preguntando si cambiaría la vida de mi marido por una herencia mayor?

—No pretendía...

—Es una buena pregunta —dijo con rotundidad—. Le
daré una respuesta muy directa. Entre las acciones que tenía
mi marido de Snow-Coroway, nuestros otros bienes y su seguro de vida, espero heredar ciento cincuenta millones de
dólares, aproximadamente. No menos de ciento veinte, en
todo caso. Puedo arreglármelas para vivir con eso.

Clevenger sintió el impulso de preguntarle si los hijos de
Snow estaban representados en el testamento; en particular,
el hijo a quien nunca había sido capaz de amar. Pero se contuvo.

—¿Le importaría que hablara un rato con Kyle y Lindsey los próximos días? —le preguntó.

—¿Para?

—Estoy seguro de que tendrán su punto de vista sobre su
marido. En este tipo de evaluaciones se acostumbra a realizar
un historial familiar. No hablar con ellos sería muy extraño.

—Adelante, entonces. Haremos todo lo posible para que
la investigación transcurra sin problemas. —Apretó la mandíbula, lo que dio mayor dureza a sus rasgos—. Quienquie-
ra que matara a John, me arrebató a mi marido. Pero nos
arrebató a todos los frutos de su inteligencia. Si esa persona
es Collin, no quiero que obtenga ninguna recompensa. Quiero que lo pague.

—¿Ha sugerido al detective Coady que tome en cuenta a
algún otro sospechoso? —le preguntó Clevenger.

—No. Si Collin puede demostrar que no estaba cerca del
Mass General la madrugada de ayer, no tengo ni idea de
quién pudo hacerlo. Tendré que confiar en que la policía y
usted lo averigüen.

—¿Cree que Collin podría intentar hacerle daño? —preguntó Clevenger—. He visto los coches patrulla fuera.

—Es una tontería, ya lo sé —dijo—. No veo por qué alguien tendría algún motivo para querer hacernos daño a mí o a los chicos. Pero la verdad es que ya no sé qué esperar. John hacía que el mundo pareciera muy predecible y razonable, casi como si pudiera inventar su futuro, y el nuestro, sin que interviniera nadie más. Es obvio que se equivocó.

121

9

Clevenger casi había llegado a su coche cuando una mujer gritó su nombre. Se volvió y vio a Lindsey Snow corriendo hacia él.

Se le acercó caminando. No se había puesto chaqueta y se abrazaba para darse calor.

—¿Tiene un minuto?

—Claro.

—¿Vio a mi padre? —le preguntó en voz baja—. Quiero decir... después.

Clevenger no esperaba que la hija de Snow le entregara de repente el peso de su dolor. Sintió que su respiración y los latidos de su corazón se ralentizaban y se preguntó de nuevo por qué compartir el dolor de los demás le tranquilizaba.

—Sí —dijo Clevenger—. Vi a tu padre.

—Sé que no ha hecho más que comenzar a imaginar qué pasó. —Se abrazó con más fuerza. Se le humedecieron los ojos.

—Hace frío. Entremos en tu casa a hablar.

Negó con la cabeza.

—Mi madre no quiere que hable con usted de ningún modo.

—¿Por qué?

—Vayamos a algún sitio en el coche.

Clevenger no estaba dispuesto a irse en coche con una adolescente que acababa de conocer.

—Podemos hablar en la camioneta —le dijo.

—De acuerdo.

Caminó con ella hasta el coche y abrió la puerta del copiloto. Lindsey subió. Clevenger se sentó en el lado del conductor, puso en marcha el motor y encendió la calefacción.

Lindsey se quedó mirando al frente, igual que a veces hacía Billy cuando estaba disgustado por algo.

—Supongo que lo que le pido, aunque seguramente aún no pueda decirlo, o no quiera decírmelo... —Tragó saliva, cerró los ojos—. Quiero saber si mi padre se suicidó. —Lo miró y apartó deprisa la vista—. Necesito saberlo. —Recogió las piernas, las pegó al cuerpo y apoyó la cabeza en las rodillas.

Por primera vez, parecía más una chica con problemas que una mujer.

—¿Es la pregunta que más te duele? —le preguntó Clevenger.

Las lágrimas resbalaron por su mejilla.

—¿Es porque crees que sabes la respuesta?

Lindsey asintió con la cabeza, y las lágrimas comenzaron a manar de verdad.

—Me siento tan sola —logró decir.

Clevenger sintió el impulso de abrazarla y consolarla, como haría un padre. Pero ese gesto borraría los límites profesionales que necesitaba mantener en su lugar. Si comenzaba a pensar en Lindsey como alguien a quien proteger, era posible que jamás consiguiera ver la dinámica de la familia Snow tal como era en realidad.

Se preguntó por qué Lindsey parecía tan cómoda sentada en su camioneta, abriéndose a un completo desconocido. ¿Por qué había sugerido que se marcharan con el coche? ¿Intentaba atraerle?

—No tienes que decirme lo que estás pensando —le dijo, para ver si alejándose conseguía acercarla.

Funcionó al instante.

123

—Tengo que contárselo a alguien —dijo. Abrazándose todavía las rodillas, volvió la cara hacia Clevenger.

Ese movimiento sencillo hizo que el pelo brillante le cayera sobre la mejilla y el cuello, y enmarcó sus llorosos ojos marrón oscuro y sus labios carnosos, transformándola de nuevo de niña en mujer.

—Yo lo maté —dijo.

Clevenger la miró a los ojos y vio un vacío parecido al que había visto en la mirada de los asesinos. Y de repente sintió otro tipo de peligro en el hecho de estar sentado en la camioneta a solas con Lindsey Snow. Presionó la pierna contra la puerta para asegurarse de que no había olvidado sujetarse la pistola a la espinilla antes de salir de Chelsea. Al hacerlo, vio que los ojos de Lindsey se llenaban de desesperación y vulnerabilidad, y que se transformaba de nuevo de mujer en niña, de asesina en víctima.

—¿Me estás diciendo que le pegaste un tiro a tu padre? —le preguntó.

Ella volvió a mirar al frente.

—Hice que se lo pegara —contestó.

—¿Lo hiciste?

—Yo... —Parecía que le resultaba tremendamente doloroso pronunciar las palabras—. Hice que sintiera que debía estar muerto.

—¿Cómo lo hiciste?

—Le dije que ojalá lo estuviera.

—¿Y crees que decirle eso bastaría para que pusiera fin a su vida?

Sus ojos se volvieron fríos y vacíos de nuevo.

—Sí.

Era obvio que Lindsey Snow creía ejercer un poder extremo sobre su padre: el poder de socavar su voluntad de vivir, lo cual seguramente significaba que Snow había hecho que se sintiera totalmente responsable de su felicidad.

—¿Por qué querías que tu padre muriera? —le preguntó Clevenger.

Lindsey se hizo una bola aún más pequeña que antes, y dejó que el pelo le cayera sobre la cara.

—Me mintió —susurró.

—¿Sobre...?

—Sobre todo —dijo, con un dejo de ira en la voz.

¿Conocía Lindsey la aventura de Snow y Grace Baxter? ¿O sabía que su padre estaba dispuesto a dejar a todo el mundo, ella incluida? ¿Y a quién podría habérselo contado? ¿A su madre? ¿A su hermano?

—¿Qué mentira hizo que te enfadaras más? —preguntó Clevenger.

Lindsey negó con la cabeza.

—Puedes contármelo.

Alargó la mano a la manija de su puerta.

—Espera, Lindsey.

La chica abrió la puerta, se bajó de un salto y echó a correr hacia la casa.

Clevenger vio que ralentizaba el paso y se ponía a caminar al acercarse a los coches patrulla apostados delante de la casa. Cuando pasaba por delante de ellos, su madre salió por la puerta principal. Y verlas un momento a las dos juntas hizo que Clevenger se diera cuenta de que eran opuestas en muchos sentidos: una era reservada, y la otra, muy emotiva; una era hermosa, y la otra, mucho menos; una era muy indulgente con las flaquezas de John Snow, y a la otra la enfurecían.

Lindsey bajó la cabeza, pasó por delante de su madre y desapareció en el interior de la casa. Su madre la siguió. La puerta se cerró.

Clevenger puso en marcha el coche e inició el trayecto de veinte minutos que lo llevaría de regreso a su consulta de Chelsea. Volvió a pensar en la cautela de Mike Coady res-

125

pecto a que la lista de sospechosos viables en un caso como el del Snow podía ser larga, aunque en realidad Snow se hubiera suicidado. Se preguntó si North Anderson habría dado con algo que descartase a Collin Coroway. Le llamó.

—Hola, Frank —contestó Anderson.

—¿Tienes algo sobre Coroway?

—Mucho. Cogió el puente aéreo a Washington a las seis y media de la mañana de ayer —dijo Anderson—. No tenía reserva, llegó al mostrador de venta de billetes a las seis menos diez. Y no ha cogido el vuelo de regreso.

—Justo cuando llevaban a Snow al depósito de cadáveres, él volaba a otro estado —dijo Clevenger.

—Y no volvió corriendo para consolar a la esposa de Snow o cohesionar las tropas en Snow-Coroway. Aún está registrado en el Hyatt.

—Tiene móvil. He descubierto que Coroway heredará el control de toda la propiedad intelectual de la empresa. Antes necesitaba la firma de Snow para mover ficha. Tenían en proyecto un invento nuevo que Snow quería enterrar y que Coroway quería vender a los militares. Era clave para que Coroway pudiera sacar a bolsa la empresa.

—Pues a quien van a enterrar es a Snow —dijo Anderson—. Pero si estamos pensando en un doble homicidio, no es nuestro hombre. Aún estaba en Washington cuando murió Grace Baxter.

—A menos que nos enfrentemos a dos asesinos —dijo Clevenger, automáticamente. No le gustó demasiado oír sus propias palabras.

—Es menos probable —dijo Anderson—. Snow y Baxter eran amantes. En general, sigue gustándome la idea de que George Reese cometiera los dos asesinatos. Un marido celoso es un asunto peligroso.

—De todos modos —dijo Clevenger—, quizá me vaya a Washington y así cojo a Coroway un poco fuera de juego.

—Buena suerte. He oído decir que tiene una sangre fría brutal.

—¿Fue en limusina al aeropuerto?

—No lo sé —dijo Anderson—. ¿Piensas que el chófer podría decirnos si estaba raro?

—O dejarnos comprobar si hay sangre en el asiento de atrás.

—Si cogió una limusina, lo averiguaré. Si dejó su coche en el aparcamiento del aeropuerto, me pasaré por ahí. Estoy seguro de que Coady podrá expedir una orden de registro si hay algo que valga la pena examinar.

—Acabo de hablar con Theresa y Lindsey Snow —dijo Clevenger.

—¿Algo que deba saber?

—Snow las tenía a las dos absortas, de distinta forma. Lo adoraban. La idea de perderlo pudo hacer que sintieran que lo estaban perdiendo todo.

—¿La idea de perderlo por culpa de otra mujer o en una operación de neurocirugía? —preguntó Anderson.

—Las dos cosas. —Clevenger recordó el retrato que había sobre la chimenea—. Snow tenía un cuadro de Grace Baxter en la pared de su salón.

—¿Qué?

—De un artista llamado Kullaway. No sabría decir si su mujer sabía o no que era Baxter. No soltó prenda sobre si se olía que tenían una aventura.

—¿Un retrato de tu amante a plena vista de tu mujer y tus hijos? Un poco enfermizo. ¿De qué va todo esto?

—No estoy seguro. Si tuviera que lanzar una suposición, diría que va de la incapacidad de John Snow para relacionarse con su familia como personas reales.

—¿Qué quieres decir?

—Esperaba que fueran perfectos. La otra cara de la moneda es que no los veía como seres humanos, con sus virtudes y

127

sus defectos, y sus sentimientos. Quería estar cerca de Baxter, así que se la llevó a casa. Y punto. Recogí el diario de Snow que tenía Coady. Básicamente son bocetos y cálculos, algunas reflexiones sobre la intervención. Pero también había hecho un dibujo de Baxter. Muy detallado, muy emotivo en su modo de dibujarla. Es casi como si ella poseyera la fórmula para traspasar las defensas que Snow empleaba para guardar las distancias con todos los demás. Creo que es posible que la amase de un modo muy distinto a como amaba su trabajo, a su mujer o incluso a su hija. De un modo más profundo.

—No has mencionado al hijo.

—No lo he visto —dijo Clevenger—. Su madre me ha hablado un poco de él. Tiene un trastorno de aprendizaje. Snow no sabía cómo relacionarse con él. Parece que se pasó la vida haciendo como si no existiera.

—Snow no era ningún sol. A ver, nadie se merece lo que le pasó, pero no era el tipo más majo del mundo.

—No —coincidió con él Clevenger. Volvió a pensar en Billy, en lo devastador que había sido para él tener un padre que lo consideraba un inútil—. Parece que Snow se sentía mucho más cómodo con cosas previsibles y programadas que con las relaciones. Cuando de niño sufres ataques, cuando sabes que puedes perder el conocimiento en cualquier momento y acabar en el suelo con convulsiones, puedes llegar a obsesionarte con mantenerlo todo bajo control, con funcionar bien. Con un misil o un sistema de radar podía conseguirlo. Pero con un hijo o una hija, o una amante, es mucho más difícil.

—Pero tenía la capacidad emocional para estar con más de una mujer.

—Estar, sí. Pero amar, no lo sé. La verdad es que me pregunto si la única que despertó su pasión fue Baxter.

—Snow tenía cincuenta años. ¿Me estás diciendo que nadie más consiguió llegar a él?

—Es posible —dijo Clevenger.

—Pero ¿por qué Baxter? Snow era famoso. Era rico. Guapo. Tenía que atraer a muchas mujeres.

—Quizá ella era su «mapa del amor».

—¿Su qué?

—Su mapa del amor. En la Facultad de Medicina tuve a un profesor que se llamaba Money, John Money. Entrevistó a niños de primer y segundo curso; les enseñó fotografías de niños y niñas y les preguntó quién creían que era mono, y por qué. Si una de las niñas decía que le gustaba la foto de un niño en particular, Money le preguntaba qué era lo que le gustaba. Quizá ella contestaba que era su forma de sonreír, que subía un poco más el lado izquierdo de la boca que el derecho. Así que Money introdujo todas las respuestas, todas las peculiaridades que le gustaban, en una base de datos. Las de esa niña, y la de un millar de niños más. Resulta que lo que les gustaba a los siete u ocho años, sus ideales de belleza, no habían cambiado mucho. La niña a quien le gustaba el niño de sonrisa torcida se casó con un hombre que tenía la misma sonrisa, un poco más subida en el lado izquierdo que en el derecho. Algunos niños nunca encontraron lo que buscaban y nunca fueron muy felices en sus relaciones.

—Así que realmente existe un amor perfecto para cada persona.

—Según Money, sí. Él cree que uno nace con un mapa del amor: un conjunto de características físicas codificadas en el cerebro que representan al compañero ideal. Si logras encontrar la parte física y alguien que conecte contigo psicológicamente, tienes un encaje perfecto. El amor verdadero, para siempre. Quizá sólo una persona entre un millón encaje de ese modo con otra persona. Quizá Baxter encajaba con Snow.

—¿Crees que alguna vez encontrarás el tuyo? —preguntó Anderson.

129

—¿Mi mapa del amor? —preguntó Clevenger. Se rió.

—¿Lo crees?

Le vino a la mente la imagen de Whitney McCormick, la psiquiatra forense del FBI que había ayudado a Clevenger a resolver el caso del Asesino de la Autopista. La relación se había vuelto personal, luego complicada, y más tarde se había diluido en un segundo plano mientras Clevenger intentaba ser un padre aceptable para Billy, anteponiendo eso a todo. Hacía un año que no la veía.

—No lo sé —le dijo a Anderson—. Sería muchísimo más fácil encontrar la parte física que la psicológica. Tengo algunas curvas extrañas en mi psique que hacen que sea bastante difícil encontrar a alguien que encaje con ellas.

Anderson se rió.

—Igual que yo. Quiero a mi mujer, no me malinterpretes. Pero supongo que es posible que algún día mi mapa del amor me arrolle con un camión.

—¿Qué crees que harías?

—No me suicidaría, eso te lo aseguro.

Clevenger sonrió.

—Llámame si averiguas algo sobre el coche de Coroway, ¿vale? Ya te informaré de lo que descubra en Washington.

Clevenger cogió el puente aéreo a Washington de las doce y media del mediodía. Había llamado a Billy al móvil para que lo esperara en el club de boxeo de Somerville hasta que llegara a casa, seguramente sobre las seis y media. Billy le contestó que no había problema. Si de él dependiera, se pasaría en el gimnasio veinticuatro horas al día, siete días a la semana.

En cuanto el avión hubo despegado, Clevenger abrió el diario de John Snow y comenzó a leer la siguiente entrada:

¿Tiene un hombre el derecho de comenzar de nuevo su vida? ¿Es el dueño absoluto de su existencia, o es simplemente un socio comanditario?

Un hombre nace de unos padres. Es <u>su hijo</u>, y las vidas de éstos se despliegan junto a las de él, mezclándose, de forma que la trama de cada una depende en parte de las otras. Le cambian los pañales, lo acompañan de la mano en su primer día de colegio. Se preocupan constantemente con y por él durante décadas, celebran sus victorias, sufren sus derrotas. Pero ¿qué ocurre si la visión que tienen de su hijo tiene muy poco que ver con la naturaleza verdadera de éste? ¿Qué ocurre si no conocen <u>su verdadero yo</u>? ¿Sería justo para él, su hijo, cortar el hilo de su identidad del patrón de <u>vida familiar</u>, encontrarse a sí mismo perdiéndolos a ellos? ¿Tiene un hombre la libertad de olvidar de dónde procede, para avanzar sin restricciones hacia el lugar adonde su alma le dice que debe ir?

Otro ejemplo. Una mujer casada desde hace veinte años, con hijos adolescentes y un marido. Un hogar. Mascotas. Álbumes de fotos y libros de recortes repletos de recuerdos. ¿Qué sucede cuando esta mujer ya no siente ninguna pasión por compartir el futuro con su marido y sus hijos? ¿Qué ocurre si se siente como si no existiera?

¿Está deprimida? ¿Necesita Zoloft? ¿Una dosis más alta? ¿Dos medicamentos? ¿O es posible que su vida la haya alejado tanto de su verdad interior que se haya convertido, a efectos prácticos, en un zombi, en un muerto viviente?

¿Tiene esa mujer derecho, moral y éticamente, a dejar su casa, a su familia y a sus amigos, abandonarlos de un modo tan absoluto que ya no tenga recuerdos de ellos? Al haber traído al mundo a sus hijos, ¿le pertenecen para

131

el resto de sus días, o es libre de celebrar el pasado y avanzar para construirse un futuro nuevo sin ellos?

La respuesta debe ser un «sí» rotundo.

Una persona puede estar muerta espiritualmente, con la carcasa de su alma yendo a la deriva dentro de una jaula de piel y huesos que le ha sobrevivido. ¿Qué clase de madre o padre, hermano o hermana, marido o esposa antepondría su apego a un pasado común al futuro de esa persona, a su renacimiento?

El amor verdadero jamás exigiría semejante sufrimiento.

Clevenger bajó el diario. Se dio cuenta de la visión del mundo tan distinta que tenían él y John Snow. Clevenger creía que las personas podían cambiar y crecer, independientemente de las circunstancias que conspiraran para limitarlas. Con la motivación y la orientación adecuadas, y, sí, incluso a veces con el medicamento adecuado, podían reinventarse y superar el pasado. Vivir una vida satisfactoria era eso. Podía ser doloroso, a veces atroz, pero era un dolor al que había que enfrentarse. Traspasar ese sufrimiento a otras personas, eliminándose a sí mismo quirúrgicamente de un drama para poder comenzar otro, parecía verdaderamente inmoral. Puede que restableciera el volumen sanguíneo del alma de una persona, pero en muchas otras provocaría una hemorragia.

Pensó en cómo Theresa Snow había calificado a su marido de narcisista, incapaz de equilibrar las necesidades de los demás frente a las suyas. Y quizá ése era el quid de la cuestión. Pero aún quedaba por formular una pregunta: ¿qué había llevado a John Snow a creer que era un muerto dentro de un cuerpo vivo, que su historia había acabado?

Algo ya había matado a John Snow antes de recibir una bala en ese callejón.

Clevenger pasó más hojas del diario. Las siguientes diez páginas más o menos estaban llenas de cálculos y dibujos relacionados obviamente con el Vortek, el último invento de Snow, ahora en manos de Collin Coroway. Clevenger miró el misil, dibujado a mayor tamaño en algunos puntos, más pequeño en otros, a veces con alas, otras veces sin ellas. En algunos de los dibujos estaba abierto, y Snow había esbozado unas bobinas en el interior.

Clevenger pasó otra hoja y se descubrió mirando una página que era un caos de letras, números y símbolos matemáticos. Los caracteres eran incluso más diminutos de lo habitual para la letra de Snow y se apiñaban en líneas confusas aquí, curvas allí, incluso en nubes amorfas de letras y números. Sostuvo la página a cierta distancia y siguió mirándola. Y, entonces, lo que parecía un caos poco a poco comenzó a tomar forma. Pelo. Ojos. Una nariz. Labios. Miró más tiempo y con más detenimiento. Y entonces se dio cuenta, asombrado, de que estaba contemplando el rostro de Grace Baxter.

El Four Seasons

Un día de primavera, nueve meses antes

*T*odo parecía nuevo. Los días eran largos, el sol brillaba, y las flores del Public Garden estallaban con rosas, azules y blancos alrededor del estanque, donde las barcas flotaban bajo los árboles susurrantes.

Las ventanas de la suite estaban abiertas; las cortinas, descorridas; el viento cálido hinchaba los visillos de gasa. Tumbados en la cama desnudos, con la brisa por manta, perdidos en el ruido blanco del tráfico distante, Grace Baxter y John Snow casi podían imaginar que estaban fuera los dos juntos, tumbados en la hierba mullida del parque.

Era el turno de John en el juego que Grace le había enseñado, un juego de intuición en el que uno de ellos imaginaba lo que quería el otro, adivinaba dónde besar o tocar escuchando el cambio más mínimo en la respiración, esperando que el vello se erizara, los músculos se relajaran o tensaran. Un suspiro. Un escalofrío.

No se le había dado nada bien la primera ni la segunda ni la décima vez que habían jugado, y se habían reído juntos por ello. John no sabía percibir las necesidades de Grace. Ella tenía que cogerle la mano y colocarla donde quería que la tocase, acercarle cuando quería que la abrazara, susurrarle al oído los secretos de su excitación. Pero ahora se le daba mejor. Estaba desarrollando el mismo radar emocional y sexual que tenía Grace.

Se apoyó en un codo a su lado, transportado por la visión de su cabellera caoba desplegada sobre la sábana blanca, por el modo en que sus ojos se volvían de color esmeralda cuando el sol daba con ellos, por su largo y gracioso cuello, sus pechos perfectos, por cómo se movía su abdomen al respirar.

Tres meses de encuentros —en ocasiones una vez por semana, en otras dos— no habían menguado en absoluto su deseo de verla. Las más de cien horas que habían pasado al teléfono sólo lo habían dejado sediento de oír su voz de nuevo. La atracción que sentía por Grace lo había arrancado del aislamiento que había conocido durante la mayor parte de su vida, y le estimulaba ver cómo se derrumbaban los muros que había levantado a su alrededor.

Posó la mano en la rodilla de Baxter, sintió que presionaba el muslo contra el suyo. Subió la mano por su pierna unos centímetros. Grace deslizó la rodilla entre sus piernas y le presionó la entrepierna con el muslo. Snow se inclinó hacia ella y la besó con suavidad, dejando su boca un poco hambrienta, tal como le gustaba. Al ver que ladeaba un poco la cabeza, la besó en la línea de la mandíbula, luego en el cuello. La respiración de Grace se aceleró y soltó un suspiro a medio camino entre el dolor y el placer. Vio que extendía los omóplatos y buscó con la mano el pecho de Grace. Ella subió el pie hasta la mitad de la espinilla de Snow. También sabía qué significaba aquello. Cubriéndola de besos, se abrió paso hasta su abdomen. Ella separó las rodillas. Y siguió bajando y besándola.

Más tarde, Snow apoyó la cabeza en el estómago de Grace, que subía y bajaba con su respiración, un ritmo hipnótico. Y recordó la pregunta que le había hecho la primera vez que se encontraron en el hotel: ¿por qué se centraba tanto en lo que podía ser visto y lo que no? ¿Por qué perfeccionar radares, y diseñar métodos para eludirlos, se había convertido

135

en el trabajo de su vida? Hasta aquel momento concreto, no había tenido la respuesta.

—Era más fácil —dijo en voz baja.

—¿Mmm? —ronroneó ella.

—Cuando cenamos en el Aujourd'hui, la primera vez que nos vimos aquí, me preguntaste por qué estaba tan interesado en detectar lo que hay ahí fuera, en el cielo, en el espacio.

—Lo recuerdo.

—Creo que quería evitar mirar en mi interior.

—¿Por qué?

—Porque nunca estuve seguro de si había algo que ver —dijo.

Ella le pasó los dedos por el pelo.

—Claro que lo había. Tan sólo perdiste de vista quién eras, por alguna razón.

—Por alguna razón.

Pasaron unos segundos.

—¿Cuál? —preguntó ella.

Snow lo pensó.

—De niño, fascinaba a la gente —dijo—. Me fascinaba a mí mismo, lo que podía hacer con mi cerebro.

—¿Qué era lo que podías hacer?

—Cálculos. Resolver problemas. Ecuaciones científicas complicadas.

—Un pequeño genio —dijo ella.

—Eso decía la gente.

—¿Tus padres estaban orgullosos de ti?

—Mucho.

—Así que lo que hacías pasaba por lo que eras.

¿Cómo podía ver directamente el corazón de las cosas?, se preguntó Snow. Y ¿cómo podía adoptar el tono de voz preciso que le daba la tranquilidad de saber que él estaba a salvo contándole su verdad?

—Sí —contestó.

—Amaban tu cerebro.

—Cuando funcionaba —dijo, con una breve carcajada, pero su sonrisa desapareció rápidamente.

Ella no se rió en absoluto.

—¿Y si no funcionaba? —le preguntó—. ¿Y si hubiera dejado de funcionar? ¿Te habrían querido de todas formas?

Snow pensó en el primer ataque que tuvo, a los diez años. Recordó cuánto le gustó estar en el hospital, que su padre y su madre hubieran pasado más tiempo con él en esa habitación de paredes blancas que en todo el tiempo anterior. Y se dio cuenta de por qué había sido así. Estuvieron a su lado porque su cerebro estaba enfermo, no porque él lo estuviera. Aquello de lo que tan orgullosos estaban sufría cortocircuitos.

—No lo sé —le dijo a Grace—. No sé si alguna vez me quisieron.

—Lo siento —dijo ella, pasándole los dedos por el pelo—. Si no estás seguro de eso, es difícil estar seguro de nada, nunca.

—No importa —dijo.

—¿Ah, no? ¿Por qué tienes que ser tan valiente, John? Podrías derrumbarte un poco y seguiría sin pasar nada.

Una parte de Snow quería contarle a Grace el resto de la historia: que su cerebro había sufrido cortocircuitos una y otra vez; que necesitaba cuatro medicamentos para hacer que funcionara de forma fiable incluso ahora, décadas después. Pero aún quería que las cosas fueran perfectas entre ellos. No estaba dispuesto a que lo viera como una persona débil. Quizá era porque tampoco creía que lo amara. Quizá ella tenía razón en todo lo que había dicho, incluso acerca de cómo había podido responder por fin a la pregunta de si era digno o no de su amor, o del de cualquiera, incluido el suyo propio, derrumbándose un poco, dejándola acceder a sus im-

137

perfecciones, permitiéndose ser humano con ella. Pero no podía asumir el riesgo. Cerró los ojos, dejó que el movimiento de la barriga de Grace acunara su dolor y lo hiciera desaparecer.

—¿Y tú? —le preguntó—. ¿Te han querido alguna vez?

Respiró hondo de nuevo.

—No —contestó—. Creo que nunca.

—¿Ni de pequeña?

—Tú eras un genio. Yo era guapa.

—¿Y eso era lo único que veía la gente?

—Era muy guapa. —Se echó a reír.

Esta vez, fue Snow quien reprimió la risa.

—Tus padres tenían que saber lo inteligente que eras. Podías ver y comprender cosas que otra gente no podía.

—Quizá ése era el problema.

—¿Qué quieres decir?

—Podía verlos a ellos.

—Y ¿qué veías? —le preguntó.

—Comienza a dársete bien.

Se le daba lo bastante bien como para notar la reticencia de Grace a decir más.

Ella le pasó un dedo por la frente, le resiguió el borde de la oreja y bajó hasta la mejilla.

—Háblame de tu esposa —le dijo.

Snow volvió a apoyarse en un codo y la miró.

—¿A qué viene eso?

—Pensaba en ella. ¿Cómo es? ¿Cómo es vivir con ella?

No respondió de inmediato.

—Puedes decírmelo —dijo Grace.

Snow subió hacia el cabezal de la cama y se tumbó a su lado. Tuvo que pensar mucho para encontrar algo coherente que decir.

—Es mejor persona que yo —dijo.

—¿En qué sentido?

—Ha estado al lado de mi hijo y mi hija de un modo en el que yo no he estado.

—¿Y cómo podías estarlo? No estabas ni para ti. Tu cerebro ha estado demasiado ocupado.

—Eso no es excusa.

—Sí que lo es —dijo ella. Se inclinó y le besó en la mejilla—. ¿Aún haces el amor con ella?

—Creo que nunca lo he hecho —contestó.

Esta vez, Grace lo besó en los labios.

—¿Y tú con tu marido? —le preguntó—. ¿Aún haces el amor con él?

—Ni siquiera estoy en la habitación. Me voy a otro sitio, mentalmente. A una playa desierta. A una carretera entre las montañas. A algún sitio donde pueda estar sola.

Snow le dio un beso en la frente con ternura.

—¿Por qué no vienes aquí?

Ella cerró los ojos y apoyó la cabeza en su hombro.

—Podría intentarlo —dijo—. Si tú también lo haces. Cuando estés con ella, quiero decir. De ese modo, nos acercarán.

—Lo haré.

—Bien —dijo Grace—. Ahora, túmbate. —Mientras él se tumbaba, ella se apoyó en un codo—. Me toca —dijo. Le tocó la rodilla con la punta del dedo y luego, despacio, comenzó a subir la mano por su muslo.

10

13 de enero de 2004

Clevenger aterrizó en el aeropuerto nacional Reagan cuando faltaban pocos minutos para las dos de la tarde. Comprobó el móvil y vio que tenía dos mensajes. Los escuchó de camino a la cola del taxi. El primero era del detective Coady, que le decía que tenía noticias interesantes acerca de la autopsia de Grace Baxter. El segundo era de J. T. Heller, que le decía que había adelantado a aquella tarde la operación de la mujer ciega a quien esperaba devolver la vista. Sufría migrañas otra vez, y le preocupaba que el tumor estuviera creciendo con mucha rapidez. Se preguntaba si a Billy le gustaría presenciarla.

Clevenger marcó primero el número de la consulta de Heller; contestó Sascha, su recepcionista.

—Soy Frank Clevenger. El doctor Heller me ha llamado —dijo.

—Me ha dicho que le pasara la llamada enseguida —dijo—. Pero primero quería darle las gracias.

—¿Por?

—Por lo que me dijo... sobre John Snow. Que a veces no puedes salvar a alguien. Que hacerle saber que te importa puede que sea todo lo que puedas hacer.

—Y muy poca gente lo hace.

—¿Va a pasarse por aquí otra vez?

Clevenger notó que en su voz había verdadero afecto. Y una parte de él hubiera querido hacerle la pregunta siguiente: si Sascha quería verlo. Pero sabía que la respuesta no le diría demasiado. Le había ofrecido la absolución a su culpa, y seguramente eso era lo que ansiaba. El mensaje, no al mensajero.

—Seguro que me pasaré en algún momento —dijo.

—Bien, entonces, espero verlo —dijo en un tono más formal—. Espere.

—Frank —dijo Heller con voz resonante unos segundos más tarde.

Parecía que se hubiera tomado unos treinta cafés.

—He oído tu mensaje —dijo Clevenger—. Creo que sería estupendo para Billy.

—Tráelo al General, digamos... ¿a las cuatro?

—Por desgracia, estoy fuera de la ciudad —dijo Clevenger—. Pero intentaré que un amigo vaya a recogerlo al entrenamiento de boxeo y lo lleve, suponiendo que diga que sí. También puede coger el bus.

—Puedo ir a recogerlo —dijo Jet Heller—. No tengo nada hasta esta intervención. De todos modos, conducir podría irme bien para relajarme. Me pongo como loco antes de entrar en quirófano. No dejo de repasar mis movimientos, ¿sabes?

—Tus movimientos...

—Mi estrategia. Todas las operaciones son una guerra, colega. Y este tumor que se envuelve alrededor del nervio óptico de mi paciente tiene tantas ganas de vencer como yo. Es lo que desea desde que era la célula progenitora que se liberó del plan que Dios le tenía asignado y se puso a trabajar por su cuenta, plantándose donde no tenía ningún derecho a estar. Está intentando con cada rincón de su protoplasma apropiarse del plan de la Naturaleza y reconfigurarlo según su propio proyecto retorcido y mortífero. Pero ¿sabes qué?

141

Clevenger se preguntó si Heller habría cruzado la frontera que había entre la grandilocuencia y la manía.

—¿Qué?

—Hoy es el día del Juicio Final.

—Para el tumor.

—Para el tumor. Para el desorden. Para la entropía. Hoy, dios mediante, restableceré lo que Él en su sabiduría suprema pretendía. —Se rió de sí mismo—. ¿Qué te parece, Frank? ¿Un poco de litio para tu nuevo amigo?

Al menos Heller sabía que parecía necesitar medicación. Y quizá no fuera nada justo cuestionar su estabilidad. Quizá abrir la cabeza de una mujer y diseccionar partes de su cerebro requería la energía de un guerrero, la convicción de que estabas luchando contra el mal.

—¿Por qué piensas que sólo necesitas un poco? —bromeó Clevenger.

—Muy buena —dijo Heller—. Bueno, ¿qué me dices? ¿Voy a recogerlo? Acabo de comprarme un Hummer. Negro. Le va a molar un montón.

Clevenger sintió la misma incomodidad que cuando se había encontrado a Billy y a Heller charlando en el *loft*. ¿Era porque Heller despertaba en él un instinto protector? ¿O era porque despertaba sus celos? Tuvo que admitir que seguramente sería lo segundo. Después de todo, la gente ponía su vida en las manos de Jet Heller todos los días. Y Billy podía cuidar de sí mismo, en cualquier caso.

—Le preguntaré si le parece bien —dijo Clevenger.

—Si se apunta, saldré pitando hacia Somerville dentro de cuarenta y cinco minutos.

A Clevenger le sorprendió que Heller supiera que encontraría a Billy en Somerville.

Heller debió de notar su incomodidad.

—Me lo contó todo sobre el club —dijo—. Lo de los Guantes de Oro. Es fantástico. Sin embargo, te preocuparán

142

los traumatismos craneales. Tengo pacientes que boxearon durante cuatro o cinco años y no recuerdan qué han desayunado.

—Sí, me preocupan —dijo Clevenger. Tuvo otra vez la sensación de que Heller intentaba ser mejor padre que él—. Lleva casco protector. —Sabía que no tenía por qué dar explicaciones, pero no pudo evitarlo. Haber tenido un padre que no lo era en absoluto hacía que se preguntara si él podría llegar a ser un buen padre—. Billy ha sufrido unas cuantas conmociones, pero ninguna en el cuadrilátero.

—Yo tuve siete. Perdí el conocimiento en tres ocasiones. Todas antes de cumplir los dieciséis. Sé exactamente a qué te enfrentas. Yo estaba en el mismo punto que Billy. Con los nervios a flor de piel. Meterlo en un cuadrilátero ha sido una idea genial.

¿Qué más podían tener en común dos personas? ¿Y por qué le molestaba tanto oír todo eso?

—Tan sólo espero que todo le vaya tan bien como a ti.

—Siempre que creas que ganarse la vida abriendo cabezas es un buen resultado —dijo—. ¿Cuándo regresas a la ciudad, por cierto?

—Con suerte, a última hora.

—No creo que salgamos de la operación hasta las nueve más o menos. Quizá podríamos tomarnos una cerveza cuando deje a Billy en casa.

Ahora llevar a Billy a casa también formaba parte del plan.

—Claro. —No quería colgar dejando que Heller diera por sentado que Billy abandonaría su entrenamiento de boxeo para deleitarse siendo su sombra—. Te llamo dentro de una hora a más tardar para decirte si acepta tu oferta o no.

—Perfecto.

—Gracias.

—Y, Frank... —dijo Heller.

143

—¿Sí?

—Espero que no pienses que soy raro o prepotente por ofrecerme a enseñarle a Billy lo que hago. Es que me veo reflejado en él. Seguramente a ti te pasa lo mismo. Y creo que en el fondo es buen chaval. Pero si prefieres que me distancie...

En aquel instante, Clevenger se dio cuenta de que Heller tenía una capacidad admirable para deshacer la resistencia de otra persona expresándola él mismo. Oírle exponer tus objeciones hacía que te opusieras menos. ¿Era eso manipular? ¿O era su forma de ser franco?

—No tienes por qué distanciarte —contestó Clevenger—. Creo que presenciar la intervención será estupendo para él.

—Sólo quería aclarar las cosas.

—Todo aclarado. Te volveré a llamar.

Clevenger colgó. Cogió un taxi al centro y por el camino llamó a Billy al móvil, imaginando que tendría que dejarle un mensaje. Las clases en el instituto aún no habían acabado.

Billy contestó.

—¿Qué tal? ¿Ya estás en Washington?

—Acabo de llegar. ¿Dónde estás?

—De camino a Somerville. Han cancelado la última clase. El profesor se ha puesto enfermo. Han dejado que nos fuéramos.

—Me ha llamado J. T. Heller. Va a operar hoy a esa mujer, la que cree que podría recuperar la vista. Quiere saber si te gustaría presenciarlo.

—Cogeré el bus. Puedo saltarme el boxeo.

—No hace falta —dijo Clevenger—. El doctor Heller dice que pasará a buscarte por el club. Puedes entrenarte una hora y luego ir hacia el General con él.

—Genial.

Hacía mucho, mucho tiempo que Clevenger no oía ese tipo de entusiasmo en la voz de Billy.

—Te veo en casa cuando acabéis.

—Claro —dijo Billy—. Guay. —Parecía tan emocionado como Heller—. Gracias.

Que le diera las gracias también era nuevo.

—De nada —dijo Clevenger.

Volvió a llamar a Heller, le dio luz verde para que llevara a Billy al hospital y lo dejara después en casa. Luego llamó a la jefatura de la policía de Boston y pidió que le pasaran con Coady.

—¿Qué noticias hay? —le preguntó.

—Ha llamado Jeremiah Wolfe. Está realizando la anatomía microscópica a Baxter.

—¿Y?

—No cree que el cuchillo de tapicero sea el arma que le causó las laceraciones de las muñecas —dijo Coady.

—¿Por qué?

—Dice que los cortes se hicieron con algo que tenía el filo más fino. Que no hay daños importantes en los bordes, o algo así. Cree que es más probable que fueran hechos con una hoja de afeitar.

—Que no tenemos.

—Hay hojas de afeitar en el cuarto de baño, pero ninguna tiene restos de sangre.

—¿Y Wolfe cree que las heridas del cuello sí se corresponden con un cuchillo de tapicero?

—Sí —dijo Coady—. No creo que haya mucha gente que se suicide utilizando dos cuchillas distintas. Pero tampoco creo que muchos asesinos cambien de arma.

—A menos que la hoja de afeitar no sirviera —dijo Clevenger—. Digamos que, borracha, se desmayó. Alguien que quisiera que pareciera un suicidio pudo comenzar usando la hoja de afeitar en las muñecas, esperando que Grace no se despertaría, que moriría mientras dormía. De ese modo, se libraría con facilidad. Pero quizá no estaba tan inconsciente como creyó. Se resistió. Él quería que se estuviera quieta. Quizá tenía el cuchillo de tapicero a mano, por si acaso.

—Quizá —dijo Coady—. ¿Y desechó la hoja de afeitar?

—O la limpió.

—Mandaré al laboratorio que analice todos los trozos de metal afilados de ese cuarto de baño. A ver si dan con restos de sangre en esas cuchillas. También haré que desmonten las tuberías. Para ver si se ha quedado algo atascado.

—Parece lo más acertado.

—Deja que te haga una pregunta —dijo Coady.

—Dispara.

—¿Qué te parece este escenario? Comienza a cortarse las venas...

¿Cómo habían vuelto otra vez a la teoría del suicidio?

—Ya sabes que no creo que se... —le interrumpió Clevenger.

—Escúchame.

Clevenger notó que se le aceleraba el pulso. Su mandíbula se tensó.

—Está bien.

—Comienza a cortarse las venas en el cuarto de baño. Está borracha. La sangre sale a borbotones. Se tambalea. Piensa en que Snow está muerto, su aventura ha acabado. O quizá está asustada porque lo ha matado.

Que Coady prosiguiera con la idea del asesinato y suicidio sólo hizo que Clevenger apretara aún más los dientes.

—Quizá se odia a sí misma por lo que ha hecho —continuó Coady—. Y mira la sangre que sigue brotando. Se echa a llorar y grita al ver que su vida ha terminado. O muere ahora o en la cárcel. En cualquier caso, ha perdido a Snow. Ve el cúter, seguramente lo dejó ahí uno de los trabajadores al ir al baño. Lo coge y...

—Se corta el cuello y se mata a ella y al bebé —dijo Clevenger—. Creía que ya lo habíamos descartado. ¿Recuerdas las vitaminas prenatales? Materna se llamaban, ¿verdad?

—Sí. Lo habíamos descartado. Pero seguí pensando. Y pensé: ¿y si el niño era suyo? De Snow.

Clevenger no se había parado a pensar de quién sería el bebé que esperaba Grace. Y ese ángulo muerto hizo que se preguntara si realmente había un enfoque del caso que no quería ver. ¿Era posible que se sintiera tan culpable por no haber internado a Grace cuando fue a verlo, que se estuviera cerrando en banda? En el fondo, ¿creía que había causado dos muertes: la de Grace y la del bebé nonato?

—Pongamos que el bebé era de Snow —dijo, había enfado en su voz.

—Entonces me pongo a pensar que quizá pudo hacer lo que quizá hizo. Es decir, puedo imaginar que se tomara la vitamina una hora antes de suicidarse. Es su rutina. Intenta que las cosas vuelvan a la normalidad, superar lo que ha perdido en ese callejón, o lo que ha hecho en ese callejón. Luego, incluso completamente borracha, empieza a darse cuenta. Lleva dentro al hijo de Snow. Ha matado al padre de su bebé. Está viviendo una pesadilla. Y no va a acabar nunca. Baja la mirada, no puede creer que se haya cortado las venas. ¿Cómo puede ser madre? Su cólera, su dolor y su sentimiento de culpabilidad se fusionan...

—Y sólo quiere que acabe.

—No ver más sangre. Quiere que termine.

—El cuchillo de tapicero —dijo Clevenger. El taxi paró delante del Hyatt.

El portero le abrió la puerta.

—Bienvenido, señor. ¿Lleva equipaje?

Clevenger le hizo que no con la mano. Pagó al taxista, se bajó y cerró la puerta. No notó el aire frío en la cara.

—Lo único que digo es que puede que valga la pena considerar esa teoría —dijo Coady—. No sé si encaja desde el punto de vista psicológico.

Eso era una pregunta.

—Podría encajar —dijo Clevenger—. Creo que sí.

—No estamos asegurando ni descartando nada —dijo Coady, visiblemente envalentonado—. Aún pensamos interrogar a George Reese, y a cualquier otro sospechoso.

—Bien.

—¿Tienes lo que necesitabas de los Snow?

—No he podido hablar con el hijo, Kyle —logró decir Clevenger—. No estaba en casa. Al menos eso es lo que me ha dicho Theresa Snow. Creo que es posible que intente mantenerlo alejado de mí.

—¿Por qué?

—No lo sé.

—Puedo sacarlo de la calle ahora mismo —dijo Coady.

—¿Cómo?

—El análisis de orina para la condicional de hoy ha dado positivo. Por opiáceos. Es una infracción. ¿Quieres pasarte luego a interrogarle?

—Acabo de llegar a Washington —dijo Clevenger.

—¿A Washington? ¿Qué hay ahí?

—Collin Coroway llegó ayer.

—¿Quién lo ha investigado?

—¿Qué importa eso?

—¿Tenías pensado informarme?

—Como te he dicho, acabo de llegar. He tomado la decisión en el último momento. —Sabía que eso no respondía a la pregunta de Coady—. Tendría que habértelo dicho.

—Es mi caso.

—Es tu caso.

Coady guardó silencio durante unos segundos.

—¿No querrás dejarlo? —dijo. Un par de segundos más—. Te necesito en esto más que nunca. Puede que tenga una teoría sobre lo que pasó, pero aún estoy a años luz de poder probarla. Y podría estar muy equivocado. Lo sé.

—Yo no dejo ningún caso —dijo Clevenger, consciente del esfuerzo que hacía para sonar convincente.

—Convocaré a Kyle Snow mañana a primera hora. ¿Qué tal a las nueve?

—Ahí estaré.

—Hasta mañana.

Clevenger colgó y entró en el vestíbulo del Hyatt. Intentó concentrarse en encontrar a Collin Coroway, pero su mente no dejaba de reproducir lo que acababa de escuchar. El escenario que Coady acababa de pintar no era en absoluto descabellado. Si Grace Baxter estaba embarazada de John Snow, su odio hacia él por abandonarla a ella y al niño ofrecía un móvil creíble para cometer un asesinato. Y la desesperación que habría sentido tras su muerte pudo conducirla a una implosión psicológica total.

Recordó haberle dicho a Coady por qué no encajaba con un suicidio que Baxter se hubiera cortado el cuello. Eran los hombres los que escogían los métodos más violentos, *excepto en los casos en que una persona, hombre o mujer, tenía alucinaciones*. Le había puesto un ejemplo: una mujer que creía que la sangre del diablo corría por sus venas. Pero ¿y si aquello que Grace odiaba y de lo que tenía que deshacerse no era un demonio, sino la nueva vida que crecía en su interior? ¿Y si la muerte de Snow hizo que viera al bebé como un intruso, que la sangre de éste era la de aquél, mezclándose con la suya, envenenándola? Habría querido morir desangrada.

Todavía estaba recuperándose de ese pensamiento cuando llegó al mostrador de recepción.

—¿En qué puedo ayudarlo? —le preguntó un hombre indio de aspecto amable y unos treinta años.

—¿Le importaría llamar a la habitación de Collin Coroway y decirle que estoy aquí?

149

El hombre consultó en el ordenador.

—¿Quién le digo que pregunta por él?

—El doctor Clevenger. Frank Clevenger.

—Un momento. —Descolgó el teléfono, llamó a la habitación, escuchó. Transcurrieron diez segundos, quince. Negó con la cabeza.

—Parece que no está.

Clevenger imaginó que saldría ganando si le sonsacaba información a un empleado para realizar el máximo trabajo de campo posible. Levantaría menos alarma que pasearse por el hotel.

—¿Le importaría preguntarle al conserje si el señor Coroway ha contratado un servicio de coches con chófer? Quizá aún pueda alcanzarle.

—Lo comprobaré. —Llamó al conserje y preguntó si sabía si Coroway había salido del hotel. Obtuvo la respuesta y colgó—. Ha tenido suerte. Cogió un coche en dirección al 1.300 de Pennsylvania Avenue. Al edificio Reagan. ¿Quiere que le pida uno?

Qué servicio tan estupendo tenían en el Hyatt.

—Por favor —dijo Clevenger—. De la misma compañía, si no le importa.

Por primera vez, el hombre lo miró con cierto recelo.

—Para la cuenta de gastos —dijo Clevenger, guiñándole el ojo.

—Por supuesto. Ningún problema, señor.

Quince minutos después Clevenger iba camino del 1.300 de Pennsylvania Avenue en un Lincoln Town Car de Limusinas Capitol.

—¿De dónde es? —le preguntó un hombre corpulento de unos sesenta años con voz de barítono.

—De Boston —dijo Clevenger—. ¿Y usted?

—De Los Ángeles. —Se rió—. No soportaba el clima.

Clevenger supo que el chiste era una invitación a preguntarle el verdadero motivo de su marcha. Le habría gustado no hacerle caso, centrarse por completo en Snow y Baxter. Pero nunca había opuesto ninguna resistencia a las historias de los demás.

—Hacía demasiado calor para usted —dijo.

—En cierto modo.

Otra puerta abierta.

—O sea que no fue por el clima, quiere decir.

El conductor negó con la cabeza.

—Por una mujer.

—¿La cosa acabó mal?

—Peor.

El ritmo de la historia iba subiendo.

—¿Y eso? —preguntó Clevenger, recostándose para escuchar.

—Tenía dos hijos cuando la conocí. Pero me sentí atraído por ella desde el primer momento. ¿Sabe qué quiero decir? Así que salí con ella un año y poco. Todo iba bien. Me quería, y yo a ella. Los niños empezaron a llamarme papá, algo que quizá debí considerar un problema, puesto que su verdadero padre estaba en la cárcel. —Levantó un dedo para remarcar su siguiente afirmación—. Por atraco a mano armada, pensaba yo.

—Atraco a mano armada —dijo Clevenger.

Otra vez el dedo.

—Me casé con ella. La niña pequeña tenía once años. De repente, la madre me acusa de adularla.

—Querrá decir acariciarla.

No hizo caso a la corrección.

—No hice nada. Se lo juro por mis padres. Nada. Le llevé una toalla después de que se duchara. Abrí la puerta del baño cinco centímetros, volví la cabeza para respetar su intimidad. Su madre estaba en el pasillo. Lo vio y se puso a gritar. Como una loca. En resumidas cuentas, que me detuvieron.

—¿Por?

—Por abusos deshonestos y malos tratos. Mi mujer dijo que forcé la puerta. Y la niña, a quien resulta que acababa de reprender por sacar tres suficientes y dos suspensos, dice que la toqué. —Se puso la mano en el pecho—. No pasó. —Miró por el retrovisor, seguramente para comprobar si Clevenger le creía o no. Pareció satisfecho—. Contraté a un abogado, le di treinta de los grandes para que demostrara que era inocente, y lo logró. Pero en un caso así, no hace falta que haya pruebas, sólo la palabra de la víctima. Lo retiró todo en el estrado. —Asintió para sí—. Le doy tres oportunidades para adivinar por qué estaba en la cárcel el padre.

—Abusos deshonestos y malos tratos a la niña.

Miró por el retrovisor.

—Es usted bueno. Verá, cargué yo con las culpas por él. El tipo hizo algo inapropiado, así que la niña y la madre se adelantaron a los acontecimientos e imaginaron que yo era igual.

—Si es que él hizo algo inapropiado —dijo Clevenger.

—¿Qué quiere decir?

—Quizá el primer marido tocó a la niña, o quizá no. Quizá el padre de su mujer la tocó a ella cuando tenía diez u once años. Quizá sucedió en el baño de la casa en la que se crió. Y usted abrió la puerta del baño unos centímetros, y ella vio que la historia se repetía, esta vez, con su hija.

—Nunca se me había ocurrido.

—Se marchó —dijo Clevenger.

—Allí el caso salió en todos los periódicos. Hubo grandes titulares cuando me detuvieron. Y ninguno cuando me declararon inocente. Además, sufrí mucho en el divorcio. Y, tome nota...

—Pensión de manutención para los niños. —El hombre se volvió para mirar a Clevenger.

Por primera vez, vio que tenía los ojos verdes claros y muy dulces. Le miró la mano que sujetaba el volante y vio que llevaba una alianza.

—Así que me marché arruinado —prosiguió— y con mi nombre por los suelos.

—¿Ha vuelto a casarse? —le preguntó Clevenger.

—No.

—Lleva alianza.

Se encogió de hombros.

—Es una locura, ya lo sé. Nunca me la he quitado. Ni cuando me llevaron a juicio. Ni cuando me declararon inocente. Ni cuando obtuve los papeles del divorcio.

—¿Por qué? —preguntó Clevenger.

—Aún la quiero. —Meneó la cabeza con incredulidad—. Aún quiero a los niños. Algunas cosas no se superan nunca.

«No, algunas cosas no se superan nunca», pensó Clevenger. Se esforzó por apartar de su mente otro recuerdo de Whitney McCormick. «Pero sigues adelante.» Si el conductor decía la verdad, y eso parecía, había perdido a la mujer que amaba y a dos hijastros que le importaban mucho, había perdido su reputación, gastado todo su dinero en un abogado para hacer frente a la acusación de abusos sexuales, y luego se había ido a la otra punta del país para comenzar de cero. ¿Por qué John Snow no podía hacer lo mismo? Aunque su matrimonio estuviera tocando a su fin, aunque su relación con sus hijos fuera tensa hasta el punto de romperse, ¿por qué no podía comenzar de nuevo? ¿Fueron sus sentimientos por Grace Baxter demasiado difíciles de manejar al final, demasiado amenazantes? ¿Quería someterse a la operación para eliminarla de su cerebro a ella tanto como a los demás?

—¿Ha pensado alguna vez en ponerse en contacto con ellos otra vez? —preguntó Clevenger.

—Les mando una carta todos los meses, les cuento lo que

153

hago —dijo—. Les digo que los perdono. Ya llevo veintiuna cartas. Casi dos años.

—¿Le han contestado alguna vez?

—Aún no. Pero no me las devuelven. Las están recibiendo.

—Supongo que ya es algo.

—Para mí lo es. —Se detuvo delante del edificio Reagan, un complejo enorme de granito de 278.000 metros cuadrados en cuatro hectáreas y media—. El 1.300 de Pennsylvania Avenue. —Se giró—. Son veinte pavos. Gracias por escucharme el rollo.

Clevenger le dio un billete de cien.

—Quizá pueda ayudarme con un asunto —le dijo.

—Lo intentaré.

—Un hombre llamado Collin Coroway ha cogido una limusina Capitol para venir del Hyatt hasta aquí. ¿Hay algún modo de averiguar si aún sigue en el edificio?

—¿Es usted una especie de detective? —le preguntó el conductor, examinando a Clevenger con más atención—. Se le da muy bien escuchar, era como si supiera adónde iba yo antes de llegar.

—Soy psiquiatra —dijo Clevenger.

—Y de los buenos. —Su gran sonrisa decía que no se lo tragaba ni por un segundo—. No es asunto mío. Olvide la pregunta. —Cogió el móvil y marcó. Contestó una mujer—. Katie, soy Al. Collin Coroway, el servicio del Hyatt al 1.300 de Penn. ¿Algún regreso? —Se quedó escuchando—. Tómate tu tiempo. Esperaré.

Pasó medio minuto antes de que Katie se pusiera otra vez al aparato. Le dio un número de teléfono.

El conductor cogió un bolígrafo y lo anotó.

—Te debo una —le dijo. Colgó y marcó el número. Cuando contestaron, colgó. Se volvió hacia Clevenger—. Aún está aquí. Y nuestro número de contacto para cualquier problema que pueda surgir en el trayecto de regreso conecta con la secretaria de una cosa que se llama InterState Commerce.

—Ha ido todo como la seda.

—Es un regalo que le hago —dijo, guiñándole el ojo—. De un sabueso a otro.

—¿Es usted detective privado?

—Con licencia en California. Pero de algo hay que vivir, ¿no?

—Sí.

—Cuídese, amigo. —Le entregó a Clevenger su tarjeta. Leyó el nombre: Al French.

—Cuídese usted también, Al.

Se bajó del coche, entró en el edificio Reagan y encontró InterState Commerce en el directorio del vestíbulo. La décima planta. El ático. Cogió el ascensor.

InterState ocupaba uno de los dos únicos locales que había en la planta. Cada uno debía de tener mil quinientos o dos mil metros cuadrados. Clevenger se dirigió a la entrada de InterState, unas puertas enormes de cristal esmerilado que tenían una I de metro y medio grabada en una puerta y la S a juego grabada en la otra. Llamó al timbre.

—¿En qué puedo ayudarlo? —preguntó una mujer.

—Vengo por Collin Coroway.

La puerta hizo *clic*. Clevenger la abrió y entró.

El área de recepción era ultramoderna, con paredes de acero inoxidable y gigantescos monitores de televisión planos que colgaban de sólidas columnas de hormigón. En uno estaban puestas las noticias de la CNN. El otro mostraba un mapamundi, con un centenar de esferas azul cobalto, cada una grabada con las letras IS, que relucían como una tormenta de pelotas de ping-pong sobre los seis continentes. Entre los dos monitores, una hermosa mujer negra que llevaba unos auriculares estaba sentada tras un mostrador de cristal azul cobalto, con una sonrisa falsa.

Clevenger se acercó a ella.

—Soy Frank Clevenger —dijo.

—No creo que el señor Coroway haya solicitado ya un coche.

Confundido con el paciente de un neurólogo por una recepcionista, y con un chófer por otra.

—No soy del servicio de coches de alquiler. ¿Podría decirle que estoy aquí?

—¿Sabrá quién es usted?

—Trabajo con la policía en la investigación de la muerte de su socio, John Snow.

Ninguna reacción.

—Entonces, ¿lo está esperando?

—Querrá verme.

Una sonrisa aún más sintética.

—Espere aquí, por favor. —Desapareció tras una pared de plástico azul ondulada y translúcida que separaba el vestíbulo del resto del espacio.

Clevenger vio un fajo de folletos de InterState en el mostrador. Cogió uno. La portada era un collage de fotos: un caza, un petrolero, una central nuclear, un soldado de camuflaje hablando por un walkie-talkie. Abrió la primera página y leyó la declaración de objetivos de la empresa:

> InterState se dedica a forjar sociedades responsables entre corporaciones y agencias gubernamentales, en una gran variedad de industrias, que incluyen la construcción, el transporte, la industria farmacéutica y empresas de servicio público.

Y la industria armamentista, pensó Clevenger para sí. Pasó una página tras otra de testimonios de presidentes de grandes corporaciones superpuestas en fotos sugerentes de olas, atardeceres y rayos. Al lado de cada foto había una explicación del papel que InterState había jugado para casar una necesidad del Gobierno con un producto en particular. La petrolera Getty era el proveedor de la marina de Estados Unidos. Los antibióticos de Merck curaban a la gente buena y derrotada de Irak. Los satélites de Viacom transmitían la Voz de América.

—Lo recibirá ahora —dijo la recepcionista, saliendo de detrás de la pared de plástico.

Clevenger la siguió por un pasillo ancho y largo con despachos de pared de cristal en un lado y docenas de fotografías enmarcadas de líderes mundiales en el otro. En cada fotografía, un político o militar estrechaba la mano a un hombre alto con la cabeza rapada, que siempre llevaba el mismo traje. Contaría unos setenta años, pero tenía una forma física estupenda. Y le resultaba familiar.

—¿Es el presidente? —preguntó Clevenger, señalando al hombre al pasar por delante de una de las fotos.

—Sí, es el señor Fitzpatrick —dijo.

Esa información ayudó a Clevenger a situarlo. Byron Fitzpatrick había sido secretario de Estado durante el último año de mandato de Gerald Ford. Era obvio que había aprovechado al máximo sus conexiones.

A Clevenger le sonó el móvil. Miró la pantalla. Era North Anderson. Contestó.

—Estoy a punto de reunirme con Collin Coroway —dijo en voz baja.

—Fue al aeropuerto en su coche —dijo Anderson—. No hay manchas de sangre en el vehículo, por lo que he podido ver, pero la calandra estaba hundida.

—La sala de reuniones está al doblar la esquina —dijo la recepcionista, evidentemente molesta por el hecho de que Clevenger hubiera cogido la llamada.

—Tengo diez segundos —le dijo a Anderson.

—Coady ha comprobado los partes de accidentes. Ayer

Coroway se saltó un semáforo y chocó con una furgoneta de reparto del *Boston Globe*. Adivina dónde y cuándo.

—Tres segundos.

—En Storrow Drive, a cincuenta metros del Mass General, a las 4:47.

—Eso lo sitúa en la escena.

—Hemos llegado —dijo la recepcionista, deteniéndose delante de otras puertas de cristal esmerilado.

—Ten cuidado —dijo Anderson.

—Lo tendré —dijo Clevenger, y colgó.

La mujer empujó una de las dos puertas y la sujetó para que Clevenger entrara.

—Señor Coroway, Frank Clevenger.

Coroway se levantó de su asiento al otro extremo de una larga mesa negra de reuniones. Era un hombre de aspecto elegante, de unos cincuenta y cinco años, metro ochenta de estatura, pelo cano bien peinado, hombros anchos y cintura delgada. Llevaba un traje gris oscuro de raya diplomática, camisa blanca con puños franceses y corbata.

—Pase, por favor —le dijo.

Clevenger entró.

—Gracias, Angela —dijo Coroway con una voz tan suave como la seda de la corbata.

La recepcionista se marchó.

Coroway se acercó a Clevenger y extendió la mano.

—Collin Coroway.

Clevenger le estrechó la mano y advirtió la confianza que había en su apretón y que llevaba un gran anillo académico de oro con un zafiro en el centro y la inscripción «Annapolis, 70» en los lados. La academia militar.

—Frank Clevenger.

—Su reputación lo precede. Me alegro de que esté aquí. El equipo parece muchísimo más fuerte con usted en él.

Coroway se comportaba como si le hubiera pedido a Clevenger que se reunieran en Washington. Ni siquiera parecía un poco alterado.

—¿A qué equipo se refiere? —le preguntó Clevenger.

Coroway frunció los labios y asintió para sí.

—Sé que el detective Coady está investigando la muerte de John Snow. La oficina del senador Blaine tuvo la amabilidad de averiguarlo a petición mía. No hay duda de que es un hombre competente. Pero tiene varios casos abiertos.

—Éste es prioritario —dijo Clevenger.

—Esperemos que sea cierto. —Se dirigió a la mesa de reuniones, rodeada por sillones giratorios negros de piel—. Por favor. —Ocupó el suyo.

Clevenger se sentó a medio camino entre Coroway y la puerta.

—Gracias por recibirme sin avisarle —dijo.

—No me las dé. Le dije a John Zack, de la oficina del senador, dónde podrían encontrarme. Me sorprendía que nadie se hubiera puesto en contacto conmigo antes. Ésa es una de las razones por las que tengo dudas respecto al detective Coady. En cualquier lista de sospechosos, yo debería figurar en un lugar bastante alto. —Se inclinó hacia delante, y dejó al descubierto unos gemelos dorados con forma de reactor de caza—. No pretendo que suene a palabrería o a crítica. Pero John era mucho más que un socio para mí. Era como un hermano.

—Hábleme de él.

—Era el hombre más creativo, inteligente y bueno que he conocido o esperado conocer nunca. Era mi mejor amigo.

Entonces, ¿por qué Coroway no estaba visiblemente afectado por su muerte? ¿Por qué no había regresado a Boston?

—¿Era una persona complicada? —preguntó Clevenger.

—Todo lo contrario. Era un tipo sencillo. Le encantaba inventar. Le encantaba ser capaz de imaginar algo y ver cómo se hacía realidad.

159

—Pero no todo lo que imaginaba —dijo Clevenger.

Coroway se recostó en el sillón.

—Ha hablado con la mujer de Snow.

—Sí.

—Le habló del Vortek.

—Me contó que usted y John no estaban de acuerdo en si comercializarlo o enterrarlo.

—Y ahora tengo carta blanca, con la muerte de John. Puedo fabricar el Vortek, llamar a Merrill Lynch y anunciar una oferta pública de acciones de Snow-Coroway.

—Es lo que ella interpreta.

Coroway se quedó callado unos segundos.

—¿Le gustaría saber por qué estoy en Washington? —le preguntó Coroway al fin.

Una parte de Clevenger quería decirle que parecía un lugar tan bueno como cualquier otro para esperar a que los restos de pólvora desaparecieran de sus manos, pero se contuvo.

—Claro —dijo, y lo dejó ahí.

—InterState financió una parte importante de los costes de investigación y desarrollo del Vortek. Acabo de devolver la mitad de los veinticinco millones que invirtieron en nosotros.

—¿Por qué? —preguntó Clevenger.

—Porque no podemos cumplir. No creo que lo que John imaginó pueda conseguirse nunca. El Vortek era una fantasía pretenciosa.

—¿No acabó el diseño?

—Probamos dos prototipos. Los dos fracasaron estrepitosamente.

—Su esposa me contó que el trabajo estaba completado. Que simplemente no quería ceder la propiedad intelectual.

Coroway asintió con una sonrisa.

—San John, defensor de los oprimidos, enemigo de todas las armas de destrucción masiva. —Se recostó en su asien-

to—. ¿De verdad Theresa tiene tres coches patrulla apostados delante de su casa?

—Estoy seguro de que ya conoce la respuesta.

—Theresa cree en serio que John podía conquistarlo
todo con ese asombroso cerebro suyo. Yo también casi lo
creí. Hasta los últimos seis meses.

—Porque no pudo hacer realidad el Vortek.

—Porque no pudo ni acercarse. No con veinticinco millones de inversión. Créame, no hay ninguna oferta pública
a la vista.

—¿Por qué iba a mentir Theresa?

—Me parece que se cree de verdad lo que John le contaba. Que había vencido al radar, creado un misil fantasma, capaz de burlar las defensas enemigas. Pero que tenía demasiado buen corazón para permitir que su invento viera la
luz. —Hizo una pausa—. La verdad es que John habría sido
el primero en vender las patentes del Vortek al Gobierno de
Estados Unidos, si algún día hubiera conseguido idearlo.
Toda esa mierda pacifista que le contaba a su mujer era su
forma de salvar la cara.

—¿Se había dado por vencido? —le preguntó Clevenger.

—No. Habría significado que no era todopoderoso. Habría
significado que su mente no podía alterar las leyes de la física. —Hizo una pausa—. Así que echó la culpa a su cerebro.

—¿Lo que significa?

—Cada vez que tenía la sensación de que estaba cerca de
conseguir un gran avance en el Vortek, sufría otro ataque.
Creo que por eso empezó esta odisea hacia el quirófano con
Jet Heller. Creía que la operación liberaría de su cerebro el
poder al que no tenía acceso por culpa de la epilepsia.

—¿Y usted qué cree?

—¿Sinceramente? Creo que habría sido más fácil deshacerse de Grace Baxter. Le distraía.

—John se lo contó.

—No había secretos entre nosotros.

Parecía que Snow no había mantenido en secreto su relación con Grace Baxter en absoluto. Heller lo sabía. Coroway lo sabía. Había colgado un retrato suyo en su casa.

—También estoy investigando su muerte —dijo Clevenger.

—Lo sé.

Ninguna sorpresa. Coroway parecía saberlo todo sobre la investigación.

—¿Alguna idea?

—Creo que no podía vivir sin él.

—Cree que se suicidó.

—A menos que encuentren pruebas sólidas y fehacientes de lo contrario. Había amenazado con suicidarse.

—¿Cuándo?

—La primera vez que John le dijo que habían terminado, hará cosa de un mes. Dijo que se cortaría el cuello.

A Clevenger se le cayó el alma a los pies.

—Y tan sólo fue la última y más sublime forma de desconcertarle —dijo Coroway.

«Dijo que se cortaría el cuello.» Las palabras resonaron en la cabeza de Clevenger. Miró a Coroway, pero vio a Grace Baxter en el cuarto de baño, con el cuchillo de tapicero en la mano.

—¿Se encuentra bien, doctor?

Clevenger se obligó a concentrarse.

—¿De qué otros modos le desconcertaba?

—La tenía metida en la cabeza. Es la única forma que se me ocurre para describirlo. Estaba obsesionado con ella, como un crío de quince años. —Se calmó—. Era algo totalmente nuevo para John. Tiene que entenderlo, Theresa y él vivían juntos. Tuvieron hijos juntos. Pero nunca estuvieron juntos, juntos. John amaba su cerebro. Y ella también. Era un *ménage à trois*. En cuanto se enamoró de otra persona, todo se volvió confuso. De repente, se sintió un hombre en lugar de una máquina.

Algo que también podía amenazar el futuro de Snow-Coroway. Los beneficios de la empresa dependían del cerebro de Snow.

—¿Se alegró por él? —preguntó Clevenger.

—Durante un tiempo, sí, claro. Era fantástico verlo. Todo cambió. Estaba de mejor humor. Rebosaba energía como nunca. Hasta se compraba ropa decente, por el amor de dios. Le fascinaban cosas por las que antes no había mostrado ningún interés en absoluto: el arte, la música, incluso su hijo. Despertó a la vida.

Theresa Snow no había mencionado el interés renovado de su marido por Kyle.

—Pero su trabajo...

—Su trabajo se fue al garete.

El análisis que Coroway hacía sobre Snow tenía sentido, dado lo que Clevenger conocía de él. Pero su opinión de que el Vortek no iba por buen camino no era fácil de confirmar. Por lo que sabía Clevenger, Coroway podía haber patentado el invento hacía una hora. Y no había olvidado que se había empotrado contra una furgoneta al alejarse a toda velocidad del Mass General, mientras John Snow se desangraba.

163

—¿Vio a John en las últimas veinticuatro horas? —le preguntó.

Coroway volvió a inclinarse hacia delante.

—No se haga el delicado conmigo. Si no hubiera encontrado el parte del accidente a estas alturas, yo estaría tan preocupado por usted y North Anderson como lo estoy por el detective Coady.

Coroway podía ser culpable de asesinato o no, pero nadie podía acusarle de no ser directo o estar mal informado.

—De acuerdo. ¿Lo vio ayer por la mañana en el Mass General?

—No lo encontré. Le llamé al móvil. No me contestó.

—¿Por qué lo estaba buscando?

—Quería intentar por última vez que reconsiderara operarse —dijo Coroway—. Fue un impulso de última hora. Por eso fui en mi coche al aeropuerto, en primer lugar. Había dispuesto que una limusina me recogiera a las seis menos cuarto en mi casa en Concord. Luego tuve la sensación... —Meneó la cabeza con incredulidad.

—¿De qué? —preguntó Clevenger.

—Le pareceré un refugiado de una línea telefónica de parapsicología.

—Quedará entre nosotros.

—Tuve la sensación de que necesitaba protegerle. —Hizo una pausa—. Lo único que pude sacar en claro, de esa sensación, fue que necesitaba protegerle de él mismo, que si iba a verlo, y le decía de una vez por todas que se estaba comportando como un estúpido, entonces... —Se contuvo—. Necesitaba que le protegiera de alguien.

—¿No cree que se suicidara?

—He oído que Coady iba a presentar esa idea —dijo Coroway—. Espero que la haya desechado. Si no, es momento de que se vaya.

Con aquello se evidenciaba la influencia que Coroway creía tener sobre la policía de Boston.

—¿No es posible ni remotamente que se suicidara? —le preguntó Clevenger—. El arma era suya. Muy poca gente tenía acceso a ella.

—John no era de los que abandonan —dijo con rotundidad.

—La gente se pone enferma —dijo Clevenger.

—Iba a deshacerse de lo que le afligía. Al menos de lo que él creía que le afligía. Iban a abrirle el cerebro para extirparle las placas de circuito defectuosas. Iba a demostrarme a mí y a todo el mundo que el Vortek no era un producto de su imaginación, que podía hacerlo realidad.

Lo que Snow había estado a punto de demostrar en realidad era que podía abandonar a todo el mundo, Coroway incluido.

—Ustedes dos habían arreglado todo legalmente para cubrir la posibilidad de que John no fuera capaz de seguir en la empresa.

—Iban a operarle el cerebro. Podía pasar cualquier cosa. Era momento de ser un poco más concreto.

—¿Dónde exactamente intentó encontrarlo en el Mass General? —preguntó Clevenger.

—Bien. Vamos a dejarnos de minucias —dijo Coroway, con su indiferencia característica—. Primero, en el vestíbulo. Luego, en la cafetería. La cajera me vio; una mujer asiática, de unos cuarenta años, complexión delgada y con gafas.

Parecía que el entrenamiento que Coroway había recibido en la marina se ponía en funcionamiento.

—Llamé a la consulta de Heller —prosiguió—. No me lo cogieron. Imaginé que John había entrado antes en quirófano. Así que me dirigí al aparcamiento, donde pagué seis dólares en la cabina de salida. Un chico joven. Veinte, veintidós años, gafas gruesas. Pelo moreno rizado.

—Un viaje rápido.

—Tenía que coger un avión.

—A las seis y media —dijo Clevenger. El parte del accidente situaba a Coroway marchándose del Mass General pocos minutos antes de las cinco de la mañana. El aeropuerto de Logan estaba a unos quince minutos.

—Me había dejado algo que necesitaba en el despacho.

¿O tenía que limpiarse?

—Así que fue a Snow-Coroway.

—Después de chocar contra una furgoneta. Los agentes de seguridad de la empresa confirmarán que llegué sobre las cinco y veinte. No llegué a Logan hasta minutos antes de las seis.

—¿Oyó algún disparo cuando estuvo en el hospital?

—No. Pero oí sirenas. En aquel momento, no sabía a qué venía tanto alboroto. —Calló, cerró los ojos y se los frotó con el pulgar y el índice.

Clevenger dejó que pasaran unos segundos.

—¿Por qué no quería que se operara? —preguntó.

—No quería un socio ciego y mudo.

—Creía que los riesgos eran demasiado altos.

Coroway lo miró.

—¿Para que los beneficios reales fueran nulos? Así es. El Vortek estaba acabado. Lo anoté en los libros como una pérdida total. Por eso he venido aquí en primer lugar, para devolver el dinero a InterState. No pensé ni por un segundo que la operación consiguiera lo que John creía.

—¿Se lo dijo tan directamente?

—Cientos de veces. —Miró a Clevenger a los ojos—. Pero no se lo dije todo. No le dije lo que creía en realidad de sus ataques. Me prometí que lo haría, en el hospital ayer por la mañana.

—¿Qué iba a decirle?

—Que no creía que fueran reales.

—¿Los ataques?

—Lo que fueran.

—¿Cree que fingía?

—No de forma consciente —dijo Coroway—. Creo que cuando se estresaba, cuando un problema era mayor que su capacidad para resolverlo, tenía una forma de escapar. Creo que cogió ese hábito de pequeño. Porque nunca nadie le dijo que no pasaba nada si fracasaba. Así que se convirtió en algo automático. En un reflejo.

Coroway estaba describiendo los pseudoataques, ataques que parecían crisis epilépticas, pero que de hecho eran una especie de reacción histérica al estrés. A quien los sufre se le ponen los ojos en blanco, tiene convulsiones en las extremidades, pero en realidad no tiene ningún problema en el cerebro.

166

—No estoy diciendo que John no sufriera ataques —prosiguió Coroway—. Creo que más bien era como cuando alguien se desmaya al recibir una mala noticia. No es porque tenga una bajada de tensión, según tengo entendido, sino un colapso emocional.

—En su historial médico del Mass General dice que se mordió la lengua en más de una ocasión durante las convulsiones. Hace falta mucha emoción para eso.

—John necesitaba convencer a todas las personas que lo rodeaban de que estaba enfermo, empezando por su familia cuando era niño. Pero lo que más necesitaba era convencerse a sí mismo. Creo que se habría arrancado la lengua a mordiscos si con ello evitaba la verdad.

—Y la verdad era...

—Que tenía límites.

—¿No cree que Jet Heller confirmó si la epilepsia era real o no? ¿Cree que operaría a alguien cuyo cerebro era esencialmente normal?

167

—¿Quiere mi opinión? Las pruebas eran escasas. John interpretaba cualquier anormalidad en los TAC o los electroencefalogramas como una prueba de que su sistema nervioso le estaba traicionando. Creo que Heller veía las cosas del mismo modo. Y creo que ése era el problema que el Comité de Ética del General le vio a la intervención. Tenían a un neurocirujano temerario tan ávido de titulares que le habría abierto el cerebro a John para evitar que volviera a estornudar.

—¿Y tanto miedo le daba a John que el Vortex fuera un fracaso?

—El Vortex sólo era un símbolo —dijo Coroway—. Lo que le daba miedo era ser humano.

Aquello daba una perspectiva totalmente nueva sobre qué buscaba Snow al operarse. Pero no cambiaba los hechos. Coroway se había alejado a toda prisa de la misma manzana de la ciudad donde su socio había recibido un disparo. Había huido del estado. Y no había vuelto. Podía volar de Washington a París, y de ahí a quién sabe dónde, si le apetecía.

—¿Tiene pensado volver pronto a Boston? —le preguntó Clevenger.

—Mañana, seguramente —dijo Coroway—. Quizá pasado. Ojalá pudiera estar con nuestros trabajadores, pero la muerte de John me ha dejado con más trabajo que nunca. Y la mayoría está aquí, con nuestros proveedores y clientes, incluidos los tipos del Congreso. Debo tranquilizarlos y decirles que seguimos en el negocio.

—¿Van a seguir? —preguntó Clevenger.

Coroway frunció los labios casi de forma imperceptible.

—Nadie es indispensable —dijo—. Yo he construido Snow-Coroway tanto como John. Él era un genio, pero hay personas con mucho talento trabajando por debajo de él. —No parecía creerse sus propias palabras—. Y tengo que recordarme que, a pesar de lo creativo que era, nos hizo dar palos de ciego durante meses con el Vortek. Debimos dejar el proyecto mucho antes.

Los ojos de Clevenger volvieron a fijarse en los gemelos de Coroway, los pequeños cazas dorados. Su pregunta había sido ingenua. El negocio era el negocio. El espectáculo debía continuar sin Snow.

—¿Quién cree que lo mató? —preguntó.

—No tengo ni idea —dijo de inmediato.

Parecía que era lo único que Coroway no sabía.

—¿No sospecha de nadie?

—Ése es su trabajo.

—Por eso se lo pregunto.

Coroway se puso en pie y caminó hacia la ventana.

—Quizá todos seamos un poco culpables.

Ese mea culpa recordaba vagamente a la peculiar confesión de Lindsey Snow.

—¿Por?

—Todos necesitábamos a John en nuestras vidas, por razones distintas —dijo Coroway, esta vez con una voz más suave, menos segura de sí misma—. Grace, Theresa, los hijos de John. Yo. Quizá nadie tenga las manos limpias.

Clevenger quería presionar un poco más a Coroway.

—Hábleme de las suyas —le dijo.

Coroway se volvió hacia él. Estaba pálido.

—Le conté a Lindsey lo de Grace Baxter.

Clevenger imaginó los ojos fríos y vacíos de la chica.

—¿Le contó que su padre tenía una aventura?

—No me enorgullezco de ello.

—Entonces, ¿por qué...?

—Es una chica muy convincente —dijo Coroway—. Estaba llorando, preguntándose qué había cambiado entre ella y su padre. Ella era la única persona de su vida que podía competir con el trabajo para ganarse su atención. John la adoraba. De repente, lo estaba compartiendo.

—Con Grace.

—Con Grace. Con Kyle, su hermano. Con Heller. Caray, con todo Estados Unidos, si lo piensa. De repente, su padre era famoso. Era difícil verla sufrir. —Meneó la cabeza con desaprobación. Parecía verdaderamente indignado consigo mismo—. Grace llamó a la casa para concretar la entrega de un óleo de la galería. Lindsey percibió unas vibraciones raras. Me preguntó si pasaba algo. Y se lo conté.

—Pudo mentirle.

—Debí hacerlo.

—¿Por qué no lo hizo?

—Porque Baxter no era buena para él —dijo de inmediato. La respuesta no pareció satisfacerle a él más de lo que satisfizo a Clevenger—. Quería que volviera. Suena patético, ya lo sé. Me preocupaba el negocio. Y echaba de menos a mi amigo.

—¿Me está diciendo que cree que Lindsey mató a su padre?

—John estaba jugando a un juego peligroso. Tenía a tres mujeres colgadas de él.

—Theresa, Grace y Lindsey.

—En cuanto a Theresa, ella quería su cerebro. No creo que le interesara demasiado lo que hiciera con el resto de su anatomía. Grace parecía más autodestructiva que otra cosa, con esas amenazas de cortarse el cuello y todo eso.

«Cortarse el cuello.» Las palabras no lo hirieron menos la segunda vez que las oyó.

—Lo que nos deja a Lindsey —logró decir.

Una mirada perdida asomó a los ojos de Coroway.

—Estaba tan furiosa... —dijo—. En cuanto se lo dije, supe... supe que jamás lo superaría.

—Se derrumbó.

—No. Eso fue lo que me preocupó. Se quedó muy callada. Muy quieta. —Volvió a centrar la mirada en Clevenger—. Entonces dijo algo que no entendí en absoluto.

—¿El qué?

—Me dijo que no tenía ni idea de cuánto odiaba Kyle a su padre. —Meneó la cabeza con incredulidad—. No capté por qué hacía ese salto, de ella a su hermano. Pero creo que ahora quizá sí lo entienda.

11

Coroway se ofreció a llamar un coche para Clevenger después de la reunión, pero éste le dijo que había quedado para cenar pronto con un viejo amigo a unas manzanas tan sólo de allí. No iba a subirse a un sedán desconocido que hubiera pedido un hombre con cazas por gemelos y un socio que había aparecido muerto de un disparo en un callejón. Caminó tres manzanas, paró un taxi, se subió y le dijo al conductor que lo llevara de vuelta al Reagan National.

La primera llamada que realizó por el camino fue a su ayudante, Kim Moffett. Los medios de comunicación se habían enterado de que la policía de Boston había contratado a Clevenger para encontrar al asesino de Snow. Más de una docena de periodistas habían llamado a su consulta. Había equipos de televisión pululando por el aparcamiento. Moffett estaba tan sobrepasada por aquel caos que esperó hasta el final de la llamada para decirle a Clevenger que Lindsey Snow se había pasado por allí hacía veinte minutos.

—¿Ha dicho qué quería? —preguntó Clevenger.

—No. Pero ha dicho que no era urgente. No estaba llorando ni parecía afligida ni nada.

Moffett se había vuelto extremadamente cautelosa después de lo sucedido con las llamadas de Grace Baxter, lo cual hacía que Clevenger aún se sintiera peor por no haberlas devuelto.

—¿Ha dejado algún número?

—Su móvil. 617-555-8131.

—La llamaré.

—¿Puedo comentarte algo raro sobre ella? —preguntó Moffett.

Clevenger había aprendido a que no lo confundieran la juventud de Moffett, sus rizos rubios o su voz dulce; era de lo más espabilada.

—Dispara.

—Me hablaba como si me conociera. Y hablaba de ti como si esperaras que se pasara por aquí. Como si lo hiciera todos los días. Ha podido convertirse al instante en mi mejor amiga. Así de fácil. ¿Vive en una especie de mundo de fantasía o qué le pasa?

—No lo sé —dijo Clevenger—. Viva en el mundo en que viva, mantente alejada de ella.

—Captado.

—¿Algo más?

—North no está, pero me ha dicho que te recordara que le llamaras cuando salieras de la reunión, que debe de ser el caso, puesto que me has llamado.

—Lo haré.

Clevenger llamó a Anderson y enseguida lo puso al día sobre la reunión con Coroway. Decidieron que Anderson se pasaría por el Mass General durante el turno de once de la noche a siete de la mañana con una fotografía de Coroway sacada de internet. Valía la pena comprobar si algún trabajador recordaba haber visto a Coroway en el vestíbulo, en la cafetería o en el aparcamiento, o cerca del callejón donde encontraron a Snow.

La siguiente llamada fue a Lindsey Snow.

—¿Diga? —contestó.

—Soy el doctor Clevenger —dijo.

—¿Qué tal? ¿Estás en tu consulta?

Su tono era inapropiadamente informal.

—No —dijo Clevenger—. Me han dicho que te has pasado.

—¿Cuándo vas a estar? ¿Puedo ir a verte?

Clevenger miró la hora. Las cinco y diez. Si cogía el vuelo de las seis a Boston, podía estar en la consulta a las ocho. De todas formas, Billy no llegaría a casa de la operación hasta más tarde. Sabía que iba a hablar sin la autorización de Theresa Snow con su hija de dieciocho años, pero no era algo prohibido en la investigación de un homicidio. Y seguramente podría arreglarlo para que Moffett se quedara hasta tarde, para que hubiera por ahí una tercera persona.

—Claro —dijo—. ¿Por qué no te pasas hacia las ocho?

—No estoy bien —dijo Lindsey; de repente, su voz sonó casi desesperada—. Me siento vacía.

—Has perdido a tu padre.

—Lo he perdido todo.

Parecía como si ya no pudiera aguantar más.

—Lindsey, si necesitas hablar con alguien ya —le dijo—, no debe darte vergüenza ir a urgencias. Me reuniré contigo en el Hospital de Cambridge.

—No puedo hablar con la mayoría de gente.

—¿Me prometes que estarás bien estas dos horas?

—Estaré bien —dijo en voz muy baja.

Clevenger se sintió atrapado en una repetición de la terapia con Grace Baxter, pidiéndole otro «contrato no suicida», como si eso lo garantizara todo. Pero también sabía que Lindsey no había dicho nada que justificara que la policía la llevara a un hospital contra su voluntad.

—¿Estás segura? —le preguntó.

—Estás preocupado por mí —dijo ella, hablando ahora entre lágrimas—. Qué majo. —Se aclaró la garganta—. No lo estés. Yo mato a los demás, ¿recuerdas?

—Lindsey... ¿Dónde estás?

—Te veo a las ocho. —Y colgó.

Clevenger volvió a llamarla, pero saltó el buzón de voz.

Lo intentó de nuevo, con el mismo resultado. Pensó en llamar al Hospital de Cambridge, para que mandaran a un psicólogo de crisis a casa de los Snow en Brattle Street. Pero no tenía derecho a hacerlo y sabía que la mayor parte de su ansiedad ni siquiera se debía a lo que pudiera pasarle a Lindsey, sino a lo que ya le había sucedido a Grace Baxter.

Cerró los ojos y recostó la cabeza en el asiento, pero lo único que consiguió fue que las palabras de Collin Coroway volvieran a su mente: «Dijo que se cortaría el cuello». Abrió los ojos y miró por la ventanilla del taxi a los árboles desnudos que pasaban a toda velocidad. El sol estaba poniéndose, y el cielo le pareció más oscuro que hacía unos minutos.

Quiso dormir en el avión, pero no pudo. Cogió el diario de John Snow y lo ojeó. La mayoría de las entradas apretujadas entre los dibujos y cálculos de Snow eran refritos de su pregunta principal: si tenía derecho o no a salir de su propia vida. Pero a mitad del diario había un pasaje garabateado con letra especialmente pequeña, escrito en diagonal en la mitad inferior de una página. Y comenzaba con la palabra «amor».

El amor es el mayor obstáculo para renacer. En el amor, uno reivindica su derecho a otro ser humano, incorporando a esa persona a la imagen que tiene de sí mismo o de sí misma. A los amantes no sólo les resulta difícil imaginar que uno exista sin el otro, sino que se convierten en una tercera entidad: la pareja. Por eso el amor es tan liberador cuando surge.

Sin embargo, ¿no se produce también en cada apareamiento una muerte lenta del individuo, una desaparición del hombre y de la mujer el uno en el otro? ¿A eso se refiere la gente cuando habla de querer a alguien a muerte?

Te quiero a muerte.

¿Se merece más sobrevivir la pareja que los dos individuos?

La tecnología nos ofrece una solución. Cuando el amor se acaba, un bisturí adecuadamente guiado puede reconstituir por completo al individuo, liberándolo limpiamente de los tentáculos del otro arraigado profundamente en su alma.

El peculiar espíritu humano puede ser liberado del peso aplastante de la emoción y la experiencia compartidas bajo las que está enterrado.

El individuo puede renacer sin sentir culpa ni tristeza, ya que no existe el recuerdo de aquellos a quienes ha dejado atrás, sólo tiene frente a él el horizonte más prometedor, el potencial infinito de una historia completamente nueva.

175

Clevenger dejó de leer. El miedo de Snow a ser absorbido estaba en todo lo que escribía, su preocupación porque los «tentáculos» de su amante penetraran en su interior y no lo soltaran nunca, porque el amor romántico fuera una especie de cáncer embriagador que consumía las almas que unía. ¿Era eso lo que sintió al enamorarse de Grace Baxter? ¿Había decidido al final poner fin a su relación y seguir adelante con la operación por el terror que le producía dejar de existir si se enamoraba de ella completamente? ¿Y cómo habría reaccionado si hubiera sabido que una parte de él crecía ya en el vientre de ella?

Respiró hondo y meneó la cabeza. Le embargó una profunda sensación de tristeza. Se preguntó por qué. Al principio pensó que comenzaba a compadecer a Snow de verdad, a identificarse con él, un hombre convencido de que un abrazo era siempre el preludio de la asfixia. Un hombre que se había casado para que lo dejaran en paz. Pero entonces la imagen de Whitney McCormick volvió a su mente. Sólo permaneció con él una milésima de segundo, pero bastó para darse cuenta de que no sentía pena sólo por Snow. Sentía pena por sí mismo. Porque vivir ese infierno de niño no había hecho que las cosas le fueran mucho mejor. Al final, él también estaba solo. Podía preocuparse por sus pacientes. Podía querer a su hijo. Pero no estaba seguro de si iba a permitir que algún día alguien lo amara a él.

Debido al retraso que sufrió el avión de Boston, Clevenger llegó al Instituto Forense diez minutos antes que Lindsey Snow; pasó justo por delante de tres reporteros obcecados que debían de llevar horas merodeando por fuera de la verja de alambrada.

Cary Shuman era uno de ellos, un gacetillero descarnado que, en caso de creer que existía la posibilidad de destapar una historia, habría excavado tranquilamente debajo del asfalto de las peores calles de Chelsea.

—¿Alguna pista, doctor? —gritó mientras Clevenger caminaba hacia la entrada.

Clevenger no se detuvo.

—¿Es cierto que Grace Baxter era paciente suya?

Eso rompió su ritmo de zancada, pero Clevenger se obligó a seguir caminando.

—Lo has conseguido —dijo Kim Moffett, saliendo de detrás de su mesa cuando Clevenger cruzó la puerta. Había accedido a quedarse hasta tarde. Llevaba una chaqueta negra de cuero, unos Levi's rotos y unas zapatillas de piel de Prada, una indumentaria bastante típica de ella.

—Gracias por quedarte —dijo Clevenger.

—No hay de qué.

—¿Va todo bien?

—Genial. Tengo compañía de sobra si me siento sola

—dijo, señalando con la cabeza a Shuman y sus amigos, que estaban fuera, en la calle.

Clevenger sonrió y se dirigió a su consulta.

—¿Sabes? No tienes buen aspecto —le dijo Moffett—. ¿Has dormido?

—Estoy bien —contestó él. Se detuvo y se volvió hacia ella—. Gracias por preguntar. —Ya nadie lo hacía.

—¿Quieres que te pida algo de cenar?

—Ya comeré algo de camino a casa.

—Mentiroso.

Clevenger le sonrió, se dio la vuelta y entró en la consulta. Apenas se había quitado el abrigo cuando sonó el intercomunicador.

—Lindsey Snow ha venido a verte —dijo Moffett.

—Que pase. —Clevenger le abrió la puerta.

Lindsey lo miró con timidez cuando pasó por delante de él al entrar en la consulta. Vestía los mismos vaqueros ajustados y el mismo jersey negro que llevaba en la casa, pero estaba más tranquila y se había maquillado, echado perfume y recogido el pelo.

—Me alegro de que hayas venido —dijo Clevenger. Le señaló la silla que había ocupado Grace Baxter—. Por favor.

Ella se sentó.

Clevenger se sentó en la silla de su mesa, la hizo girar para ponerse frente a ella y vio que estaba llorando.

—¿Por qué no puedo mantenerme serena? —le preguntó.

—Quizá porque no se supone que debas hacerlo —dijo Clevenger.

Lindsey se secó las lágrimas, pero éstas no dejaron de brotar.

La dejó llorar. Observándola, vio de nuevo cómo se balanceaba entre la adolescencia y la edad adulta, con una sensualidad inexperta que tenía que colocarla en una especie de tierra de nadie: era demasiado mujer para los chicos de su edad y demasiado joven para un hombre plenamente adulto.

Al cabo de un minuto más o menos, pareció que se le agotaban las lágrimas.

—Antes no te lo he contado todo —dijo.

Clevenger esperó, recordando que al presionarla sólo había conseguido que se distanciara.

—He hecho algo horrible.

Otro anzuelo. No lo mordió.

—¿Estás segura de que te sientes cómoda hablándome de ello? —le preguntó.

Ella sólo se encogió de hombros.

Pasaron varios segundos. Clevenger se preguntó si estaría mostrándose demasiado distante.

—No vas a asustarme.

Lindsey cerró los ojos, tragó saliva, luego los abrió y lo miró a los ojos.

—No le dije sólo que se muriera. Hice que quisiera morir. Le quité algo que hacía que quisiera vivir.

—¿El qué?

—Una mujer. —Se sonrojó. Bajó la mirada al suelo—. Estaba con otra.

Por el resentimiento que percibió en su voz, era como si su padre le hubiera sido infiel a ella y no a su madre.

—¿Con quién? —preguntó Clevenger.

—Se llamaba Grace Baxter. Tenía una galería de arte. —Apretó las rodillas una contra la otra—. También se ha suicidado. Justo después que mi padre. —Dejó caer la cabeza—. Soy mala persona.

—¿Cómo descubriste que ella y tu padre estaban juntos?

—Una vez llamó a casa —dijo Lindsey, volviéndolo a mirar—. Estuvo, no sé, rara por teléfono. Como si me conociera o algo. Y el modo en que pronunció su nombre... Me dieron náuseas. Le pregunté por ella a Collin, el socio de mi padre.

Aquello concordaba con lo que Coroway le había dicho a Clevenger.

—¿Y qué te dijo?

—Que ella estaba..., ya sabes..., con mi padre.

—¿Cómo te sentiste?

—Ya te lo he dicho, sentí que mi padre era un mentiroso. —Clevenger la miró fijamente. Ella le sostuvo la mirada—. Y ella, una puta.

Lindsey dirigía claramente el peso de su cólera hacia Baxter. Desde el punto de vista psicológico, tenía sentido. John Snow tenía un matrimonio sin pasión, pero una hija a la que consideraba perfecta. Ese desequilibrio pudo conducir fácilmente a Lindsey a tenerse por la mujer más importante de su vida. No había una rivalidad edípica en aquella casa. Su padre era suyo, hasta que apareció Grace Baxter.

—Una vez fui a la galería —dijo.

—¿La encontraste?

Pareció asqueada.

—¿Cómo podía no verla? Llevaba meses viéndola. ¿Has visto el cuadro de la chimenea del salón? ¿La mujer desnuda detrás de la ventana?

Clevenger asintió.

—Es ella. Así de retorcida era. Hizo que mi padre la llevara a la casa de su familia.

—¿Qué sentiste al verla en la galería? —le preguntó Clevenger.

—Me dieron ganas de vomitar.

—¿Le dijiste a tu padre que sabías lo suyo?

—No exactamente. Le dije que era un mentiroso. Le dije que ojalá se muriera.

La mentira, por supuesto, era que Snow sería de Lindsey si no fuera por su anodino matrimonio. Al ser la única mujer

179

a la que Snow adoraba, la psique en desarrollo de ella se veía privada de poder llegar a la conclusión sana de que su padre era totalmente inalcanzable como hombre porque estaba enamorado de su madre. La aparición en escena de Grace Baxter demostraba que Snow deseaba salir de su matrimonio, ser apasionado; pero no con Lindsey. Nunca sería suyo.

—¿Y qué te dijo él cuando le dijiste que ojalá se muriera? —preguntó Clevenger.

—Dijo... —Se le llenaron los ojos de lágrimas—. Que quizá mi deseo se cumpliera.

—¿Cuándo fue eso?

—Hace unos meses.

—¿Y hablasteis después de eso?

—No de cosas importantes. Apenas hablábamos. No había nada que decir. —Luchó por reprimir las lágrimas—. Entonces encontré algo.

—¿El qué?

—Una nota.

—¿De tu padre?

Negó con la cabeza.

—De esa... —Se frenó—. De ella. Una nota de suicidio.

A Clevenger se le aceleró el pulso.

—¿Dónde la encontraste?

—En su maletín.

—¿Miraste en su maletín?

—Era donde guardaba las facturas del hotel Four Seasons —dijo con amargura—. Era donde se veían. Una vez los seguí. Quería saber si habían vuelto a verse.

—¿Recuerdas qué decía la nota?

—Toda esa mierda de que no se sentía viva sin él. Que esperaba que le perdonara el suicidarse. Y otras cosas muy asquerosas.

No quería que Lindsey se cerrara en banda, pero necesitaba saberlo.

—¿Como cuáles? —preguntó.

Ahora parecía asqueada de verdad.

—Decía que cuando él «entraba en ella», ella «entraba en él».

Lindsey estaba describiendo la nota de suicidio que habían encontrado en la mesita de noche de Grace.

—¿Qué hiciste con la nota? —le preguntó.

Apartó la mirada.

Clevenger esperó.

—Debí meterla de nuevo en el maletín.

—Pero...

Había algo nuevo en su mirada: un aire de superioridad moral que no había visto antes.

—Se la di a su marido, George Reese. Hice que mi hermano se la llevara a su despacho del Beacon Street Bank.

—¿Le contaste a Kyle lo de Grace Baxter?

—Durante los últimos tres o cuatro meses él y papá estaban muy unidos. Como si, de repente, fueran amigos del alma; a pesar de que, en el fondo, papá había pasado de él toda su vida. No quería que se emocionara y que luego descubriera que nos iba a largar por ella.

Era evidente que la conexión cada vez mayor entre Kyle y Snow habría amenazado claramente el lugar especial que Lindsey ocupaba en la vida de Snow. Al contarle a Kyle lo de Grace Baxter, no sólo dinamitaba la aventura de su padre, sino que destruía cualquier posibilidad de una relación padre-hijo significativa.

—¿Cuándo le llevó la nota a George Reese?

—Hace una semana.

Esa información era todo lo que Coady necesitaría para interrogar a Reese en comisaría. Tenía un móvil para uno o dos asesinatos; sabía que su mujer tenía un lío, y con quién. Y sabía que no era una aventurilla. Estaba enamorada. No quería vivir sin Snow.

—Aquello puso fin a la relación que había entre ella y mi padre —prosiguió Lindsey.

—¿Cómo puedes estar tan segura?

—Por el móvil de mi padre. Kyle entró en internet y encontró el modo de comprobar las llamadas salientes. No la llamó ni una sola vez después de aquel día.

—Supongo que conseguiste lo que buscabas.

Lindsey se encogió de hombros.

—Supongo que al final ella decidió seguir adelante —dijo, sin demasiada emoción.

Hacerle llegar la «nota de suicidio» a Reese realmente pudo haber puesto en marcha los mecanismos que al final resultaron en la muerte de John Snow, y en la de Grace Baxter. Pero Lindsey no parecía especialmente arrepentida.

—Me alegro de que me lo hayas contado —dijo Clevenger—. Se necesita mucho valor para admitir algo así.

Lindsey recogió las piernas contra el pecho, igual que en la camioneta, y apoyó la cabeza en ellas.

—Me siento tan cómoda contigo —dijo—. Podría contártelo todo. ¿Haces que todo el mundo se sienta así?

—No todo el mundo —dijo Clevenger.

—Supongo que será una cuestión de química o algo así. La terapia es una relación bastante íntima.

—Esto no es una terapia.

—¿Y qué es?

Clevenger no respondió. No era el psiquiatra de Lindsey, pero la había invitado a su consulta. Quizá había sido un error.

—¿A quién le cuentas tú tus cosas? —le preguntó ella.

Clevenger notó que Lindsey intentaba desdibujar aún más los límites que había entre ellos. Ahora quería ser su terapeuta, o algo más. Cuando tienes un padre que parece ofrecer la posibilidad de una unión completa, puedes acabar persiguiendo esa ilusión allá adonde vayas, con todos los padres sustitutos que puedas encontrar.

—No querría agobiarte con «mis cosas» —repuso Clevenger.

—No me importa.

—No tienes que preocuparte por mí —dijo Clevenger—. Estaré bien.

Lindsey lo miró aún con más afecto.

—Apuesto a que no puedes apoyarte en nadie. Eres un solitario. Escuchas los secretos de los demás, pero no dejas que nadie conozca los tuyos. —Se mordió el labio inferior—. ¿Tengo razón?

En aquel momento, Clevenger se dio cuenta de cómo pueden perderse a veces los psiquiatras. Porque lo que Lindsey Snow decía sobre él era en parte verdad. Era agradable oírlo, que alguien le comprendiera, aunque fuera una chica de dieciocho años. Y aunque tuviera dieciocho años, sería fácil olvidar la dinámica psicológica que le hacía decir aquello, la transferencia a su padre. Sería fácil creer que realmente tenían un vínculo especial.

—Cualquier terapeuta haría mal en hablar sobre sí mismo con un...

—Pero yo no soy tu paciente.

—No. No exactamente.

—Muy bien, pues. ¿Qué soy entonces?

—Eres la hija de un hombre que murió ayer. Y yo investigo ese hecho. Si puedo ayudarte en algo, estaré encantado, pero...

—Escúchate. Das vueltas sobre lo mismo todo el rato. Todo es lógica circular. No puedo ser tu amigo, pero no soy tu psiquiatra, pero si puedo ayudarte... Bla, bla, bla. Hablas como papá, como cuando volvía una y otra vez sobre los mismos problemas de física. Es imposible que te permitas sentir nada. Siempre es la misma rutina. —Se soltó las rodillas, se irguió lentamente en la silla. Luego se levantó, juntó las manos por encima de la cabeza y arqueó la espalda como

183

un gato. El jersey se le subió por encima del ombligo perforado con un *piercing* y de las curvas de su abdomen perfecto. Acabó el estiramiento y se encogió de hombros—. Yo también estaré bien. Gracias.

—¿Has venido en coche? ¿Quieres que te llame un taxi?

—Cuidado. No vaya a ser que empieces a preocuparte ahora por mí. —Se volvió y se fue de la consulta.

La observó salir del edificio. Se dirigió a un Range Rover azul marino, subió y se marchó. Y a Clevenger volvió a llamarle la atención la rapidez con que Lindsey parecía haber superado la tristeza y la culpa. ¿Era porque, en el fondo, quería realmente que su padre pagara con la vida su transgresión, haberla engañado, esencialmente? ¿Tanta influencia tenía su furia en su conciencia?

Entonces Clevenger pensó en algo aún más inquietante. ¿Y si la historia que le había contado sobre George Reese no era cierta? ¿Y si Lindsey había encontrado la nota de suicidio de Grace Baxter y la había guardado hasta que ella o Kyle Snow tuvieron la oportunidad de dejarla junto a la cama de Baxter, después de que uno de ellos o los dos le hubieran hecho pagar el que les robara a su padre?

—Si las miradas matasen —dijo Kim Moffett desde la puerta de Clevenger.

Se volvió hacia ella.

—No sé qué le has dicho a esa chica, pero definitivamente ya no quiere ser mi amiga. Me ha mirado como si le hubiera robado un tesoro. —Sonrió y ladeó la cabeza—. Tesoro.

—Es peligrosa. Que no se te olvide.

Se tocó la frente y le guiñó un ojo.

—Buenas noches.

12

Clevenger llamó al Mass General, le pasaron con la planta de quirófanos y le informaron de que Heller aún estaba operando. Llamó a Mike Coady al móvil.

—¿Sí? —contestó Coady.

—Soy Frank.

—¿Ya has vuelto?

—Hace un par de horas.

—¿Qué tal ha ido?

Le contó a Coady lo tranquilo que parecía Coroway, incluso mientras le preguntaba por el Vortek. Y le dijo que le había confirmado a Lindsey Snow sus sospechas de que su padre tenía una aventura con Grace Baxter.

—Entonces hay que pensar que la madre también lo sabía —dijo Coady.

—Seguramente. Pero aquí viene lo más importante. Acabo de ver a Lindsey Snow. Me ha dicho que encontró la supuesta nota de suicidio de Grace Baxter, la que encontraste en la escena. Me la ha repetido palabra por palabra. Esa nota no estaba escrita para George Reese, sino para John Snow. Lindsey la encontró en su maletín hará una semana.

—¿Grace Baxter escribió la nota hace una semana?

—Y o bien se la dio a Snow, o él la encontró. Sea lo que sea lo que acabara haciendo o diciéndole, sería lo adecuado. Ella no se suicidó, al menos mientras él estaba vivo.

—Entonces, si Lindsey Snow encontró la nota, ¿cómo acabó apareciendo junto al cadáver?

—Lindsey le dijo a su hermano que se la entregara a George Reese. Es obvio que quería poner fin a la aventura, de una vez por todas.

—Un buen modo de conseguirlo —dijo Coady.

—Si dice la verdad, parece que fue Reese quien dejó la nota en la mesita de noche, después de matar a su mujer.

—Eso parece. —Coady se quedó callado unos segundos—. A no ser que tuviera miedo de que alguien pensara eso. A ver, Baxter escribió la nota. Estaba bastante mal cuando fue a verte. Puede que el marido se la encontrara muerta, le entrara el pánico y disfrazara un poco la escena.

«Estaba bastante mal...» Coady seguía queriendo representar la muerte de Grace Baxter como un suicidio. Y Clevenger tenía que preguntarse si él intentaba del mismo modo verla como un asesinato. ¿Algo nublaba la visión de Coady, o era la culpa lo que nublaba la suya?

—Supongo que es posible —dijo.

—Sólo intento pensar como lo haría su equipo de abogados defensores de cinco millones de dólares —dijo Coady—. Pero lo arreglaré para que venga a comisaría y podamos interrogarle.

—Tengo muchas ganas de hablar con él de nuevo.

—Pero tenemos que ser muy cautos con esto del Beacon Street Bank.

—¿Cautos?

—Es un banco importante. Un empleador importante. Las acciones se vendrán abajo cuando el *Globe* publique que Baxter es el centro de la investigación, lo que no tardará nada en producirse, dado el número de periodistas que están cubriendo la historia. Tendré noticias del alcalde Treadwell, si no del gobernador. Querrán asegurarse de que no la cago.

—Nadie podrá decir que te has precipitado. Hay preguntas importantes que debe responder. ¿Qué hizo con la nota? ¿Qué pensaba sobre que su mujer se acostara con John Snow? ¿Dónde estaba ayer, digamos, a las cuatro y media de la mañana?

—Ya te he dicho que lo arreglaré.

—Está bien —dijo Clevenger.

—Ya tienes a Kyle Snow listo. Te espera en la cárcel del condado, cuando quieras.

—¿Está en la cárcel?

—No le ha gustado la idea de pasarse por la comisaría para que le interrogáramos, así que le he retirado la libertad bajo fianza por dar positivo en el análisis.

Lindsey no había mencionado que su hermano estuviera detenido.

—¿Cuándo lo has encerrado?

—Hará una hora. Quizá puedas lograr que hable ahora que está encerrado.

—Lo intentaré. Me pasaré mañana por la mañana.

—Ya me contarás cómo te va.

—Lo haré.

Frank Clevenger se marchó a casa a esperar a Billy y a Jet Heller.

Eran las nueve y veinte. Encendió el ordenador e introdujo uno de los cinco disquetes con los archivos copiados del disco duro del portátil de John Snow. Seleccionó un directorio y vio que contenía los típicos archivos del sistema operativo de Microsoft, junto con otros archivos de programas corrientes como Word y el antivirus Norton. Pero mezclados entre éstos había veinte archivos que comenzaban con las letras *VTK*, numerados consecutivamente, de *VTK1.LNX* a *VTK20.LNX*. Sin duda parecían archivos relacionados con el Vortek. Abrió el primero. Contenía páginas y páginas de lo que parecía un código informático. O los archivos estaban dañados, o constituían una jerga de programación que Clevenger no podía descifrar. Introdujo el siguiente disquete, y el siguiente, y obtuvo el mismo resultado. Había un total de 157 archivos con las siglas *VTK*, y todos y cada uno de ellos eran indescifrables.

Clevenger descolgó el teléfono y marcó el número de su amigo Vania O'Connor en Portside Technologies, en Newburyport, al norte, cerca de la frontera con New Hampshire. O'Connor era un genio informático de treinta y cinco años con una lista de clientes de Fortune 500 que seguramente nunca visitaban su despacho en un sótano sin ventanas y con las paredes repletas de centenares de textos especializados en programación y localización y corrección de fallos.

O'Connor contestó al primer tono.

—Mmm. Mmm —canturreó, con su voz de barítono característica.

—Soy Frank. Siento llamar tan tarde.

—¿Qué hora es?

Clevenger miró el reloj.

—Las diez y cuarto. —Se preguntó por qué Billy no había vuelto aún.

—¿De la noche, o de la mañana?

Clevenger sonrió. No dudaba de que a veces O'Connor pudiera perder totalmente la noción del tiempo, trabajando debajo de la casa donde él, su mujer y sus tres hijos tenían una existencia sorprendentemente normal. Y al pensar aquello, que O'Connor se dedicaba a su don y a su familia a la vez, Clevenger se preguntó de nuevo por qué John Snow había sido incapaz.

—De la mañana —bromeó.

—Imposible —dijo O'Connor—. Nos toca a nosotros llevar la merienda a la guardería. Nicole llevaría horas gritándome.

Nicole era la maravillosa hija de seis años de O'Connor.

—Tocas demasiadas teclas.

—Lo sé —dijo O'Connor—. Déjame adivinar. Me llamas para saber por qué al abrir el Explorer mientras utilizas una hoja de cálculo de Excel no puedes acceder a la función de previsión mensual, lo que tiene gracia, porque es exactamente en lo que estoy trabajando en este preciso momento.

—Parece interesante.

—La bomba.

—¿Cuánto tiempo llevas con eso?

—No lo sé.

—Siento mucho interrumpirte.

—Algo me dice que lo superarás. ¿Qué pasa?

—Tengo unos disquetes con todo tipo de archivos. Son del disco duro de un portátil. Algunos parecen bastante normales, pero hay ciento cincuenta y siete que comienzan con las letras *VTK* y acaban con *LNX*.

189

—Ciento cincuenta y siete.

—Los he abierto todos. No sé si están infectados con algún virus o escritos en clave. Sea lo que sea, para mí no tienen ningún sentido. —Oyó la llave en la cerradura de la puerta del *loft* y caminó hacia allí.

—No me los mandes por correo electrónico —advirtió O'Connor—. Sabe dios con qué estarán infectados.

Lo dijo como si a Clevenger le quedara un día de vida.

—¿Qué te parece si te los llevo? Te prometo que no te atosigaré.

—Cuando quieras.

—¿Mañana por la mañana? —preguntó Clevenger.

—Antes de las ocho y media o después de las nueve y cuarto. Ya sabes, nos toca a nosotros...

—Llevar la merienda, sí. —La puerta se abrió. Oyó a Billy y a Heller hablando.

—Arándanos —dijo O'Connor—. Es el Montessori. Fomenta la comida sana. Yo prefiero la comida energética. Esta noche ya voy por el tercer paquete de chocolatinas picantes.

Billy entró vestido con un pijama quirúrgico y una cazadora vaquera, seguido de Heller, que llevaba un pijama quirúrgico y un abrigo tres cuartos de lana negro. Calzaba sus botas de cocodrilo negras.

—Te veo hacia las ocho —le dijo Clevenger a O'Connor.

—Largo, con leche y cuatro azucarillos.

—Hecho. —Colgó—. ¿Qué tal ha ido? —le preguntó a Billy.

Billy sonrió y miró a Heller, que le devolvió la sonrisa.

—Impresionante —dijo Billy—. Completa y totalmente impresionante.

—Quédate un rato —le dijo Clevenger a Heller.

—¿Aún te apetece tomar esa copa? —le preguntó Heller—. Creo que Billy está bastante cansado.

—Destrozado —dijo Billy. Le enseñó un libro—. Leeré un poco antes de dormir.

Clevenger leyó el título: *Estructura cerebral y medular*, del doctor Abraham Kader. Apenas podía creer que Billy sostuviera aquel libro en la misma mano que normalmente reservaba para el paquete de Marlboro y los CD de Eminem.

—Es un clásico —dijo.

—Kader es amigo mío —dijo Heller.

«Cómo no, por supuesto», pensó Clevenger.

—Está dedicado —dijo Billy—. «De un sanador a otro.»

—Por eso se lo he regalado a Billy —dijo Heller—. Podría ser cierto de nuevo.

—Tendrías que haber venido —dijo Billy—. Cerramos y, como treinta minutos después, se despertó en recuperación y... —Volvió a mirar a Heller, quien, asintiendo con la cabeza, le dio el visto bueno para que rematara el relato—. Veía —anunció Billy con reverencia.

—Increíble —dijo Clevenger.

—Como le he dicho a Billy —dijo Heller—, nosotros no hemos tenido nada que ver. Dios le ha dado la vista a esa mujer. —Levantó las manos—. A mí, me ha dado esto. —Las dejó caer a los lados—. Y si al final resulta que Billy llega a ser neurocirujano, será porque lo llevaba dentro desde siempre, esperando a que viera la luz.

Clevenger no podía discutir la esencia del soliloquio de Heller, pero su forma de expresarla dejaba claro que aún lo dominaba esa ola maníaca que lo había arrastrado al quirófano.

—Sea cual sea tu don, debes respetarlo —le dijo Clevenger a Billy, pero oyó cómo sus palabras quedaban ahogadas por el eco persistente de Heller.

—Exacto —dijo Heller.

—He ayudado a cerrar —le dijo Billy a Clevenger.

—Fantástico —dijo Clevenger.

—Alguien que sienta pasión por la cirugía no puede quedarse sólo mirando —dijo Heller—. Billy ha sujetado los retractores durante cuatro horas seguidas. No ha dicho ni pío. Se ha ganado el derecho a poner el último par de grapas.

—No sé por qué, pero creo que no será la última vez que quiera entrar en un quirófano —dijo Clevenger.

—No hay problema —dijo Heller—. Se ha portado como un campeón. Capaz. Respetuoso. Le ha caído bien a todos.

—Voy a empezar con esto —dijo Billy, levantando el libro. Miró a Heller—. Gracias.

—A ti.

Clevenger observó cómo se estrechaban la mano.

—Buenas noches —le dijo Billy a Clevenger, y luego se fue hacia su cuarto.

—Buenas noches, colega —le dijo—. Te quiero. —Se había acostumbrado a que Billy rara vez lo abrazara o le dijera que lo quería; el chico procedía de una familia donde lo único que obtenías por ser vulnerable era más dolor. Pero se sintió especialmente lejos de Billy con Heller ahí—. ¿Qué hay de esa copa? —le preguntó a Heller. Le apetecía mucho.

—¿Adónde vamos?

—¿Al Alpine? Es cutre, pero está al final de la calle.

—No es que vaya de gala precisamente —dijo Heller.

Fueron caminando al Alpine, un cuchitril en el que la barra ocupaba casi la mitad del local. Cuando beber había sido prácticamente lo único que Clevenger quería hacer, la prominencia de aquella barra le parecía adecuada, incluso relajante. Nadie iba al Alpine por el café o la decoración: paneles oscuros de madera, alfombras de interior o exterior, un techo suspendido; sino porque estaba a un tiro de piedra de los bloques de tres pisos a los que llamaban hogar y porque la cerveza costaba un dólar y el gin-tonic, dos.

Heller pidió un whisky, sin hielo.

—¿Y tú, doctor? —le preguntó a Clevenger el barman, de cuarenta y pocos años, metro noventa de estatura y todo músculo.

Clevenger dudó. Sería tan fácil decirle que pusiera dos... tan fácil como saltar de un rascacielos. Pidió una coca-cola *light*.

—Te hemos echado de menos —dijo el barman.

—Yo también, Jack —dijo Clevenger.

—Pero parece que las cosas te van bien. Te han dado un caso importante. Ese profesor que se suicidó, o lo que fuera.

—Sí —dijo Clevenger.

—Dame la primicia. ¿Se suicidó o qué?

—Aún estamos investigando.

Jack le guiñó un ojo.

—No sueltas prenda. No te culpo. —Miró a Heller—. ¿Quién es éste del pijama?

—Es cirujano —dijo Clevenger—. Acaba de salir de quirófano.

—Dos médicos en este antro —dijo Jack. Sirvió las bebidas—. Yo invito.

—Gracias —dijo Heller.

—Tenlo en cuenta, por si tienen que operarme de una hernia o de apendicitis.

—Es neurocirujano —dijo Clevenger.

—Neuro... —dijo Jack—. Del cerebro. —Miró a Heller entrecerrando los ojos—. Espera... espera... espera un segundo. Eras su cirujano. El del profesor muerto.

Heller se puso tenso.

—Eso es.

—Jet Heller.

—Sí.

—Debe de haber sido duro. Toda esa publicidad preoperatoria sobre que al tipo iban a hacerle una lobotomía, y luego va y el cerebro le salta por los aires.

—Ha sido muy difícil —dijo Heller.

—Habría sido bonito colgarse esa medalla. Siento que la cosa no saliera bien —dijo Jack.

—No me preocupaba colgarme una medalla —contestó Heller.

Jack metió la mano debajo de la barra para sacar una botella de Johnnie Walker etiqueta roja.

—Sí, claro. Apuesto a que odias los titulares.

Los músculos de la mandíbula de Heller se tensaron.

Jack comenzó a servir la copa de Heller.

—Estás hablando con Jack Scardillo. Llevo once años tras esta barra. —Le acercó la bebida—. ¿Dejamos el tema?

—Mejor —dijo Heller, clavándole la mirada.

Jack llevaba tras la barra el tiempo suficiente como para saber con certeza una cosa: cuándo un cliente estaba dispuesto a saltar la barra. Esbozó una sonrisa que reveló un par de dientes inexistentes.

—He estado un poco cabrón. —Extendió la mano.

Jet Heller se la estrechó, pero su mirada seguía siendo glacial.

—No pasa nada —dijo.

—Vamos a sentarnos —le dijo Clevenger a Heller—. Todos hemos tenido un día largo.

Clevenger y Heller se sentaron a una mesa situada junto a la ventana frontal, debajo de un letrero luminoso de Budweiser.

—Siento lo que ha dicho —le dijo Clevenger.

—No he puesto suficiente distancia con la pérdida de John para bromear sobre ello —dijo Heller. Señaló con la cabeza la coca-cola *light* de Clevenger—. ¿No bebes?

Clevenger podía oler el whisky de Jet Heller, casi saborearlo.

—Hoy no.

—Bien hecho. ¿Te importa que yo beba?

—En absoluto.

Heller bebió un trago largo de whisky. Clevenger se bebió la mitad de la coca-cola *light*.

—Has ganado tu batalla en el quirófano.

—Me siento genial —dijo Heller—. Porque recuerdo todas y cada una de las veces que he perdido. Me alegro de que la primera experiencia de Billy no haya sido una de ésas. —Bebió otro trago de whisky—. Y tú, ¿qué tal? ¿Superando la desagradable muerte de Grace Baxter?

—Aún estoy intentando entenderla —dijo Clevenger.

Heller se quedó mirando el contenido del vaso.

—En medicina hay pocas cosas que sean exactas —dijo.

A Clevenger le gustaba la dirección que estaba tomando Heller. Parecía que podrían volver al caso Snow.

—En psiquiatría, te refieres —dijo.

Heller levantó la vista.

—En todas las especialidades. La patología, por ejemplo. Es un campo en el que se diría que las respuestas están clarísimas. Tomas muestras de tejidos, las colocas en un portaobjetos y las miras en el microscopio. Imaginas que podrás decir «sí, no hay duda, es cáncer», o «no, no hay ninguna duda, no lo es». Pero no es así. Patólogos muy competentes pueden ofrecer lecturas distintas sobre un mismo espécimen. Tuve que mandar unas muestras de tejido a cuatro laboratorios distintos antes de tener la seguridad de que estaba ante un caso de cáncer, y no era un caso raro, sino un tumor benigno. E incluso entonces, acabé decantándome por la opinión de una persona y no por la de otra. El Mass General contra el Hopkins. El Hopkins contra el Instituto Nacional de Sanidad. Porque en realidad las enfermedades son espectros.

—Algunas —le dijo Clevenger para provocar.

—Todas. Fíjate en la diabetes. Hay casos claros, pero los hay que son dudosos, y los hay que son subclínicos. Quizá el paciente la padezca, quizá no. Le haces una glucemia, y te da una lectura equívoca, así que tienes que hacerle una en ayunas y luego ver los niveles de hemoglobina glicosilada. Quizá valga la pena tratarla, quizá no. Pasa lo mismo con la hipertensión. Hay un montón de casos claros, pero no tienen nada que ver con el arte real de la medicina. Éste entra en juego cuando la tensión de alguien habitualmente es normal, pero sube un poco con un café o con demasiado estrés; ahí es donde hay que valorar si existe o no enfermedad.

—Se acabó el whisky.

—Con la epilepsia pasaría lo mismo —dijo Clevenger, notando, por una milésima de segundo, una sensación maravillosamente cálida en la garganta. Miró a Jack y señaló el vaso vacío de Heller.

Éste asintió, pero no dijo nada.

—A lo que me refiero es que habrá gente que presente una actividad cerebral anormal, pero que no llegue al nivel de la epilepsia propiamente dicha —dijo Clevenger.

195

—Claro —dijo Heller—. El dos o tres por ciento de las personas que hay aquí presentarían impulsos de actividad eléctrica si les hiciéramos un electroencefalograma.

Clevenger sonrió.

—¿Aquí? Yo diría que el cinco o el diez por ciento.

—Por eso espero que vayas superando el sentimiento de culpabilidad que tienes por Grace Baxter. Olvídate de la diabetes, la hipertensión y la epilepsia. Es totalmente imposible que alguien prediga con exactitud si una persona padece depresión mortal. Ni siquiera hay un microscopio para ello. Ni un electroencefalograma. Nada de nada.

Jack se acercó a la mesa con otro whisky y lo dejó delante de Heller. Le dio un golpecito en el hombro al marcharse de la mesa.

Heller no le respondió con ningún gesto.

—Déjame hacerte una pregunta —dijo Clevenger—. ¿Qué me dices de Snow? ¿De su electroencefalograma?

—¿Qué pasa con él? Le hicimos de todo. Electroencefalogramas, resonancias magnéticas, tomografías por emisión de positrones.

—¿Los resultados eran clarísimos, o requirieron alguna interpretación?

—Eran muy claros —dijo Heller. Levantó el vaso y bebió un trago.

—Entonces, presentaba un caso clásico de epilepsia —le guió Clevenger.

—Si es que existen casos clásicos —dijo Heller—. Tenía crisis generalizadas tónico-clónicas, pérdida de conciencia, se mordía la lengua durante los ataques, que iban acompañados de una actividad eléctrica anormal en múltiples partes del cerebro, incluidos el lóbulo temporal y el hipocampo.

Clevenger bebió un trago de coca-cola *light* y se aclaró la garganta.

—Y la patología, la actividad eléctrica anormal, satisfizo

al Comité de Ética. Sólo les preocupaban los efectos secundarios de la operación.

—Mira, cuando tratas con el comité de un hospital, sabes tan bien como yo que te formulan todas las preguntas habidas y por haber, reales o imaginarias. En pocas palabras: era la vida de Snow. Odiaba los ataques. Quería deshacerse de ellos.

Aquello dejaba sin responder la pregunta de si uno o más miembros del Comité habían tenido dudas respecto a si la epilepsia de Snow era real o no. Clevenger decidió insistir.

—¿Qué mostró el electroencefalograma? Tú lo has llamado «actividad eléctrica anormal». Pero, como bien has dicho, todas las enfermedades son un espectro. ¿En qué lugar del espectro estaba el caso de Snow? Si no hubiera presentado espasmos musculares tónico-clónicos tan espectaculares ni se hubiera mordido la lengua y todo eso, ¿habrías diagnosticado epilepsia basándote sólo en el electroencefalograma? 197

—Pero los tenía —dijo Heller. Hizo una pausa—. ¿Qué me estás preguntando realmente?

—Si yo supiera que en realidad lo de Snow eran pseudoataques, tendría que haberme preguntado por su estabilidad psicológica general —dijo Clevenger.

—Sí —dijo Heller. Sonrió, pero de un modo forzado—. Pero eso no es lo que has insinuado. Lo que quieres saber en realidad es si le habría realizado una operación neurológica experimental a John Snow simplemente para liberarle de sus relaciones, de su pasado, con o sin epilepsia. Para darle una vida nueva. ¿Me equivoco?

Clevenger no tenía en mente esa pregunta en concreto, pero estaba claro que Heller sí.

—¿Lo habrías hecho?

—Quizá.

—¿Aunque los ataques, o pseudoataques, fueran consecuencia del estrés?

—No seas tan concreto, Frank. Eres psiquiatra. No sé si importa que la patología exacta estuviera en su cerebro o en su psique. Iba a extirparle buena parte de los dos. Circuitos defectuosos y relaciones muy estresantes. Supongo que se habría liberado de los síntomas de cualquier forma.

—Entonces, ¿qué pasa con un paciente que no tenga ataques? —preguntó Clevenger—. ¿Qué pasa si alguien sintiera que está al final de su vida y necesitara una salida, poner el contador a cero?

—No lo sé. Una parte de mí piensa: «¿Quién soy yo para negárselo?».

Aquella respuesta cogió a Clevenger por sorpresa. Había etiquetado a Heller de purista, alguien a quien le ofendería la idea de utilizar un bisturí para algo que no fuera extirpar un tejido enfermo.

—¿Eso no sería jugar a ser Dios? —preguntó Clevenger.

—Mejor que jugar a ser el diablo —dijo Heller. Sonrió y se acabó el segundo whisky—. Hoy ha sido increíble. De verdad. Esa mujer ha recuperado la vista. Pero John podría haber recuperado su vida. Ella era ciega. Él estaba muerto. —Se inclinó hacia delante—. Alguien le arrebató esa oportunidad, y a mí también. Lo que hizo esa persona es tan terrible como lo que hicieron John Wilkes Booth o Sirhan Sirhan. Quizá peor. Esa persona nos arrebató a todos la oportunidad de renacer, de resucitar. En cierto modo, esa persona mató al propio Jesucristo.

Quizá Jet Heller sí era un maníaco de verdad, pensó Clevenger.

—Supongo que buscarás a otro John Snow, entonces.

Heller negó con la cabeza.

—Él era uno entre un millón. Un explorador. Un Colón. Un John Glenn. No creo que haya otro hombre con su estabilidad psicológica y su inteligencia dispuesto a arriesgar la vista y el habla para empezar de cero. Y sí que presentaba una patología cerebral suficiente como para satisfacer al Comité de Ética. Apenas suficiente, pero suficiente. Para mí, era una ocasión única. Era mi oportunidad de hacer historia.

Clevenger volvió a sorprenderse por cómo Heller se tomaba la muerte de Snow como un ataque personal a su legado, por no mencionar a su Dios.

—Lo siento —fue lo único que se le ocurrió decir.

Esta vez, fue el propio Heller quien hizo un gesto a Jack para que le pusiera otro whisky. Volvió a mirar a Clevenger.

—He respondido a tus preguntas. ¿Qué tal si ahora respondes tú a las mías?

—Lo intentaré.

—Billy me ha dicho que has ido a Washington.

—Sí.

—¿Te importa que te pregunte si el viaje estaba relacionado con el caso Snow?

—Estaba siguiendo una pista —dijo Clevenger.

Heller asintió.

—He hablado con Theresa Snow. Me ha contado sus sospechas.

—¿Qué te ha dicho?

—Que cree que Collin Coroway mató a su marido, por el Vortek y la salida a bolsa de la empresa.

La viuda de Snow insistía mucho en su versión de la muerte de su marido.

—Bien... —dijo Clevenger.

Jack le llevó a Heller su tercer whisky y a Clevenger su segunda coca-cola *light*. Luego volvió a la barra, sin decir nada.

—He atado cabos —dijo Heller—. El Vortek y el viaje a Washington. ¿Has ido por casualidad a la oficina de patentes para comprobar si hay algún registro reciente a nombre de Coroway?

—No. Pero ¿por qué quieres saberlo, si no te importa que te lo pregunte? —le preguntó Clevenger.

—Cuando me dijiste que seguramente Snow no se había suicidado, empecé a pensar que podía tratarse de un crimen pasional. Grace Baxter, amante destrozada, mata a mi paciente y luego se suicida. Nadie abandona a nadie. Pero tú eres mejor en esto que yo. Y parece que estás investigando más allá de este panorama.

—No lo he descartado.

—¿Te dice tu instinto que Collin Coroway mató a Snow?

—Mi instinto y mi experiencia me dicen que tenga en cuenta todas las posibilidades.

Heller se bebió la mitad del whisky.

—¿Cuáles son las otras posibilidades?

—Eso es confidencial —dijo Clevenger.

—Por cortesía profesional, de médico a médico.

—Ayúdame a comprender por qué es tan importante para ti estar dentro de la investigación.

Heller pasó el dedo por el borde de su vaso.

—Ya lo comprendes. —Miró a Clevenger fijamente—. Hiciste sólo una hora de terapia con Grace Baxter, ¿verdad? Y estás esforzándote al máximo por averiguar quién la mató. Sé que no sólo es porque quieres aliviar tu conciencia. Es porque sientes que se lo debes, incluso después de tan sólo una hora. Porque era tu paciente. Es una conexión mística, inmensa. Trata de explicárselo a alguien que no sea médico, o a uno que no sea bueno de verdad, y no llegarás a ningún lado. ¿Tengo razón?

—Sí.

—Pues yo estuve trabajando con Snow durante un año. Me jugué la carrera por él. Era mucho más que su cirujano. Era su confesor. Y fui yo quien le atendió en urgencias. Fui yo quien le metió la mano en el pecho y le bombeó el corazón.

Clevenger miró a Heller fijamente para buscar algún

rastro de falsedad en su mirada. Pero parecía sincero, como si hubiera perdido a un hermano, o a un hijo.

—Descubra lo que descubra al final, no lo leerás en los periódicos —le dijo—. Te lo haré saber en cuanto pueda. Te doy mi palabra.

—Confío en ti —dijo Heller—. Y, por favor, recuerda mi ofrecimiento: si necesitas más dinero para investigar con más profundidad, dímelo. Estaría dispuesto a ofrecer una recompensa, si crees que puede servir de ayuda.

—Lo tendré presente.

Se acabó lo que quedaba de whisky.

—El tercero sabe a gloria —dijo—. ¿Qué me dices? ¿Listo para marcharnos?

—¿Estás bien para conducir? —le preguntó Clevenger.

Heller se levantó, se puso a la pata coja, primero una pierna, luego la otra. Se frotó la pantorrilla izquierda con el pie derecho, sin temblar un ápice.

201

—Estoy bien. Odio admitir la de noches que he tomado tres whiskys estos últimos seis meses. Vivía y respiraba el caso de John.

Heller hablaba como un alcohólico.

—El caso ha terminado —dijo Clevenger, levantándose.

—No —dijo Heller—. Encuentra al que mató a Snow. Entonces habrá terminado.

Clevenger regresó al *loft* poco antes de las doce. No se veía luz por debajo de la puerta de Billy. Al parecer, *Estructura cerebral y medular* lo había dejado frito.

Se dirigió a su ordenador, vio que el plasma aún brillaba y que la clave o el galimatías del último archivo *VTK* que había abierto aún estaba en pantalla. Era extraño; el salvapantallas debía saltar a los cinco minutos. Se inclinó y tocó el asiento de la silla. Estaba caliente.

Estaba enfadado y decepcionado. Billy había examinado sus archivos. Volvió a mirar hacia la puerta de su cuarto. Quizá lo indicado era sentarse en su cama y tener una charla sobre el respeto a la intimidad del otro. Quizá si lo castigaba sin salir, aprendería la lección. Pero otro sentimiento eclipsó inesperadamente los demás. Se sintió triunfante, sobre Jet Heller, Abraham Kader, la neurocirugía misma. Porque mientras Heller y él estaban en el Alpine, Billy seguramente no había estado leyendo sobre el sistema nervioso. Se había sentado al ordenador para intentar acercarse a él y a su trabajo. Y si bien Clevenger temía perderlo en la oscuridad de los casos de asesinato, no podía negar que la curiosidad que mostraba su hijo le hacía sentirse bien.

No llamó a la puerta de Billy ni le gritó que saliera. Se sentó en la silla y cerró los ojos, sabiendo que Billy había estado allí hacía tan sólo unos momentos.

El Four Seasons

Un día de verano, cinco meses antes
18:00 h

Grace Baxter llamó a la puerta de su suite, con la duda de si estaría allí. Habían quedado en verse hacía una semana, pero desde entonces no había tenido noticias de él, a pesar de haberle telefoneado mil veces. Volvió a llamar, esperó diez, quince segundos, y se dio la vuelta para marcharse.

Él abrió la puerta.

Ella se volvió y se quedó horrorizada con lo que vio. Estaba sin afeitar, tenía los ojos inyectados en sangre y ojeras. La camisa blanca que llevaba estaba arrugada y manchada de sudor. Grace entró y cerró la puerta.

—John, ¿qué pasa? —le preguntó.

Él meneó la cabeza y miró al suelo.

—Lo siento. —Volvió a mirarla. Llevaba un vestido negro suelto y sandalias negras de tacón; estaba radiante.

—No he... —Se frotó los ojos.

Ella le cogió la mano y lo llevó a un confidente de terciopelo.

—No quería que me vieras así —dijo él.

—Dijimos que no nos esconderíamos nada.

Él la miró.

—Las cosas no van bien.

—¿Qué cosas?

Él meneó la cabeza.

—Pues...

—¿Qué cosas? John, por favor, dímelo.

—Mi mente —dijo, apenas fijando la vista en ella—. El trabajo. Estoy en un callejón sin salida.

Ella se inclinó hacia delante.

—Dices que te ayuda que nos veamos más. Yo estoy dispuesta a verte, si quieres.

John cerró los ojos.

Ella le guió la mano a la parte interior de su muslo, hasta que las yemas de sus dedos tocaron el encaje del tanga.

—Es otro bache en el camino. Nada más. Estás bloqueado. Podemos superarlo.

John sintió su calidez, su humedad. Y una parte de él quiso entrar en ella, sacar la energía que le había ayudado a vencer tantos obstáculos creativos durante los últimos seis meses, acercando el Vortek cada vez más a la realidad. Pero la última vez que habían estado juntos, no se había sentido tan fuerte o menos estéril. Estaba convencido de que ni siquiera ella podía ya seguir alimentando su imaginación. Se había quedado sin ideas. Y para John Snow, eso era como estar muerto.

Grace se acercó más a él y le dio un beso en la boca.

John apenas sintió sus labios. No podía alcanzarla y cada vez se alejaba más. De repente, se sintió mareado.

Ella le besó el cuello.

Unos escalofríos le recorrieron el cuero cabelludo. Se le entumecieron los brazos y las piernas. La miró y la vio sentada en el confidente a tres metros de él. Sin embargo, aún sentía la calidez de sus labios. ¿Cómo era posible?, se preguntó.

—Te quiero —le susurró ella al oído.

Oyó sus palabras como un eco distante. Y entonces supo lo que iba a pasar. La traición incalificable, inconcebible, de los cortocircuitos de su cerebro. Una pérdida total de control, de luz, de amor. Notó que se apartaba de ella. ¿O estaba cayéndose?

—John —dijo—. ¿Qué te pasa? Dios mío.

Vio que todo sucedía como si fuera una tercera persona que estuviera presente en la habitación: los ojos se le pusieron en blanco, estiró el cuello, le temblaban las extremidades, la espalda se le retorcía de un modo horrible, como si fuera un trapo que alguien quiere escurrir. Vio su aspecto grotesco reflejado en el horror del rostro de Grace. Y, aun así, cuando su mandíbula se cerró, cuando notó el sabor de la sangre que le salía de la lengua, vio que ella lo sujetaba, sintió que lo abrazaba con fuerza.

Se despertó en el suelo, en sus brazos. Ella lloraba, y lo mecía como a un bebé. La miró.

—¿John? —dijo ella, tocándole la mejilla—. No pasa nada. Te pondrás bien.

Intentó hablar, pero era como si tuviera la boca llena de hojas de afeitar. Notó una sensación extraña en los pantalones. Se había orinado encima.

—No —dijo ella—. Te has mordido la lengua. No intentes hablar.

Se quedó tumbado en silencio, aún aturdido, mirándola. Ella siguió meciéndolo.

—No puedes hacerte esto —le dijo ella—. ¿No lo entiendes? Tienes que dejar este proyecto. Olvídalo. Puedes retomarlo dentro de un año, o cinco, o nunca. No importa.

Notó las lágrimas de Grace en su rostro.

—Sólo es una idea —dijo ella—. No puedes permitir que te destruya. No te dejaré. Te quiero.

Le pareció extraño sentir el poder real de la devoción de Grace en su peor momento, y no en el mejor, que lo amara a pesar del colapso. Sin embargo, otra parte de él sabía que nunca hubiera recibido aquel don en cualquier otra situación. Porque ahora estaba totalmente seguro de que lo quería a él, no a su cerebro. A John Snow. Al hombre, no a la máquina. Y del mismo modo que el amor puro e incondicional puede curar de verdad, puede inspirar de verdad, en el fondo de su corazón supo que no iba a abandonar la lucha por crear aquello que muchos otros insistían en que sólo era una fantasía. Porque, en aquel momento, en los brazos de Grace, sin afeitar, ensangrentado, apenas pudiendo controlar sus extremidades, todo, absolutamente todo, parecía estar a su alcance.

13

14 de enero de 2004

Clevenger llegó a casa de Vania O'Connor, una finca colonial en una tranquila calle residencial de Newburyport, pocos minutos antes de las ocho de la mañana. Aparcó y se bajó de la camioneta. La temperatura era de dos grados, pero con el viento, la sensación térmica era de menos veinte. Una manta fina de copos de nieve centelleaba en el aire.

La mujer de O'Connor, una guapa rubia con cabeza para los números, salía marcha atrás del camino de entrada. Trabajaba de controladora de fondos de cobertura en Boston. Bajó la ventanilla.

—Vania te está esperando —le dijo a Clevenger—. Me ha dicho que traías el café.

Clevenger levantó la taza.

—Largo, con leche y cuatro azucarillos.

—Lo necesita. Ha pasado casi toda la noche en vela. ¿Podrías recordarle...?

—Que lleve la merienda al Montessori. Me lo contó.

Ella sonrió, subió la ventanilla y se marchó.

Clevenger recorrió el sendero de gravilla que conducía a la puerta de la parte lateral de la casa. Llamó y abrió.

—¿Vania?

—Creo que sí —dijo O'Connor.

Clevenger bajó por la estrecha escalera de hormigón a la

guarida de O'Connor y lo vio encorvado sobre un teclado, escribiendo; el resplandor del monitor que tenía delante era la luz más brillante del cuarto. Hacía un año que Clevenger no iba por allí, y el lugar aún estaba más lleno de ordenadores, libros y programas, apilados sobre cualquier superficie.

Clevenger se acercó a O'Connor por detrás y miró la pantalla del ordenador, llena de números, letras, asteriscos, flechas y signos &. Dejó el café junto al teclado.

—¿Todo eso realmente significa algo? —le preguntó.

—Ése es el problema. Parece que no quiere dejarse descifrar. —Cogió la taza, abrió la tapa y bebió un sorbo.

—Será contagioso.

O'Connor levantó la cabeza y sonrió.

—Tienes voz de cansado, tío. —Extendió la mano.

Clevenger se la estrechó.

—Pues tú tienes cara de cansado. —No era cierto. Vania O'Connor parecía lleno de energía, más joven que hacía un año.

—¿Cómo está Billy?

—Bien.

—Recuerda que puedo detectar una línea de código defectuosa a la legua —le dijo, mirándolo con recelo—. ¿Qué pasa?

—No pasa nada. Es un reto. Eso es todo.

—¿Había alguna posibilidad de que adoptaras a un chico que no supusiera un reto?

Clevenger pensó en ello.

—No.

—Exacto. Sería desperdiciar tu talento si al chico le fuera todo como la seda.

O'Connor tenía razón. Pero Clevenger se preguntó por qué tenía que ser así. ¿Por qué el hecho de haber sobrevivido a los traumas de su propia infancia lo unía de un modo tan inextricable a otras personas destrozadas?

—Que todo fuera como la seda de vez en cuando estaría bien.

—Créeme, no lo soportarías. Eres terapeuta a tiempo completo. Te guste o no. —Señaló con la cabeza los disquetes que Clevenger sostenía en la mano—. ¿Qué problema tenemos, compañero?

—Son los archivos que te conté. Son del portátil de John Snow. El inventor.

—El tipo que mataron, o se mató, o lo que sea.

—Sí.

—Se pasan medio telediario hablando de él. —Señaló los disquetes con la cabeza—. No crees que lo mataran por lo que hay ahí, ¿verdad?

—No lo sé. Pero no le he dicho a nadie que voy a dártelos a ti. —Vio que la cara de O'Connor perdía parte de su vivacidad—. No tienes que hacerlo.

Vania O'Connor se quedó mirando los disquetes unos segundos.

—Ya me he tomado tu café —dijo—. Cuéntamelo todo.

Clevenger le habló del Vortek.

—Así que hablamos de ingeniería, física, fuerza, cantidad de movimiento. Todo eso.

—Todo eso.

—Metamos uno.

O'Connor introdujo el disquete en su ordenador de sobremesa y seleccionó el directorio. Abrió el archivo *VTK1.LNX* y se quedó mirando el campo de números y letras en silencio durante un minuto más o menos.

—Bien —dijo por fin.

—¿Lo entiendes?

—No. Pero puedo decirte por qué. Está muy encriptado, en lenguaje C++ o Visual Basic.

—Para mí, como si fuera chino.

O'Connor se rió.

—¿Puedes descifrarlo? —le preguntó Clevenger.

—Con un poco de suerte. Y aunque lo logre, ciento cincuenta y siete archivos requerirán tiempo.

—Y dinero.

—Eso también. El suficiente como para repartirlo un poco. Conozco a un tipo que se jubiló de la NASA y que vive en una granja en Rowley. Puede que necesite su ayuda con algunos de los cálculos.

—Lo que haga falta —dijo Clevenger—. Pero yo no le enseñaría todas tus cartas. Como te he dicho, no sé si lo que hay en esos archivos mató a Snow. Y no conozco a tu amigo, o a quién conoce él. —Se metió la mano en el bolsillo y le dio a O'Connor unos cuantos billetes de doscientos dólares.

—Con eso podremos empezar —dijo O'Connor—. Pero necesitaré más.

—Cuenta con ello. Eso es lo que llevaba encima.

—No me refería a dinero —dijo O'Connor—, sino a información: la fecha de nacimiento de Snow, su número de la seguridad social, las fechas de nacimiento de sus hijos, su aniversario de bodas. Algunos de estos tipos utilizan esa clase de información como clave para desencriptar los datos.

—Te conseguiré todo lo que pueda.

—Yo tendría cuidado, Frank —dijo O'Connor, desplazándose hacia abajo en la pantalla—. Snow se preocupó mucho por ocultar a la gente lo que sea que haya tras esta clave. Quizá nadie sepa que tengo los disquetes, pero sí sabrán que tú los tienes.

Clevenger regresó a Boston para visitar a Kyle Snow en la cárcel del condado de Suffolk. Vio que North Anderson le había llamado al móvil y le telefoneó.

Anderson contestó.

—Hola, Frank.

—¿Alguna novedad? —preguntó Clevenger.

—La historia de Coroway concuerda, en parte. El guarda del aparcamiento y la cajera de la cafetería le recuerdan.

—¿En qué no concuerda?

—He hablado con el conductor de la furgoneta de reparto del *Boston Globe* con la que chocó. Un tipo llamado Jim Murphy. De treinta y tantos años. Dice que Coroway estaba fuera de sí, muy afectado por un simple golpe. Coroway intentó pagarle en metálico para que no diera parte. Quinientos dólares.

—La gente hace esas cosas —dijo Clevenger—. Y Coroway dijo que tenía prisa. Que tenía que coger un avión.

—Ya. Pero Murphy se sintió muy presionado. Le dijo que no podía aceptar el trato, al ser la furgoneta del *Globe* y eso, pero Coroway no aceptaba un no por respuesta. Subió la oferta a mil dólares y siguió insistiendo hasta que al final Murphy llamó a la policía para dar parte. Coroway se marchó antes de que llegara el coche patrulla.

—Interesante.

—Bueno, ¿qué hago ahora? —preguntó Anderson.

—Necesitamos comprobar si Coroway ha registrado algún invento en la Oficina de Patentes de Washington —dijo Clevenger—. Quiero saber si el Vortek era realmente un fracaso o no. —Miró por el retrovisor y vio un Crown Victoria azul oscuro a unos quince metros detrás de él. Creía haber visto el mismo coche en la carretera 95 de camino a Newburyport. Tenía el mal presentimiento de que alguien lo había seguido desde Chelsea. Cambió al carril de la izquierda y aceleró a 120 kilómetros por hora.

—¿Los inventos para el ejército se registran? —preguntó Anderson.

—Averígualo —dijo Clevenger. Recordó que Jet Heller le había preguntado si había ido a Washington para reunirse con contratistas militares—. También estaría bien inten-

211

tar comprobar si Coroway vendió la licencia del Vortek a Boeing, Lockheed o alguna empresa por el estilo. —El Crown Victoria no se había cambiado de carril, pero se mantenía a la zaga. Se desplazó tres carriles y pensó tomar la siguiente salida y poner fin a su paranoia.

—Conseguiré los nombres de los miembros de los consejos de administración de las empresas más importantes de la industria —dijo Anderson—. Podemos preguntar a nuestros contactos para ver si hay algún modo de entrar. Quizá alguno de mis amigos de Nantucket pueda ayudarnos.

Anderson había sido jefe de policía de Nantucket antes de trabajar con Clevenger.

—Genial. Te llamo cuando salga de hablar con Kyle Snow. Voy camino de la cárcel. —Cogió la salida. El Crown Victoria también.

—Estupendo.

—Espera. Creo que alguien me sigue —dijo Clevenger.

—¿Dónde estás?

—En el norte, cerca de Newburyport.

—¿Le has dejado los disquetes a O'Connor?

—Sí. ¿Puedes llamar a alguien de la policía de Newburyport para que se pase por su casa? Vive en el 55 de Jackson Way. Puede que me hayan seguido hasta allí.

—Entendido. Quédate en la autopista. No salgas por nada.

—Demasiado tarde. Acabo de salir en Georgetown. Carretera 133.

—Vuelve a la 95. Te llamo dentro de un minuto. —Colgó.

Clevenger oyó una sirena tras él. Miró por el retrovisor y vio una luz azul que parpadeaba en el salpicadero del Crown Victoria. Distinguió las figuras de un conductor y un acompañante masculinos. Se detuvo, sacó el arma de la funda y se la colocó debajo del muslo.

El conductor se quedó sentado al volante. El acompañante, un hombre alto de unos cincuenta y cinco años, con pelo ralo y gafas, se acercó a su ventanilla.

Clevenger la bajó.

—¿Doctor Clevenger?

—¿Quién quiere saberlo?

—Paul Delaney, del FBI.

—Un placer. Podría haber llamado a mi consulta y concertar una cita.

Delaney sonrió.

—Lo siento mucho. Voy a tener que registrar la camioneta, doctor.

—No sin una orden.

—La tengo. —Delaney se metió la mano en la chaqueta del traje. Antes de que Clevenger pudiera reaccionar, notó el cañón de una pistola presionándole la nuca—. ¿Tiene ojos en el cogote? —le preguntó Delaney—. Lea mi orden. —Hizo un gesto con la cabeza hacia el Crown Victoria.

Cinco segundos después, la puerta del copiloto de la camioneta de Clevenger se abrió y el compañero de Delaney, un hombre voluminoso de al menos metro ochenta de estatura, metió el cuerpo en el coche y comenzó a registrar la parte inferior de los asientos y después la guantera. Se sentó en el asiento del copiloto.

—Tengo que cachearle, doctor —dijo.

El teléfono de Clevenger comenzó a sonar. Miró la pantalla. Era North Anderson.

—Acabaremos enseguida —dijo Delaney—. Ya devolverá la llamada después.

El hombre gordo pasó las manos por el pecho de Clevenger, los brazos y las piernas. Encontró el arma y la levantó para que la viera su compañero.

—Déjala en la guantera —dijo su compañero.

—Si me dijeran qué buscan, quizá se lo daría —dijo Clevenger—. Podemos saltarnos el procedimiento habitual.

213

—Los disquetes. Se los dieron por error.

El teléfono de Clevenger volvió a sonar.

—¿De quién fue el error?

—Del detective Coady —dijo Delaney—. Un movimiento de aficionado. Debieron entregárselos al FBI. —Señaló con la cabeza el móvil de Clevenger—. Conteste, si quiere. Quizá Billy le necesite.

Clevenger sabía lo famoso que era su hijo, pero no le sentó muy bien que Delaney pronunciara su nombre.

—Si está amenazando a mi hijo, será mejor que tenga autorización para apretar el gatillo.

Delaney no pestañeó.

—Le pido disculpas. Esto no tiene nada que ver con su hijo. Siento haberle mencionado. Pero respondiendo a su pregunta, tengo autorización para apretar el gatillo si no accede al registro y opone resistencia a que le detengamos.

El teléfono dejó de sonar y volvió a empezar de inmediato.

—Supongo que esos archivos serán importantes —dijo Clevenger—. No los tengo. —Señaló el teléfono con la cabeza—. ¿Le importa? Ahora es Billy.

—Conteste.

Clevenger pulsó el botón para responder.

—¿Frank? —dijo Anderson.

—Cinco disquetes azules. Junto a mi ordenador del *loft*. Ve a... —Sintió una punzada de dolor cuando Delaney le golpeó en la nuca con la culata del arma. Entonces perdió el conocimiento.

Se despertó temblando, desplomado en el asiento del copiloto de su camioneta, en una esquina vacía del aparcamiento de un supermercado Shaw's en el centro comercial Georgetown Plaza. Se sentía como si alguien hubiera estado jugando a fútbol con su cabeza. Se pasó la mano por el cuero cabelludo, notó algo pegajoso y se miró los dedos. Tenía sangre. Delaney, o como fuera que se llamara en realidad, lo había noqueado con la pistola. Miró la hora. Las nueve cuarenta. Había estado inconsciente unos veinte minutos. Buscó el móvil, pero no lo encontró.

Abrió la puerta de la camioneta y se tambaleó hasta un teléfono público que había fuera de Shaw's. Metió 75 centavos y llamó a Anderson.

—¿Dónde estás? —preguntó Anderson.

—En el Georgetown Plaza. Me han dejado inconsciente, me han traído aquí en mi camioneta y se han ido. ¿Estás bien?

—Sí. Parece que tenían tres equipos. Uno llegó al *loft* antes que yo y cogió los disquetes. También se llevaron tu ordenador.

—¿Billy está bien?

—Sí. Le he llamado al móvil. Se había marchado del *loft* justo después de ti.

—¿Y Vania?

—Han debido de seguirte hasta su casa. Se han llevado todo su *software* y *hardware*, incluidos los disquetes. Pero está bien, físicamente. Iba a llevar a su hija pequeña a la guardería cuando han saqueado el sótano.

—¿Dónde está ahora?

—Se ha abrigado bien y se ha ido a navegar.

—Venga ya.

—En serio. El tipo debe de ser una especie de maestro zen. Ha dicho que no podía hacer mucho hasta que el FBI le devolviera su propiedad. Su barco aún está en el agua.

—¿Dónde estás?

—En la consulta. Han pasado por aquí después de estar en el *loft*.

—¿Se han llevado los ordenadores?

—Los ordenadores y todos los disquetes. Han revisado

los expedientes, pero no parece que hayan encontrado nada interesante. Querían el BlackBerry de Kim, pero los ha mandado a la mierda, básicamente. Le han echado un vistazo y se han ido.

—No les culpo —dijo Clevenger. Sonrió, a pesar de todo, lo cual provocó que una punzada de dolor le recorriera la cabeza, de la base del cráneo a la frente. Cerró los ojos.

—¿Estás ahí?

—Aquí estoy.

—¿Puedes conducir, o quieres que vaya a buscarte?

—Puedo conducir. Voy a ver a Coady. Él tenía que saber que iba a pasar esto. Luego iré a ver a Kyle Snow a la cárcel de Suffolk.

—Me pondré a trabajar en el asunto del consejo de administración y todo eso.

—Nos vemos en la consulta. ¿A la una está bien?

—Te veo allí.

El sargento de la recepción de la policía de Boston acompañó a Clevenger al despacho de Coady y luego desapareció mientras éste se levantaba de detrás de una mesa metálica gris en la que se amontonaban los expedientes.

Clevenger se acercó a la mesa. Tenía la cabeza a punto de estallar. Le dolían los ojos cuando los movía.

—¿Sabías que iba a pasar esto? —Se agarró al borde de la mesa para mantener el equilibrio.

—¿Que si lo sabía?

—¿Me pediste ayuda para mantenerme a raya? ¿Te preocupaba que Theresa Snow me contratara para investigar de verdad el caso?

Coady no respondió.

—¿Alguien te pagó? —le presionó Clevenger—. ¿Coroway?

Coady se levantó.

—Pasas demasiado tiempo con tarados.

—¿Cuándo metiste en esto al FBI?

A Coady se le enrojeció el cuello.

—He sido sincero contigo desde el principio. ¿Vas a seguir...?

—¿Quieres venderme la historia del doble suicidio otra vez? ¿O quizá estás dispuesto a conformarte con asesinato y suicidio?

—No intento venderte nada. ¿Qué clase de numerito estás montando, de todos modos? En cualquier caso, eres tú quien me ha vendido.

—Ya. Estoy boicoteando tu magnífica investigación.

—No soy yo quien tiene contactos en Washington —soltó Coady furioso.

—¿De qué coño hablas?

—Sabes exactamente de lo que... —Se calló y miró hacia la puerta.

Clevenger se volvió y se quedó sin habla. Junto a la puerta estaba la hermosa doctora Whitney McCormick, la psiquiatra forense del FBI, la mujer que lo había arriesgado todo con él para atrapar al Asesino de la Autopista, alias Jonah Wrens. La mujer que aún visitaba sus sueños.

Mike Coady pasó por delante de ella, salió por la puerta y la cerró.

—Le he preguntado a North dónde podía encontrarte —dijo McCormick, con voz suave, casi vulnerable—. Le he hecho prometer que no te lo dijera.

—Y no me lo ha dicho. —No podía dejar de mirarla. Tenía treinta y seis años, era delgada y tenía el pelo rubio, liso y largo y los ojos marrones oscuros. La gente diría que era guapa. Pero para Clevenger era más que preciosa. Era la llave que abría algo encerrado en su interior.

Vio que llevaba el mismo pintalabios rosa pálido que la

217

primera vez que la había visto, hacía un año. Recordó lo asombrado que se quedó aquel día al ver que no renunciaba ni a un ápice de su femineidad mientras le ponía al corriente de la carnicería que Wrens dejaba a su paso por las carreteras del país.

—Vuelvo a trabajar en la Agencia —dijo—. Desde el mes pasado.

McCormick había dimitido de su cargo de psiquiatra forense en jefe después de que su supervisor directo, un hombre llamado Kane Warner, director de la Unidad de Ciencias de la Conducta del FBI, descubriera que ella y Clevenger habían sido amantes mientras intentaban localizar a Wrens.

—¿En el mismo cargo? —preguntó Clevenger.

Ella negó con la cabeza.

—Tengo el antiguo puesto de Kane.

—Me dejas impresionado. —Se preguntó si el padre de McCormick, que era ex senador, había tenido algo que ver con el hecho de que hubiera sustituido al hombre que la había presionado para dimitir.

—¿Forma parte de tu trabajo hacerme una pequeña terapia después de que me hayan noqueado con una pistola por hacer el mío?

—No estoy de servicio —dijo.

Clevenger asintió. Qué fácil sería acercarse a ella, tomarla en sus brazos y besarla. La atracción que sentía por ella era magnética. Le tranquilizaba. Su pulso se ralentizaba en su presencia. Su ansiedad por el mundo y el lugar que ocupaba en él desaparecían por completo. Pensó en su antiguo profesor, John Money, en su teoría del «mapa del amor». Quizá McCormick era el suyo.

Pero ni siquiera un mapa del amor te hacía superar limpiamente todos los obstáculos. Uno de ellos era que Whitney estaba tan unida a su padre que era posible que no hubiera sitio para intimar de verdad con otro hombre. Otro era que volvía a trabajar para una agencia de la ley con la que Clevenger había entrado en guerra en más de una ocasión. Y el mayor obstáculo de todos era que Clevenger se había comprometido a hacerle de padre a Billy Bishop, lo que le dejaba poco tiempo para el amor.

—Entonces, ¿a qué has venido?

—A facilitarte las cosas.

—¿Cómo?

—Haciendo que te olvides de los disquetes, para empezar.

—Pensaba que no estabas de servicio.

—Quiero estar aquí —dijo—. Nadie me ha enviado. Pero deberías saber que esos disquetes han sido confiscados porque tienen consecuencias para la seguridad nacional. No es nada personal.

—Es complicado no tomarse como algo personal que te noqueen con una pistola.

Ella sonrió.

—Lo que trato de decirte es que nadie intenta impedir que encuentres al asesino de John Snow. El objetivo de esta operación no era ése, sino evitar una filtración.

—¿Han sacado los disquetes del laboratorio de pruebas de la comisaría?

—Esos disquetes no existen. No volverás a verlos ni a oír hablar de ellos —dijo—. Ni de ellos, ni del diario.

Clevenger había dejado sus fotocopias del diario junto al ordenador. No había duda de que el FBI también las había cogido.

—¿Por qué estás metida en esto? —preguntó Clevenger—. Normalmente, una investigación de asesinato en Boston no llegaría a la unidad de ciencias del comportamiento de Quantico.

—No estoy metida yo, sino mi padre.

—Vaya... —McCormick había sido parte esencial de la

Comunidad de Inteligencia antes de presentarse al cargo de senador. Al parecer, seguía siéndolo—. ¿Por qué no me sorprende? —preguntó Clevenger.

—No empieces. No necesito que juegues al psicoanalista conmigo.

—¿Y si necesito esos disquetes para resolver mi caso de asesinato?

—Hablamos de tecnología de misiles, Frank. Un montón de datos altamente encriptados. Ecuaciones matemáticas. ¿Qué importa que los veas o no?

—No lo sé. Eso es lo que me molesta.

—Pues moléstate —dijo McCormick—. Pero sigue con otra cosa.

—¿O?

—No querrás ser parte del problema en un asunto de seguridad nacional. Hoy en día, sobre todo.

Aquello era una advertencia bastante clara.

—Y nadie te ha dicho que me lo dijeras.

—No. Ya te has llevado un golpe en la cabeza. Quiero ahorrarte que te estrelles contra un muro de piedra.

—Capto el mensaje —dijo.

Parecía verdaderamente preocupada de que Clevenger desoyera su consejo.

—Ya te he entendido —dijo él—. ¿De acuerdo?

Ella asintió.

—¿Qué me dices? ¿Estás por aquí esta noche? Podríamos quedar para cenar.

—Estaré por aquí, si es lo que quieres.

—¿A las nueve? Quiero asegurarme de que Billy está en casa y tranquilito.

—¿Ahora está en casa a las nueve?

—Casi nunca. Pero siempre tengo la esperanza.

—Bien por ti, y por él también.

—¿Dónde te recojo?

—Estoy en el Four Seasons.

Clevenger tuvo que sonreír ante la coincidencia.

—¿Qué?

—Nada. Reservaré mesa en el Aujourd'hui.

Se quedaron unos segundos en silencio. Entonces Mc-Cormick se acercó y se detuvo a medio metro de él.

—Hasta luego —dijo.

No hizo falta que dijera nada más. Su olor formaba parte de su encaje perfecto. La atrajo hacia él.

Clevenger encontró a Coady sirviéndose una taza de café de una destartalada cafetera eléctrica Mr. Coffee que había fuera de la sala de interrogatorios.

—Disculpa lo que te he dicho en tu despacho —le dijo—. Parece que los dos estamos atrapados en algo que no podemos acabar de controlar.

—Eso ya lo veremos —dijo Coady, echando tres sobres de sacarina en el café.

—¿Qué quieres decir?

Coady se apoyó en la encimera agrietada de formica.

—Puto FBI —dijo—. Llevan demasiado tiempo agobiando a este departamento. Es increíble que aún pasen estas cosas.

—¿Qué piensas hacer al respecto?

—No voy a dejarlo, eso seguro. —Miró a su alrededor, para comprobar que nadie le escuchaba—. Hay un par de cosas que tienes que saber.

—Dispara.

—Kyle Snow fue visto en el centro de Boston a las tres y diez de la madrugada que mataron a su padre. Compró diez pastillas de Oxycontin a su camello.

—¿Cómo lo sabes?

—Kyle le delató cuando lo amenacé con dejarlo en la cárcel el resto de la libertad condicional. Fui a ver al tipo, un estudiante de la Universidad de Boston. Un tipo legal. Me dijo lo que le había vendido a Kyle, y cuándo.

—¿Cómo sabes que es de fiar?

—Se las vendió en la tienda 24 horas que hay en la esquina de Chestnut y Charles. Kyle sale en la cinta de la cámara de seguridad comprando un sándwich y un cartón de leche después de cerrar el trato.

—¿De verdad la gente se come esos sándwiches?

—Los compran, pero no sé si tienen el valor de comérselos.

—Así que lo tenemos aproximadamente a cuatro manzanas de la escena, una hora y media antes de que pasara todo, más o menos —dijo Clevenger.

Coady asintió.

—Segundo tema: voy a hacer pasar a George Reese para interrogarle cuando acabe la jornada laboral. Sin advertencias. Así mandamos un aviso a esta gente. Lo esposaré y lo arrastraré a comisaría. ¿Estás libre?

Éste era un Mike Coady totalmente nuevo. A veces, cuando presionas a alguien, descubres quién es esa persona en realidad.

—Sabes que sí —dijo Clevenger.

—¿El FBI viene de Washington y se lleva pruebas de mi caso? ¿Sin avisar? ¿Sin respetarme? Si se lo consiento una sola vez, pronto ni yo mismo me respetaré.

—Me preocupas.

—¿Por?

—Empezamos a pensar del mismo modo.

14

$\mathcal{K}$yle Snow era un chico delgado, pero fuerte, de dieciséis años, rasgos delicados, casi femeninos, y pelo negro y largo que apartaba constantemente de sus ojos azul grisáceos. Apenas podía estarse quieto. Llevaba el típico mono naranja del Departamento de Prisiones de Massachusetts. Daba golpecitos en el suelo con el pie mientras permanecía sentado a la mesa frente a Clevenger. Tenía las pupilas dilatadas. Minúsculas gotas de sudor le cubrían la frente. Necesitaba colocarse.

—Sí, le di la nota —dijo, respondiendo a la pregunta de Clevenger sobre si había entregado la nota de suicidio de Grace Baxter a su marido, George Reese—. ¿Y qué?

—¿La leyó?

—Sí.

—¿Cuál fue su reacción?

—Me dijo «gracias», así, muy tranquilo. No se quedó afectado ni nada. En mi opinión, ya sabía que ella hacía su vida. Seguramente él también hacía la suya.

—¿Te preguntó algo?

—Sólo cómo la había conseguido.

—¿Se lo dijiste?

—No.

—¿Por qué se la llevaste?

—No lo sé.

—¿Estabas enfadado por lo de tu padre con Grace Baxter?

Kyle comenzó a dar golpecitos con los pies. Miró hacia la puerta de la sala de interrogatorios.

—¿Van a darme algún día esa metadona?

—Un par de minutos más —dijo Clevenger. Esperó unos segundos—. ¿Estabas enfadado con tu padre?

—No especialmente.

Clevenger decidió enfocar el asunto de otro modo.

—Tu padre y tú no teníais mucha relación, hasta hace poco.

—Me odiaba —sentenció Kyle con total inexpresividad—. Eso es un tipo de relación.

Clevenger lo sabía de primera mano, por su propio padre.

—¿Tú también lo odiabas?

Kyle sonrió.

—Solía fantasear con matarlo. ¿Responde eso a su pregunta?

—Matarlo, ¿cómo?

—Pegarle un tiro. —Sonrió, meneando la cabeza con incredulidad—. Es extraño lo bien que salen las cosas.

Clevenger se quedó callado. Kyle se secó la frente.

—No me encuentro bien.

Clevenger se levantó y caminó hasta la puerta. La abrió y le hizo una señal al guardia que había sentado fuera en el pasillo.

El guardia se levantó y se acercó.

—¿Y la metadona? —le preguntó Clevenger.

—Ya debería estar aquí, doctor —dijo el guardia—. Llamaré otra vez a la enfermería.

Clevenger volvió a entrar en la sala y se sentó frente a Kyle.

—Te vieron cerca del Mass General hacia la hora que mataron a tu padre.

—Qué lástima no haberlo sabido. Podría haber mirado.

Clevenger lo miró a los ojos y le creyó. Quizá Kyle Snow

había visto cómo disparaban a su padre, o quizá no. Pero no había duda de que habría disfrutado.

—¿Sabes algo del proyecto en el que trabajaba tu padre cuando murió? —le preguntó.

—No sé qué era. Sólo sé que le creó muchas dificultades hasta hace un mes más o menos.

—¿Cómo lo sabes?

—Se ponía muy tenso cuando las cosas no iban bien. Se quedaba despierto toda la noche, caminaba inquieto arriba y abajo o paseaba por el barrio. Venía haciendo toda esa mierda. Entonces, pareció que todo cambiaba. Como si hubiera hecho un avance importante o algo así. Se notaba por su forma de andar, más ligera. Y por la frente. Podía pasarse meses con el ceño fruncido, como si intentara leer la letra pequeña de algo, pero fuera demasiado pequeña. Y cuando acababa un proyecto, también eso desaparecía. Y es lo que pasó.

—Podías interpretarle bastante bien —dijo Clevenger.

—Se pasó todos esos años sin hablarme, apenas me miraba. Yo lo observaba, intentaba comprender qué pensaba, qué le pasaba. Qué estupidez.

—¿Por qué?

—Porque no importaba. Intentaba encontrar un modo de acceder a él. Pero no lo había. Al menos para mí.

—¿Y Lindsey? —preguntó Clevenger.

—¿Qué pasa con ella?

—¿Sentía lo mismo que tú por tu padre?

—Venga ya. Ella lo adoraba. Y él, a ella. Hasta que pasó todo esto.

—La aventura.

—No era sólo eso. Él estaba distinto, más humano. Que estuviera liado con Grace Baxter sólo era una parte de la historia. Que se llevara bien conmigo, tan de repente, era otra. Y al ser más persona, tuvo algunos desencuentros con mi

225

hermana. Porque se pasara toda la noche con chicos, por ejemplo. Intentó ser más autoritario. Antes, ni siquiera se enteraba si llegaba a las cuatro o las cinco de la mañana. Se lo aseguro, a ella no le gustaban nada estos cambios.

—¿Por qué no quería que estuvieras más unido a tu padre?

—Mire, no soy estúpido. Sólo saqué esos resultados en las pruebas. Ella no soportaba que mi padre me prestara atención. Durante todos esos años en los que él no me daba ni la hora, lo tenía para ella sola. —Se cambió de posición, nervioso en la silla—. En cierto modo, me tendió una trampa, si quiere que le diga la verdad.

Ahí había una grieta que quizá Clevenger podía abrir.

—¿Al pedirte que le entregaras la nota a George Reese?

Asintió.

—Era evidente que mi padre descubriría que había sido yo. Eso seguramente explicaría por qué dejó de hablarme las dos últimas semanas.

—¿Te molestó? —preguntó Clevenger.

—Estoy acostumbrado —dijo. Pero su voz dejó claro que, en el fondo, tras los últimos restos de Oxycontin, sufría muchísimo.

Llamaron a la puerta. Un enfermero la abrió y entró. Llevaba un vasito de cartón con un líquido transparente: la metadona de Snow. Se acercó y se la dio.

Kyle se la bebió y le devolvió el vaso.

—Gracias.

Clevenger esperó a que el enfermero saliera.

—Supongo que te dolió que tu padre volviera a pasar de ti, después de que por fin hubieras conectado con él.

—La verdad es que nunca llegué a creerme que hubiera cambiado —dijo, sin mucho convencimiento.

—¿No?

—A ver, alguien desea que no hubieras nacido nunca, ¿y

de repente quiere ser tu mejor amigo? Creo que no. Era la excitación del momento, y punto. Estaba flipado con Grace. Así que repartía un poco la alegría que sentía. Pero nunca fue por mí, sino por él... y por ella.

—¿Sabías lo del retrato del salón?

—Lindsey me lo contó cuando lo descubrió. Se quedó muy afectada.

—¿Y tú?

—Pensé que era guay, en realidad.

—¿Guay?

—Aún no lo pilla. Mi padre ha sido siempre una máquina. Un ordenador. Datos que entran, datos que salen. El matrimonio de mis padres era una farsa. No sé cómo lo logró, pero Grace Baxter le devolvió la vida. Habría llevado su retrato pegado a la frente, si ella se lo hubiera pedido.

Clevenger se quedó mirando a Kyle varios segundos.

—En resumen —dijo al fin—, ¿te alegras de que esté muerto?

Kyle no respondió.

Clevenger esperó.

—Lo echo de menos, supongo —dijo—. Pero lo he echado de menos toda la vida. Que esté muerto es mejor, en realidad.

—¿Por qué es mejor?

—Ya no me despreciará nunca más.

Kyle Snow acababa de plantear un móvil psicológico para cometer un asesinato. Matando a su padre, habría eliminado de su vida al hombre cuya presencia le recordaba constantemente que era defectuoso y que no lo quería. Quizá no pudo soportar el dolor que le produjo que su padre se acercara a él y luego volviera a distanciarse. Quizá aquello había bastado para arremeter contra él. Pero el modo en que Kyle parecía ser también muy consciente de sus sentimientos, y dolorosamente sincero respecto a ellos, no favorecía la teoría de que hubiera recurrido al asesinato. Y su acceso al Oxycontin significaba que contaba con un suministro estable de droga para eliminar su cólera.

—¿Crees que tu padre se suicidó? —le preguntó Clevenger.

—Puede que disparara el arma. Pero eso es irrelevante.

—¿Qué quieres decir?

—Aunque apretara él el gatillo, nosotros lo matamos. Lindsey, yo, su socio Collin. —Sonrió—. ¿Ha visto a Collin?

—Sí —dijo Clevenger.

—Menuda pieza. ¿Sabía que le contó a Lindsey que Grace y mi padre eran amantes?

—Sí —dijo Clevenger.

—Bien. Está haciendo los deberes. Así es como yo lo veo: con Grace, mi padre volvió a la vida durante una temporada, comenzó a respirar por primera vez. Como si volviera a nacer, algo así. Y nosotros le cortamos el aire, le asfixiamos.

—Le empujasteis al suicidio.

—Ahí está. Y por eso he dicho eso de que todo era tan raro. Quería matarlo y no tuve que hacerlo.

Clevenger asintió. Tenía lógica. Collin Coroway, Lindsey y Kyle creían que habían conspirado para convertir la vida de John Snow en un sinvivir. Quizá eso fue lo que al final le empujó a operarse. Quizá, por una vez, pensó realmente que podía renacer en el amor de Grace Baxter. Y cuando le echaron la soga al cuello, decidió que sólo podría ser libre con la ayuda del bisturí.

Pero una pregunta importante seguía pendiente: si Grace Baxter amaba a John Snow lo suficiente como para escribir una nota de suicidio cuando lo perdió, si ella era su mapa del amor y él era el de ella, ¿por qué ese amor tan grande no había bastado para superarlo todo? ¿Por qué destapar su aventura le pondría fin?

Faltaba una pieza del rompecabezas.

Clevenger miró fijamente a Kyle y se vio reflejado en él. Y si bien sabía que estaba allí para investigar dos muertes, que Kyle era un sospechoso y no un paciente suyo, no pudo evitar ver el mundo de dolor en el que vivía. En realidad, lo notaba en su interior. Así era su don, y la cruz que cargaba. Era permeable al sufrimiento de los demás. Era lo que le había empujado a la bebida, las drogas y el juego para olvidar. Y era lo que le impedía levantarse e irse en aquel momento. Porque ya tenía todo lo que quería de Kyle Snow. Pero ahora sentía la necesidad de darle algo a cambio.

—Crees que el hecho de que tu padre ya no esté, hará que te sientas mejor, ¿no es así? —le preguntó Clevenger.

—Más o menos.

—Pues te equivocas.

—La única persona que siempre se ha preocupado por mí ha sido mi madre. Ahora somos una familia monoparental. Ya me siento mejor.

—Quizá sí, durante una semana. Tal vez dos. Pero la verdad es que borrar a tu padre de la faz de la tierra no cambia el hecho de que aún esté dentro de ti.

—Nunca me ha ido ese rollo *New Age*.

—Por eso consumes Oxys, por cierto. Las tomas para alimentar la parte de ti que es tu padre, la parte que cree que no sirves para nada, que nunca debiste nacer.

—Ahí fuera hay mucho Oxy.

Clevenger sonrió para sí. Hubo un tiempo en que él pensaba igual: que mientras tuviera alcohol y coca suficiente, no tenía ningún problema.

—No hay suficiente Oxycontin en el mundo para aplacar ese sentimiento. No a largo plazo. El único modo de conseguirlo es comenzar a pensar, y a sentir, por ti mismo.

Kyle puso los ojos en blanco y apartó la mirada.

—Mi padre utilizaba un cinturón para convencerme de que no debía vivir. En realidad, creo que fue más fácil en-

frentarse a eso que al hecho de ser ignorado. Cuando te ig-
noran, empiezas a preguntarte incluso si existes. Yo lo sabía,
sólo por los moratones... —Cerró los ojos, recordó. Cuando
los abrió, Kyle lo miraba fijamente—. Bueno, ¿qué se te da
bien? —le preguntó Clevenger—. ¿Por qué estás en este
planeta?

—Se me da muy bien conseguir que me detengan. Eso se
lo aseguro.

Clevenger siguió mirándolo. Diez segundos, quince.
«Vamos —pensó para sí—, abandona ya.» Diez segundos
más. Estaba a punto de darse por vencido, dejarlo estar,
cuando Kyle habló por fin.

—No se me da mal el dibujo —dijo, y toda la bravata de
chico duro se evaporó al pronunciar aquellas palabras, que
dejaron tras ellas a una persona que parecía terriblemente
vulnerable. Un cervatillo asustado—. Supongo que lo here-
dé de mamá.

—¿Qué clase de dibujo?

—Arquitectónico, como ella. Se me da bastante bien.
Bueno, eso creo.

—¿Lo sabe ella?

—No.

—Quizá deberías decírselo.

—Sí, quizá sí —dijo sin ningún entusiasmo.

Clevenger sabía qué problema tenía Kyle Snow con esa
sugerencia. Era el amor de su padre el premio con el que había soñado en silencio. Buscar de manera activa el afecto de
su madre significaría que había perdido el de su padre, definitivamente.

—Kyle, voy a decirte algo sin andarme con rodeos, porque no creo que exista la posibilidad real de que pases cien
horas con un psiquiatra para entenderlo: tu padre era incapaz de querer a nadie. Adoraba la belleza y la perfección.
Adoraba su propia mente. Pero no podía comprenderse a sí

mismo, ni a nadie, incluida tu hermana. Quizá Grace Baxter podría haberlo arreglado, quizá no. Resultó ser demasiado tarde.

Kyle bajó la mirada a la mesa y se encogió de hombros.

—Así que ahora tienes que quererte a ti mismo —prosiguió Clevenger—. No te queda otra opción. Tienes que pensar en el talento que tienes, en el don que puedes ofrecer al mundo que te rodea. Y tienes que aprovechar la oportunidad de ofrecerlo. Y si lo haces, estarás demasiado ocupado como para ir buscando Oxycontin. Porque ya no estarás ocupado odiándote.

—Lo que usted diga.

Clevenger sintió el impulso de tomar cartas en el asunto como padre sustituto de Kyle. ¿Era porque aquel chico le necesitaba de verdad?, se preguntó. ¿O porque Clevenger deseaba que alguien hubiera hecho lo mismo por él? En cualquier caso, no pudo resistirse.

—En cuanto acabe la investigación —le dijo a Kyle—, me gustaría echar un vistazo a lo que hayas dibujado. Tengo algunos amigos en estudios de arquitectura. Estoy seguro de que estarán dispuestos a hablarte de este mundo.

—Siempre que no me haya detenido por asesinato, quiere decir —dijo Kyle.

Clevenger oyó una pregunta muy escondida en ese comentario aparentemente brusco, una pregunta sobre hasta qué punto iba Clevenger a hacerle de padre. ¿Lo entregaría a la policía si resultaba que era culpable? Y al escuchar aquello, le quedó claro lo importante que era no fingir que Kyle era su paciente, y menos aún su hijo. Estaba corriendo el mismo peligro que con Lindsey Snow: perderse dentro de la dinámica emocional de la familia Snow. Miró a Kyle a los ojos.

—Si tengo que detenerte por asesinato, amigo mío, tendrás todo el tiempo del mundo para dibujar —le dijo—. Y seguiré queriendo echar un vistazo a tus dibujos.

Y

North Anderson estaba esperando a Clevenger en el vestíbulo de la prisión cuando salió.

Clevenger se acercó a él.

—Coady me ha dicho que estarías aquí —dijo Anderson—. He descubierto algo que deberías saber.

—¿Qué? —preguntó Clevenger.

—He comenzado a revisar los consejos de administración de los contratistas militares, esperando encontrar a alguien que conociera, para que nos ayudara a investigar el
Vortek. No he visto a nadie que me resultara familiar. Eso
sirve para Lockheed, Boeing y Grumman. Luego he decidido pasarme por la tesorería del estado, para mirar los archivos corporativos y verificar su propio consejo de administración.

—¿Y?

—Ninguna sorpresa, en realidad. Están Coroway, Snow,
un ángel inversor de Merrill Lynch, y un profesor de Harvard, ese genio informático que se llama Russell Frye. El
único inusual es Byron Fitzpatrick, quien resulta que fue secretario de Estado de la administración Ford. Pero imagino
que este tipo seguramente estará en mil consejos.

—Quizá —dijo Clevenger—, pero también es presidente
de InterState Commerce, la empresa que Coroway visitó
ayer en Washington.

—Entonces tenemos trabajo que hacer. Porque mi siguiente parada fue una visita a mi colega del departamento
de hacienda de Massachusetts. Le pedí que mirara las decla-
raciones del impuesto de sociedades de Snow-Coroway de
los últimos cinco años. Adivina quién compró el diez por
ciento de la empresa en 2002.

—Soy psiquiatra, no parapsicólogo.

—El Beacon Street Bank.

La contundencia de la información hizo que Clevenger retrocediera un paso.

—Pagaron veinticinco millones por el diez por ciento de la empresa.

Clevenger recordó que Collin Coroway le había dicho que la cantidad que se había dedicado originalmente a los fondos de I+D del Vortek era de veinticinco millones de dólares. ¿Era sólo una coincidencia?

—Así que imagino que Reese y el Beacon Street estaban muy interesados en que el Vortek saliera al mercado —añadió Anderson.

—Entonces querría a Snow con vida —dijo Clevenger.

—Al menos hasta que el Vortek estuviera acabado. Creo que sería conveniente que yo también fuera a Washington, a echar un vistazo por la oficina de patentes. He preguntado a un par de abogados de patentes que conozco: la naturaleza real de cualquier patente de misiles estará clasificada. Pero Snow y Coroway aparecerían en el registro si hubieran presentado alguna.

—Ten cuidado. Es obvio que estamos pisándole el terreno a alguien.

—¿Lo dices porque ese federal te ha noqueado?

Clevenger se tocó la nuca dolorida.

—Por eso y porque Whitney McCormick ha volado hasta aquí para intentar pararme los pies. Vuelve a trabajar en el FBI.

Anderson esbozó una gran sonrisa.

—¿Cuánto pensabas tardar en decírmelo?

—Estaba en la comisaría de policía cuando he ido a ver a Coady.

—Eso sí que es un verdadero avance en el caso. En tu caso, al menos. Ya fue muy difícil decirle adiós una vez. Podría haber vuelto para quedarse, amigo mío.

—Tiene otros planes.

—Quizá. Pero creo que eres tú quien ha de tener cuidado —dijo Anderson.

—Recuérdamelo.

Clevenger llamó a las oficinas del Instituto Forense de Boston para hablar con Kim Moffett.

—He alquilado tres ordenadores —dijo—. Gastos de empresa. Espero que no te importe.

—¿Importaría que me importara?

—Imagino que se quedarán una temporadita con los nuestros.

—Bien pensado.

—¿Puedo preguntarte algo?

—Soy todo oídos.

—¿Van a mirar nuestros archivos personales, correos electrónicos y todo eso?

—Si tienen una orden de registro —dijo Clevenger—. Puede que aunque no la tengan. ¿Por?

—Por nada.

—Vamos.

—Es que está mi anuncio de Match.com con las respuestas —dijo Moffett.

—¿Y?

—Es privado. Me da vergüenza.

—Serán discretos. Pero quizá será mejor que en el futuro te ocupes de esas cosas en tu tiempo libre —dijo Clevenger—. La semana pasada pediste un aumento porque tenías mucho trabajo.

—No recibo demasiadas respuestas a mi anuncio. Tardo dos segundos en comprobarlo.

—Estoy seguro de que te llueven las ofertas. Y eso del tiempo era broma.

—Contigo nunca se sabe. Siempre tienes la misma voz.

—Es por mi formación psiquiátrica. ¿Algún mensaje?

—Sólo de Billy.

—¿Me ha dejado un mensaje en la oficina? —preguntó Clevenger.

—Me ha dicho que te había llamado al móvil, pero que no había podido hablar contigo.

—¿Cuál es el mensaje?

—No ha ido a clase para asistir a otra operación del doctor Heller.

—¿Cómo?

—Creo que no quería decírtelo en persona; en persona por teléfono, quiero decir. Por eso ha llamado aquí.

—¿Ha dicho algo más?

—Sólo que es un caso muy importante y que por eso sabía que no te importaría. Ha dicho que podía estar todo el día, y parte de la noche.

—¿En serio?

—Le he dicho que sonaba muy impreciso —dijo Moffett—. Que papá no lo había autorizado, ¿sabes?

—¿Ha llamado Heller para preguntar si me parecía bien?

—No. Quizá trató de llamarte al móvil.

—Lo comprobaré. ¿Qué más?

—John Haggerty tiene un caso para ti. Un alegato de enajenación mental. Quiere mandarte el expediente.

—Dile que me lo mande. Pero tardaré un tiempo en poder comenzar a trabajar.

—Se lo diré.

Después de que Clevenger colgara, comprobó los mensajes de voz de su móvil. Tenía un mensaje de Mike Coady diciéndole que le llamara, pero ninguno de Heller. Era obvio que tendría que poner límites respecto a cuándo podía ir Billy al Mass General.

Marcó el número de Coady y le pasaron con él.

—¿Qué pasa? —preguntó.

—He detenido a George Reese un poco antes.

Clevenger miró la hora. La una y veinte.

—¿Por qué?

—Iba al aeropuerto de Logan. He hecho que lo siguieran a la terminal internacional. Tenía reserva para un vuelo a Madrid.

—¿Unas pequeñas vacaciones después de perder a Grace?

—El billete era sólo de ida.

—Quizá no le guste atarse a un vuelo de regreso.

—Bueno, ahora sí que lo tenemos bien atado. Al menos de momento. Jack LeGrand está en la celda con él.

LeGrand era el rey del derecho penal de Nueva Inglaterra, un abogado defensor que luchaba por todos los casos como un gladiador y que ganaba muchos más de los que perdía. Clevenger había trabajado con él en un par de casos hacía unos años.

—Saluda a Jack de mi parte.

—Me gustaría que te pasaras por aquí más temprano que tarde. No sé cuánto tiempo podré retener a Reese sin acusarle de algo. Y no estoy listo para hacerlo.

—Llegaré antes de una hora —dijo Clevenger.

—Ahora te veo.

Desde Storrow Drive, Clevenger salió por Back Bay y se dirigió al Mass General. Quería asegurarse de que al menos Billy decía la verdad sobre por qué se saltaba las clases.

Dejó el coche en el aparcamiento y subió a la planta de quirófanos. La recepcionista, una mujer voluminosa de mejillas rubicundas y unos sesenta años, le dijo que Heller estaba operando y le confirmó que un joven había entrado a quirófano con él.

—Soy su padre —dijo Clevenger—. ¿Sabe de qué caso se trata?

—Un aneurisma en la arteria basilar —le dijo—. Llevan ahí dentro tres horas. Como mínimo les quedan cinco más.

La arteria basilar recorría la base del cerebro. Formaba parte del polígono de Willis, la mayor red de vasos que alimentan la corteza cerebral. Sujetar un aneurisma en esa zona era extremadamente arriesgado.

—La paciente es una niña de nueve años —dijo la recepcionista.

A Clevenger se le cayó el alma a los pies.

—Nueve años.

La tragedia de una niña sometiéndose a ocho horas o más de neurocirugía hizo que se diera cuenta de hasta qué punto las enfermedades eran completamente imparciales y tremendamente injustas. Le preocupó cómo reaccionaría Billy si la pequeña no salía adelante.

—Está en buenas manos —dijo la recepcionista—. El doctor Heller hace todo lo posible por un paciente. Siempre se lo toma como algo personal. Se lleva el trabajo a casa, ¿sabe?

—Es lo que he oído decir de él —dijo Clevenger. Era difícil centrarse en las habilidades quirúrgicas de Heller cuando sus aptitudes sociales parecían estar tan en duda. No había tenido la decencia de informar a Clevenger de que había vuelto a invitar a Billy al Mass General.

Pensó en pedir que llamaran a Billy para que saliera del quirófano y llevarlo a casa en aquel preciso instante, sólo para enseñarle que no podía decidir por su cuenta saltarse el instituto y jugar a los médicos. Pero no quería avergonzarlo delante de Heller.

—¿Podría decirle que me he pasado por aquí para asegurarme de que estaba bien? —le preguntó Clevenger.

—Puede esperarlo, si quiere. Seguro que querrá tomarse un descanso dentro de poco.

—Yo no lo tendría tan claro —dijo Clevenger.

15

Clevenger regresó a la jefatura de policía de Boston minutos antes de las dos de la tarde. Mike Coady quería que se reunieran en su despacho antes de probar suerte con George Reese.

—Ha llamado Jeremiah Wolfe —dijo Coady—. Tiene los resultados del ADN del bebé de Grace Baxter. —Se sentó en la silla de detrás de la mesa—. Era de John Snow. Un niño.

Escuchar aquel dato recordó a Clevenger que quizá Grace Baxter estuviera lo bastante enfadada con Snow por haberla dejado como para querer eliminar cualquier rastro de él, incluida la sangre contaminada que corría por sus venas.

—De acuerdo —dijo—. Entendido. ¿Algo más?

Coady negó con la cabeza.

—¿Quieres interrogar a Reese tú mismo, o quieres observar cómo lo hago yo desde detrás del espejo unidireccional? Tú decides.

—Creo que le sacaremos más información si lo ponemos nervioso —dijo Clevenger—. O de verdad está furioso conmigo, o querrá que lo parezca. Quizá tenga problemas para mantener una historia coherente.

—Quizá debas pensar en ese detalle confidencial que te di sobre que tuvieras cuidado. Entre los federales y Reese...

—Ya hablaremos de eso.

—¿Cuándo? —preguntó Coady.

—Luego.

—Esto es cosa seria, Frank.

—¿Acaso me estoy riendo?

Coady negó con la cabeza.

—Kyle Snow se ha ido a casa. Su madre ha pagado la fianza. Cien mil dólares. Para esta gente es calderilla.

—¿Qué te ha parecido?

—Que odiaba a su viejo, eso está claro.

—Yo también odiaba al mío. Y no lo maté.

—¿Por qué no?

—Buena pregunta —dijo Clevenger. Había fantaseado más de una vez con estrangularlo con el cinturón que utilizaba para sus palizas—. No tenía una pistola.

Coady apenas sonrió.

—A veces las oportunidades te dan idea —dijo—. La verdad es que si tratas a un niño como Snow trató a su hijo, lo mejor es no tener un arma en casa.

—Aún no puedo borrar a Kyle de ninguna lista —dijo Clevenger.

—¿Y a Lindsey?

—Ella tenía acceso a la pistola, igual que su hermano. Sabía lo de la aventura, igual que él. Y todo su mundo estaba cambiando porque Snow estaba cambiando.

—Entonces, no la borramos —repuso Coady—. ¿Y la mujer?

—Ídem. Snow era como la piedra angular de su familia. Si él se iba, la familia se desintegraba. Y todos lo sabían, al menos inconscientemente.

—Ya te dije que generar una lista de sospechosos en un caso como éste es fácil. Lo complicado es reducirla.

—Cierto —dijo Clevenger—. Pero me alegro de tener aquí a Reese, a pesar de todo. Es el único de la lista que iba manchado de sangre cuando lo conocí.

ϒ

Clevenger abrió la puerta de la sala de interrogatorios y entró.

Reese, que llevaba un traje gris de raya diplomática, camisa blanca y una corbata color burdeos, se levantó de la larga mesa de madera donde estaba sentado junto al abogado Jack LeGrand.

—¿Qué coño hace usted aquí? —le preguntó a Clevenger.

—Trabajo con la policía, ¿recuerda? —contestó él—. Tengo que hacerle unas preguntas.

—¿Que usted tiene que hacerme unas preguntas?

—Siéntese —dijo Clevenger.

Reese siguió de pie.

LeGrand puso la mano en el brazo de Reese y, con suavidad, hizo que se sentara en la silla. Tendría unos cincuenta años, el pelo rojizo ondulado, los labios gruesos, las cejas largas y los ojos marrón oscuro, casi negros. Parecía un lobo meditabundo endomingado con su traje de Armani de dos mil dólares.

—Me alegro de verte, Frank —dijo, con una voz gutural que en la sala de un tribunal sonaría atronadora al instante.

Clevenger lo saludó con la cabeza y se acercó a la mesa. Sacó una silla y se sentó.

—¿Le han leído sus derechos? —le preguntó a Reese.

—Deberían leérselos a usted —sentenció Reese furioso.

—Mi cliente no está detenido —dijo LeGrand—. Está aquí por voluntad propia.

—Vamos al grano, pues —dijo Clevenger. Miró a Reese—. ¿Cuándo descubrió que su esposa tenía una aventura con John Snow?

Reese le devolvió la mirada, sin inmutarse.

—Mi cliente no responderá a esa pregunta —dijo LeGrand—. Estoy seguro de que lo entiendes.

—No estoy seguro de entenderlo —dijo Clevenger, a pesar de que sabía exactamente por qué LeGrand le daría a su cliente la instrucción de no responder. No tenía nada que ganar si hablaba oficialmente. La única razón por la que Le-Grand permitía el interrogatorio era para hacerse una idea de en qué dirección podía ir la policía—. ¿Estás apelando a su derecho de acogerse a la quinta enmienda para no declarar en su contra? —le preguntó Clevenger.

—No me hace falta —dijo LeGrand—. No está acusado de nada. No eres miembro de un gran jurado. Esto no es un juicio. Mi cliente elige no responder, eso es todo. Quizá no le guste tu tono de voz.

Clevenger volvió a mirar a Reese.

—¿Sabía que se veían en el Four Seasons?

—Un hotel precioso —dijo Reese—. A mí también me gusta.

—¿Dónde encontró la nota de suicidio de su esposa? —preguntó Clevenger.

Los músculos de la mandíbula de Reese se tensaron.

—¿Cómo tiene el valor de mencionar el suicidio de mi mujer? Si no fuera por usted, aún estaría viva.

Esas palabras seguían afectando muchísimo a Clevenger. Hizo lo que pudo para impedir que se notara.

—¿Cuántas veces le llamó ese día para pedirle ayuda? —preguntó Reese.

LeGrand le tocó el brazo.

—De nuevo —le dijo a Clevenger—, mi cliente no hará ningún comentario sobre si halló o no una nota de suicidio ni sobre dónde la encontró o dejó de encontrar.

A Clevenger le pareció que la conversación no pasaría de ahí. Quería desconcertar a Reese, que se preguntara cuánto podía tener la policía en contra de él.

—Se reunió con Kyle Snow, ¿verdad?

—Sin comentarios —dijo LeGrand.

—¿Le dio Kyle Snow algo en esa reunión? —preguntó Clevenger.

—No respondas —le dijo LeGrand a Reese.

—Que se acoja a la quinta enmienda —dijo Clevenger, sin apartar la mirada de Reese en ningún momento.

—No es necesario.

Clevenger siguió mirando a Reese.

—Entonces, deja que hable. No tiene nada que esconder, ¿verdad?

—Sigue —dijo LeGrand.

—La noche que su mujer fue hallada muerta, usted le dijo al agente Coady que había ido a ver a un abogado matrimonialista —le dijo Clevenger a Reese—. Dijo que por eso la nota de suicidio que se encontró en la mesita de noche de su esposa hablada de una ruptura. ¿A qué abogado fue a ver?

—Sin comentarios —dijo LeGrand.

—Tu cliente dijo que había ido a ver a un abogado matrimonialista —dijo Clevenger, mirando a LeGrand—. Deja que declare quién era, si es que fue a ver a alguno.

LeGrand sólo sonrió.

Clevenger necesitaba seguir insistiendo.

—¿Sabía que su mujer estaba embarazada, señor Reese?

Reese frunció el ceño. Una punzada de dolor asomó a sus ojos.

LeGrand se inclinó hacia delante.

—De unos tres meses —dijo Clevenger.

—Quizá deberíamos poner fin a esto ahora mismo —dijo LeGrand, mirando a Reese.

Clevenger sabía que no le quedaba mucho tiempo.

—Cuando ella vino a verme, me dijo que se sentía prisionera de su matrimonio.

—Es usted un puto mentiroso —le espetó Reese.

Aquella reacción parecía extraña en un hombre que consideraba que su matrimonio estaba a punto de romperse.

—¿Sabe las pulseras de diamantes que le regaló? Me dijo que era como llevar esposas.

Reese miró a Clevenger como si deseara con todas sus fuerzas saltar sobre la mesa y estrangularlo.

—Hemos terminado —le dijo LeGrand a Reese.

Reese siguió mirando a Clevenger.

—El bebé era de John Snow, por cierto —dijo Clevenger—. Nos acaba de llegar el análisis genético.

Reese cerró los ojos por un instante.

—George, de verdad creo que deberíamos irnos —dijo LeGrand.

Clevenger quería darle a Reese una información más.

—Su banco era un inversor importante de Snow-Coroway Engineering. Lo sabemos. ¿Realmente fue tan estúpido como para presentarle a su mujer a John Snow? Era un inventor, un genio. A las mujeres les encanta eso.

Reese miró a Clevenger.

LeGrand se levantó.

—George —dijo—. Nos vamos. Ya. 243

Reese no se movió.

—¿Vio al instante que acabarían siendo amantes? Dicen que a veces esas cosas pasan, ¿sabe? Que es así de evidente, desde el principio. Mapas del amor, lo llaman. Personas que están predestinadas.

—Para, Frank —dijo LeGrand.

Reese cerró los puños.

—No es una imagen agradable —dijo Clevenger—. Le quitó el dinero y luego a su mujer. Veinticinco millones y a Grace. Tiene que ser irritante. Menudo beneficio obtuvo con la inversión.

Reese se lanzó hacia Clevenger desde el otro lado de la mesa. Éste intentó echarse hacia atrás, pero Reese lo agarró por el cuello de la chaqueta con la mano izquierda y con la derecha le asestó un golpe en el labio y el mentón.

Clevenger saboreó la sangre. Se quedó mirando a Reese, pero sin intentar zafarse de él.

—Tiene un carácter explosivo, George. ¿Qué dijo Grace para hacer que perdiera los nervios? ¿Le dijo que amaba a Snow, que el hijo que llevaba dentro era suyo?

Reese le golpeó de nuevo, en la frente.

LeGrand intentaba apartar a Reese de la mesa, pero apenas podía mantenerlo al otro lado.

—¿Quería tener el bebé? —preguntó Clevenger—. ¿Era ella en realidad la que quería dejarle?

Coady entró corriendo en la sala y ayudó a apartar a Reese de la mesa. Miró a Clevenger.

—Se acabó —le dijo—. Quiero verte en mi despacho.

Clevenger no se movió.

Reese intentó soltarse para arremeter otra vez contra él, pero Coady y LeGrand lo sujetaron.

Clevenger miró a Reese fijamente a los ojos.

—¿Qué coño estás mirando, saco de mierda? —gritó Reese. Tenía el cuello y la cara rojísimos—. ¿Sabes lo que es ver a tu mujer desangrándose? ¿Tienes idea, joder?

—¡Vete! —le dijo Coady a Clevenger.

Clevenger esperó unos segundos, luego se dio la vuelta y se marchó.

—Tendréis noticias nuestras —le dijo LeGrand a Coady—. Lo que acabas de presenciar es acoso, no trabajo policial. El doctor quería que pasara esto.

Clevenger estaba sentado en la silla de Coady cuando éste entró.

—¿Qué coño ha sido eso? —preguntó Coady.

—No iba a darme nada —dijo Clevenger—. Se lo tenía que sacar yo.

Coady se sentó en la silla plegable metálica que había delante de su mesa.

—¿Y qué has conseguido, aparte de un labio hinchado?

—No estoy seguro.

—Genial. Me habría gustado poder decirle al jefe que tenemos algo de nuestra parte cuando LeGrand nos ponga una demanda de un millón de pavos.

—He dicho que no estoy seguro de lo que tenemos. No he dicho que no tuviéramos nada. ¿Qué has visto desde la sala de observación?

—¿Ahora me interrogas a mí? —preguntó Coady, meneando la cabeza con incredulidad.

—Vamos, compláceme.

—Te diré lo que no he visto. No le he visto confesar. No le he visto contestar ni a una sola pregunta. Le he visto estallar. He visto cómo le provocabas hasta que ha explotado.

—Sí, pero ¿cuándo?

—¿Cuándo? Cuando te ha dado por su mujer.

—¿El qué de su mujer?

—¿Qué quieres decir? Que se tiraba a Snow.

Clevenger negó con la cabeza.

—No. No ha sido en ese momento. —Se levantó y se puso a caminar impaciente por el despacho.

Coady lo siguió con los ojos.

—No te hagas el Sócrates conmigo, Frank. No soy un puto estudiante de medicina.

Clevenger se detuvo y lo miró.

—No ha estallado cuando he mencionado que su mujer se acostaba con Snow. Ha sido cuando he dicho que ella lo quería.

—¿Y?

—Que Kyle Snow me dijo que Reese se tomó la noticia sobre la aventura, incluida la nota de suicidio de Grace, con bastante tranquilidad. Casi como si ya lo supiera.

—De acuerdo... Quizá lo sabía. Muchos tipos se centran en la cuestión del amor cuando descubren que su mujer les engaña. «¿Lo quieres?», preguntan. Es el tópico, ¿no?

245

—Sí —dijo Clevenger—. Pero normalmente, cuando ya han preguntado eso, se quedan tristes, no furiosos. Buscan recuperar a la mujer, salvar la relación. —Respiró hondo y soltó el aire—. Sabía que estaban juntos, Mike. Lo que no sabía era que estaban enamorados. Y esa parte es lo que ha hecho que George Reese se pusiera tan furioso como para arremeter contra mí, y quizá tanto como para matar a su esposa.

—¿Cómo nos ayuda eso ahora?

—Eso permite que me introduzca en su cabeza —dijo Clevenger—. Hace que piense como él.

—Genial, Frank. —Coady se frotó los ojos con las bases de las manos—. Déjame darte ese detalle confidencial, ¿vale? Tienes la mandíbula y el labio hinchados, y un verdugón en la nuca. Retírate ahora que vas perdiendo.

—Si alguien me quisiera ver muerto, lo más probable es que no estuviera hablando contigo en estos momentos.

—¿Realmente quieres confiar en las probabilidades en cuanto a tu vida se refiere? Sé que lograste dejar la bebida. Es una verdadera inspiración para algunos de estos polis. Por el departamento se dice que también venciste al juego. Pero quizá no lo hayan entendido bien.

Clevenger bajó la cabeza e intentó pensar en por qué le molestaba tanto llevar guardaespaldas. Y como la mayoría de conexiones que explican el dolor que sentimos en nuestro corazón, fue incapaz de recordarlo. No podía ver la verdad porque era demasiado grande y la tenía justo delante. Era tan grande como le había parecido su padre, descollando sobre él cuando era niño. Y reconocerla habría significado recordar lo vulnerable y aterrado que estaba entonces, lo impotente que se sentía, lo mucho que necesitaba amor y protección, y que no había conocido ninguna de las dos cosas.

—No me gusta la idea —dijo—. No quiero que Billy lo vea. —Negó con la cabeza, porque sabía que no estaba dando ninguna explicación—. No quiero, y punto.

15:50 h

Clevenger había dejado el móvil en la camioneta. Salió de la comisaría de policía de Boston y consultó el buzón de voz. Billy le había dejado un mensaje a las 15:12.

—Me han dicho que me buscabas —decía—. Me voy al gimnasio.

Qué raro, estaba previsto que la operación de la niña de nueve años se alargara hasta la noche. Clevenger se preguntó si comprobar que Billy estaba en el quirófano le había arruinado la experiencia, por tratarlo como un niño delante de Heller. Llamó a Billy al móvil, pero no le contestó. Decidió ir al gimnasio a verlo.

Cuando entró, Billy estaba en el cuadrilátero, arrinconando a su oponente. El otro chico era larguirucho, aunque musculoso, y al menos quince centímetros más alto que Billy. Soltó un corto que alcanzó a Billy en un lado de la cabeza y luego otro que le dio de lleno en la nariz.

Billy siguió presionando.

Clevenger se apoyó en la pared de hormigón y saludó con la cabeza a Buddy Donovan, el entrenador de Billy.

Donovan le devolvió el saludo.

El otro chico estaba contra las cuerdas. Se agachó un poco y se inclinó a un lado y a otro mientras Billy soltaba una serie de zurdazos y derechazos, la mayoría sin ton ni son. Cuando pudo, el chico soltó sus propios puñetazos y le asestó un par de golpes rápidos.

Clevenger esperó la inevitable explosión apenas controlada, el modo que tenía Billy de acabar una pelea.

El otro chico lanzó un gancho de derecha que alcanzó a Billy en un lado del cuello.

Billy retrocedió.

Donovan miró a Clevenger y se encogió de hombros. Se acercó al cuadrilátero.

—¿Qué haces ahí dentro, Bishop? —gritó—. Lo tienes donde quieres. ¿A qué esperas?

Billy lanzó lo que pareció una serie de puñetazos desganados. Dos dieron en el blanco, lo que obligó a su oponente a cubrirse de nuevo. Pero ninguno parecía tener demasiada sustancia. Entonces Billy retrocedió otro paso.

—¿Me he perdido algo? —preguntó Donovan, mirándolo desde abajo en un lado del cuadrilátero—. ¿Ha lanzado un golpe fantasma, u hoy no tienes ganas de pelear? ¿Quizá crees que ya estás listo para hacerte profesional? Te aburren los amateurs. ¿Es eso?

Billy lo miró. Al hacerlo, encajó un duro derechazo en la barbilla que le hizo tambalearse.

—Buen golpe, Jackie —le dijo Donovan al otro boxeador—. Creo que es todo tuyo. Hoy se está dando un pequeño respiro. Pero ten cuidado.

El chico dio dos pasos hacia Billy, con los músculos de los brazos tensos, a punto. Se inclinó hacia la derecha, listo para lanzar un gancho de derecha, pero justo al hacerlo, Billy le asestó un único gancho de izquierda salido de la nada y cayó rodilla en tierra.

Donovan miró al chico y vio que luchaba por no desplomarse.

—Atrás, Billy. Ya no puede seguir —gritó.

Billy ya se había dado la vuelta y caminaba hacia su rincón. Cogió su toalla, separó las cuerdas y saltó fuera del cuadrilátero.

Clevenger se acercó a él.

—Creía que no estabas prestando atención. Supongo que me equivocaba.

Billy se encogió de hombros.

—Parece que tú también has bajado la guardia.

Clevenger se tocó el labio.

—Un sospechoso al que no le ha gustado mi línea de investigación. ¿No se suponía que tenías que estar en quirófano hasta la noche?

—Me aburría. —Se secó el sudor de la cara—. Tengo algo para ti en la taquilla. ¿Vienes conmigo?

—Claro. ¿Qué es?

—Ven.

Clevenger lo siguió a los vestuarios.

Billy comenzó a pulsar los números de su combinación.

—Tendremos que hablar en algún momento de las clases que te has perdido hoy —dijo Clevenger.

Billy dejó de pulsar botones un segundo, y comenzó de nuevo.

—Entiendo que te encante la cirugía. Creo que es genial. En serio. Pero no puede afectar a los estudios.

—Da igual —dijo Billy, mirando la cerradura con los ojos entornados—. Ya te he dicho que me aburría. —Volvió a marcar números.

Saltarse las clases no daba igual, y a Clevenger no le gustó el modo en que Billy parecía pasar del tema.

—Ya hablaremos cuando lleguemos a casa —dijo.

Billy se encogió de hombros y abrió la taquilla.

A Clevenger tampoco le sentó bien que se encogiera de hombros.

—También tenemos que hablar de mi ordenador y tú, de que miraras mis archivos.

Billy meneó la cabeza con incredulidad.

—¿Crees que te estoy espiando?

—No he dicho eso.

Billy se volvió y lo miró.

—Claro que sí.

—No hace falta que hablemos de ello ahora.

—No quieres que me acerque a tus cosas. Ya lo capto.

—Yo no miro tus cosas. Y espero que tú no mires las mías. Eso es todo.

249

—Guay —dijo Billy—. Quizá deberíamos dibujar una línea que divida el piso.

—¿A qué viene eso?

Billy metió la mano en la taquilla, sacó un fajo de papeles y se los tiró a Clevenger.

Éste los cogió. Era el diario de John Snow.

—¿De dónde lo has sacado?

—De tu mesa —dijo Billy—. Lo cogí y me lo guardé en la chaqueta cuando los federales vinieron al *loft*. Pero no te preocupes. No volveré a violar tu espacio personal nunca más.

Clevenger no sabía muy bien qué decir. Billy tenía que respetar su espacio.

—Mira, te lo agradezco —dijo—. En serio. Es una gran ayuda para el caso Snow. Pero está el tema de la convivencia y el respeto...

—Ningún problema —dijo Billy—. Hecho. —Cerró la taquilla—. Vámonos.

No se dijeron nada durante el trayecto a casa. Cuando llegaron al *loft*, eran las cinco de la tarde pasadas y ya había oscurecido. Billy se fue directo a su cuarto y cerró la puerta.

Clevenger pensó en darle algo de tiempo para que se relajara de lo que fuera que lo hubiera herido tanto. Se dirigió a su mesa y tocó el espacio vacío donde había estado su ordenador. Abrió los cajones. Habían confiscado todos sus disquetes, incluso los que aún estaban sin estrenar. Abrió el archivador, vio que habían sacado todos los papeles y que los habían vuelto a guardar de cualquier forma; también los habían revisado.

Escuchó los mensajes telefónicos y llamó a Kim Moffett para que lo pusiera al día. No había nada urgente.

Cogió el diario de John Snow, hielo para el labio y se sentó en el sofá. Pasó las hojas hasta llegar al dibujo de Grace Baxter; su rostro era un collage de números, letras y símbolos aritméticos. Se quedó mirándolo, pensando en el modo tan absoluto en que Baxter se había infiltrado en la mente de Snow, en cómo la energía de ella se entrelazaba con el espíritu creativo de él. Era increíble, pensó, que una persona pudiera penetrar de un modo tan absoluto en otra. Era increíble también que Snow quisiera zafarse de ese abrazo, incluso después de que Grace dejara claro en su nota que no podría sobrevivir sola, que consideraba que ellos dos eran una sola persona.

Unos minutos después, llamaron a la puerta del *loft*.

Clevenger se levantó y caminó hacia la entrada.

—¿Quién es? —preguntó.

—Jet —dijo Heller.

Clevenger abrió la puerta.

Heller, que llevaba unos vaqueros, un jersey negro de cuello alto y sus botas de cocodrilo negras, se agarraba al marco de la puerta para mantenerse en pie. Estaba pálido y apestaba a whisky.

—¿Cómo lo lleva? —preguntó.

—Bien, supongo. ¿Por qué?

—Se ha marchado del quirófano antes de que pudiera hablar con él.

—¿Se ha marchado sin más?

Heller asintió.

—Era una causa perdida, pero...

—¿Qué era una causa perdida?

—La niña. No quedaba nada de la arteria. Había diez milímetros que eran como papel de fumar. He intentado salvarla, salvar a la niña, pero... —Cerró los ojos.

—¿Ha muerto?

Abrió los ojos y miró fijamente a Clevenger.

—Nueve años, joder.

—Lo siento. No sabía... Billy no me lo ha dicho. —Le puso una mano en el hombro—. Entra.

Heller se quedó quieto.

—Quizá si hubiera entrado por el paladar y hubiera subido desde allí. —Ahora miraba a través de Clevenger, a algo que estaba más allá de ellos—. He diseccionado hacia abajo. —Se tocó la coronilla—. A través del seno sagital. Tiene sentido si vas a insertar una grapa, pero es muy complicado colocar un injerto, ¿sabes?

—Vamos, pasa —dijo Clevenger.

Heller soltó el marco de la puerta y se balanceó un poco. Clevenger lo agarró y lo llevó adentro.

Se sentaron uno frente a otro en el sofá.

—Billy está en su cuarto —dijo Clevenger—. Creo que está durmiendo.

—Tenía una oportunidad, ¿sabes? —dijo Heller en voz baja—. Dios estaba ahí dentro conmigo. Podía sentirlo. Creo que la he cagado.

—¿No fuiste tú quien me dijo que somos humanos? Yo no soy neurocirujano, pero recuerdo lo suficiente de la Facultad de Medicina como para saber que, por lo general, un aneurisma de diez milímetros en la arteria basilar no es curable, guíe quien guíe el bisturí.

—No me hice un nombre gracias a lo que pasa «por lo general» —dijo Heller—. Y tú tampoco. —Se tapó la cara con la mano y se masajeó las sienes con el pulgar y los dedos—. Tuve que decírselo a la madre y al padre. Esperaban la buena noticia. Se lo vi en la cara. Salí pronto. Imaginaron que había ido mejor de lo esperado.

—¿Cómo se han quedado cuando se lo has dicho?

Heller alzó la vista y lo miró.

—¿Que cómo se han quedado? Han muerto con ella. Es así. Puede que aún no lo sepan. Pero lo sabrán. Lo sabrán cuando acabe el velatorio, y el entierro, cuando todo el mundo se vaya a su casa y ellos se miren el uno al otro y vean que sus vidas no son nada.

Por alguna razón, Clevenger pensó fugazmente en Grace Baxter, y en la sensación que tenía de que sería incapaz de salir adelante sin Snow.

—Matarte a beber tampoco resolverá nada —le dijo a Heller—. Hay muchas otras personas que confían en ti.

Heller sonrió.

—«Jet Heller irá al infierno y volverá para salvarle la vida.» —Se rió con aire taciturno.

Clevenger se quedó en silencio unos segundos.

—No estoy seguro de que sea el mejor momento para hablar con Billy de lo que ha pasado —dijo.

—No soy un gran modelo a seguir ahora mismo, ¿verdad? Entendido. —Asintió con la cabeza y se levantó—. ¿Sabes? Si te interesa saber mi opinión, creo que entiendo por qué te dedicas a lo que te dedicas.

—Quizá puedas darme una pista —dijo Clevenger, poniéndose en pie.

—Es muy sencillo. El modelo de enfermedad. Si logras encontrar el patógeno responsable de un asesinato, es decir, la persona retorcida, puede que seas capaz de evitar que muera otro buen hombre. Y eso es lo que hacemos, Frank. Luchar contra la muerte. Todos los días. Hoy, ella ha ganado. Y también ganó cuando algún monstruo le pegó un tiro a John Snow. Pero si puedes descubrir quién lo mató, aislar ese patógeno, podrás eliminarlo de la faz de la tierra.

—O ponerlo en cuarentena. En la cárcel.

—Dios no ve las cosas así, amigo mío. Ojo por ojo. Es la única forma de ganar la batalla. No hay que tener miedo a extirpar el mal.

Clevenger estaba convencido de que los buenos tenían que operar a un nivel más alto que los asesinos, para que la sociedad pudiera identificar quién era quién. Pero sabía que no era el lugar ni el momento de discutir de política social.

—Yo no lo veo así —dijo, y lo dejó ahí.

—Ya lo sé, ya conozco ese aspecto tuyo —dijo Heller—. El doctor Gandhi. —Se balanceó, pero recuperó el equilibrio.

—¿Por qué no te quedas a dormir aquí?

Heller negó con la cabeza.

—Tengo un taxi esperándome. Estoy bien. —Extendió la mano—. Buenas noches, amigo.

Clevenger se la estrechó y la soltó.

—Le contaré a Billy lo de la chica.

—Tienes suerte —dijo Heller—. De ser su padre. Es algo maravilloso. Nunca había pensado demasiado en tener un hijo. Billy hace que sienta que debería tener uno.

Clevenger sabía que Heller estaba borracho, pero ni el alcohol explicaba lo que sonaba como un apego irracional. Lo conocía desde hacía tan sólo unos días.

—Ten cuidado de camino a casa —le dijo Clevenger.

—Sí —dijo Heller. Se volvió, fue hacia la puerta y la abrió—. Dile a Billy que lo siento. Le resarciré.

—Me aseguraré de que sepa que no habrías podido hacer nada.

—Gracias —dijo Heller. Salió y cerró la puerta.

Clevenger fue al cuarto de Billy. Estaba a punto de llamar a la puerta cuando ésta se abrió.

Billy estaba al otro lado. Le temblaba el labio.

—Hola, colega —dijo Clevenger—. ¿Lo has oído?

—No me aburría —se las apañó para decir, reprimiendo las lágrimas.

—¿Qué quieres decir?

—En el quirófano, no me aburría.

—De acuerdo... —dijo Clevenger—. ¿Qué te ha pasado entonces?

Una lágrima comenzó a resbalarle por la mejilla.

—Tenía... Tenía miedo. Tenía miedo por esa niña.

Clevenger notó que se le ponía la carne de gallina. Lo que no habían conseguido criarse con un padre sádico, vivir la muerte de una hermana, enfrentarse a un sinfín de chicos que le doblaban la edad en peleas callejeras y subirse al cuadrilátero una y otra vez, lo habían logrado un par de visitas al quirófano con Jet Heller. Billy tenía miedo, y no sólo por sí mismo, sino por otra persona. Sentía empatía por otro ser humano. Era una especie de milagro. Quizá Dios sí había estado en la sala de operaciones con Jet Heller aquel día. Quizá la niña no era la única a la que podía curar.

—Ven aquí —le dijo Clevenger, abriendo los brazos.

Billy avanzó hacia él y enterró la cara en el hombro de Clevenger.

Él lo abrazó con fuerza.

—¿Cómo puede pasar algo así? —preguntó Billy entre sollozos—. Era tan pequeña.

Clevenger quería darle una respuesta, quería protegerlo del hecho de que la muerte es caprichosa, que la entropía es la fuerza más poderosa del mundo, que el amor del mejor padre no puede proteger al niño más inocente de un aneurisma, un cáncer, un accidente de tráfico o un asesinato. Quería protegerlo, pero lo quería demasiado para mentirle.

—No lo sé —dijo—. Ojalá lo supiera, Billy, pero no lo sé.

16

Clevenger salió del *loft* para encontrarse con Whitney McCormick en el hotel Four Seasons. Subió a la camioneta y vio un papel sujeto en el limpiaparabrisas. Se bajó y lo cogió.

Era una tarjeta de felicitación en un sobre sin cerrar que llevaba su nombre escrito en tinta púrpura. Lo cogió. El anverso era una acuarela de un arco iris. La abrió y vio una nota escrita en color púrpura, firmada por Lindsey Snow:

> Dr. Clevenger:
> No esperaba nada de usted. No le perseguiré. Sólo quiero que sepa lo unida que me siento a usted. No creo que sea un rollo padre-hija ni nada raro por el estilo. No creo que tenga nada que ver con haber perdido a mi padre.
> En el fondo de mi corazón, estoy convencida de que estamos hechos para estar cerca el uno del otro.
> A veces estas cosas se saben, ¿verdad?
> Un abrazo,
>
> LINDSEY

Las protestas de Lindsey acerca de que sus sentimientos por Clevenger no tenían nada que ver con sus sentimientos por su padre era una negación clásica. La conexión era tan cercana que necesitaba negarla no una, sino dos veces, ya en el primer párrafo.

Clevenger se guardó la tarjeta en el bolsillo de la chaqueta y volvió a subirse al asiento del conductor. Pensó que tenía que pasarse otra vez por casa de los Snow por la mañana para comprobar si presionando a Lindsey, Kyle y Theresa, lograba aportar alguna novedad al caso.

Puso la llave en el contacto y la giró. Oyó un chasquido hueco. Volvió a intentarlo y oyó un sonido debajo del capó parecido a un latigazo. Su instinto le decía que saliera de ahí ya. Abrió la puerta deprisa y se echó al suelo.

La camioneta estalló en llamas.

Le ardía una manga de la chaqueta. Rodó por la acera y logró apagarla. Volvió a mirar la camioneta y vio una columna de seis metros de altura. El capó y el habitáculo estaban negros y en llamas. El parabrisas había saltado por los aires.

Billy salió corriendo por la puerta del edificio, se acercó a toda prisa y se arrodilló a su lado. Parecía aterrado.

—¿Qué coño...? ¿Estás herido?

Clevenger movió las dos piernas, los dos brazos. Se pasó los dedos por la cara, buscando sangre. No tenía.

—No, estoy bien.

—¿Qué ha pasado? —dijo Billy.

—Alguien intenta decirme que me estoy acercando —dijo Clevenger.

—¿Crees que ha sido alguien de la empresa de John Snow? Hacen bombas o algo así, ¿no?

De nuevo, Clevenger no pudo evitar sentir que quería a Billy lo más lejos posible de la investigación.

—No tengo ni idea de quién lo ha hecho —dijo—. Sólo me alegro de que no se le dé mejor. —Pensó en la nota que se había guardado en el bolsillo, y en Lindsey. Recordó que una de las detenciones de Kyle Snow había sido por una amenaza de bomba a su colegio de secundaria. Pero entonces le vino a la mente otro recuerdo: la peculiar afirmación de J. T. Heller acerca de que quería un hijo como Billy. ¿Había alguna posibilidad de que Heller hubiera intentado tomar un atajo y quedarse a Billy directamente? ¿O aquel pensamiento era una proyección paranoica de los propios celos y la competitividad de Clevenger?

Pero el pensamiento no desapareció, sino que generó otros. ¿Por qué Clevenger no le había preguntado a Heller exactamente dónde estaba minutos antes de que entraran a John Snow a las urgencias del Mass General? Para empezar, ¿era sólo una coincidencia que estuviera tan cerca? ¿Era una coincidencia que las labores de reanimación que le realizó a Snow destruyeran las señales anatómicas que habrían permitido a Jeremiah Wolfe dictaminar formalmente si su muerte había sido un asesinato o un suicidio?

¿Podía la fraternidad de la medicina haber conducido a Clevenger a otorgar a Heller el beneficio de la duda cuando no se lo merecía?

—¿Crees que esto tiene que ver con que fueras a Washington a ver a Collin Coroway? —le preguntó Billy.

—Podría ser —admitió Clevenger, deseando que dejara de sondearle.

Billy lo levantó y lo sacó de la carretera.

Se quedaron mirando cómo ardía la camioneta. En la distancia, comenzaron a sonar las sirenas.

—¿De cuándo era, del 98? —preguntó Billy.

Clevenger notó que el brazo de Billy lo cogía por la cintura, para ayudarle a mantenerse en pie. Le pasó el brazo por los hombros.

—Ahora vienen con asientos de cuero y navegador, creo —dijo Clevenger—. ¿Qué haces este fin de semana?

—¿Comprar una camioneta con mi padre?

—Parece que ya tienes plan.

ɤ

La policía de Chelsea mandó cuatro coches patrulla suyos al edificio de Clevenger, junto con un grupo de desactivación de explosivos de la policía de Boston. Dos miembros del equipo se pusieron a trabajar con la camioneta, mientras otros tres agentes examinaban el ascensor, las escaleras y los pasillos que llevaban al vestíbulo del *loft*.

Mientras los observaba trabajar, Clevenger llamó a Whitney McCormick desde el móvil para cambiar el plan y quedar para tomar una copa a las once en el salón Bristol del Four Seasons. Le dijo que ya le contaría.

Su primera reacción había sido cancelar la cita, pero la idea de dedicar la noche a trabajar le irritaba. Era obvio que estaba poniendo nervioso a alguien.

El siguiente paso fue llamar a Mike Coady.

—Hola, Frank —contestó Coady.

—He tenido un problemilla con la camioneta —dijo Clevenger.

—¿Dónde estás? Mandaré una patrulla a recogerte.

—Ya han venido cuatro coches de Chelsea —dijo Clevenger—. No es una avería. Alguien la ha hecho estallar.

—Santo cielo. ¿Estás bien?

—He podido salir a tiempo. Una camioneta y una chaqueta de piel nuevas, y estaré como nuevo.

—¿Tienes idea de quién ha sido?

—No. Había una nota de Lindsey Snow en el parabrisas, pero no creo que sepa cómo manipular un coche para que explote.

—¿Qué dice la nota?

—Está confundida. Cree tener sentimientos hacia mí. En realidad, todo es porque estaba muy unida a su padre y lo echa de menos.

—De acuerdo... ¿Cuánto tiempo llevaba aparcado el coche?

—Tres horas, tres horas y media.

—Voy a mandarte a un agente para que te escolte —dijo Coady.

—Ya te dije que no me va eso de tener séquito —dijo Clevenger—. Pero estaría bien saber que alguien está pendiente de Billy. Ahora está aquí conmigo, pero tengo que marcharme. Se quedará en el *loft*.

—Pondré un coche delante de tu casa toda la noche, todas las noches, hasta que resolvamos el caso.

—Gracias.

—¿Alguna noticia del viaje de Anderson a Washington?

—Por ahora no. —Se dio cuenta de que tenía que alertar a North Anderson sobre hasta dónde había llegado alguien para poner fin a la investigación—. Le llamaré ahora mismo.

—Si ha encontrado algo, dímelo. Voy a llamar a Kyle Snow para ver si puede dar cuenta de dónde ha estado esta tarde. No sería la primera vez que entregara algo por su hermana. También pasaré a ver a Collin Coroway y a George Reese.

—Te llamo mañana por la mañana.

—Aquí estaré.

Clevenger colgó. Llamó a Anderson, lo encontró en el móvil y descubrió que había aterrizado en Logan en el último puente aéreo y que aún no había llegado a su casa de Nahant. Le contó lo de la explosión.

—Quizá deberías tratar de pasar inadvertido unos días —dijo Anderson—. Yo puedo encargarme de todo.

—Alguien está asustado. No quiero aflojar.

—No sé si hacer que tu camioneta salte por los aires encaja en la definición de «estar asustado», pero capto la idea general.

—Cuéntame cómo te ha ido en Washington.

—He tenido una recepción muy fría en la oficina de patentes, pero aun así he conseguido algunos de los datos que necesitábamos.

—Dispara.

—Todas las patentes de Snow-Coroway están clasificadas. Tienen cincuenta y siete. Lo único que figura en el registro es la fecha en la que las solicitaron y la fecha en la que fueron concedidas. El contenido de la solicitud es secreto.

—¿Hay alguna solicitud reciente?

—Tan reciente como que se hizo el día después de que muriera Snow —dijo Anderson—. La empresa solicitó dos patentes aquella tarde.

—¿Para el Vortek?

—He intentado por todos los medios que conozco conseguir que la oficina de patentes me revelara la intención general de las solicitudes... Diseño de misiles, por ejemplo —dijo Anderson—. Incluso le he pedido a un abogado de patentes que conozco en Nantucket que lo intentara él, que citara el Acta de Libertad de Información. No han cedido ni un ápice.

—Si Snow dio a Collin Coroway y a George Reese lo que necesitaban, si creó el Vortek y cedió la propiedad intelectual, ya podían prescindir de él. Era el único obstáculo para sacar a bolsa Snow-Coroway. Pero ¿por qué había que matar a Grace?

—Buena pregunta.

—No parece que tengamos mucho tiempo para encontrar la respuesta.

—Eso querrá decir que ganaremos pronto.

—Me encanta tu optimismo —dijo Clevenger.

—Cuando empiece a parecer euforia, puedes ponerme en tratamiento.

—Ya te lo diré.

261

Υ

Clevenger cogió un taxi y llegó al Four Seasons a las once menos cinco, llamó a la operadora desde el vestíbulo y pidió que le pasaran con la habitación de Whitney McCormick.

—Hola —contestó.

—Estoy abajo.

—Dame dos minutos.

—Estaré fuera del Bristol.

Se reunió con él junto a la mesa de la jefa de salón. Llevaba una falda negra y una elegante rebeca de cachemira color crema con botones de nácar. Era evidente que se había tomado su tiempo para peinarse y maquillarse. Estaba elegante y hermosa. Nada exagerado, nada subido de tono; lo cual hacía que estuviera aún más seductora.

Clevenger sintió que una llave se introducía en la cerradura de su alma.

—Estás increíble —le dijo. Se inclinó y le dio un beso en la mejilla, se detuvo un momento para susurrarle al oído—: Siempre lo estás.

—Igualmente, doctor.

—Gracias —dijo, irguiéndose—. Pero si percibes un olor a metal quemado, puedo explicarlo.

Ella sonrió.

—¿Qué quieres decir?

—Vamos a sentarnos.

La jefa de salón los escoltó a un par de sillones anchos y mullidos junto a la ventana, que daba al Public Garden, con sus árboles elegantes flanqueados por luces blancas. Una camarera apareció como por arte de magia. Clevenger pidió un café. McCormick, un merlot.

—Tengo una buena excusa para llegar tarde —dijo Clevenger.

—A ver. —Se inclinó hacia delante y le cogió la mano. No esperaba que lo tocara, pero le encantó.

—Mi camioneta ha saltado por los aires. Bueno, alguien la ha hecho saltar por los aires.

—Será broma.

—¿Quién bromearía sobre algo así?

Se quedó pálida y le soltó la mano.

—¿Qué pasa?

—¿Tengo que repetírtelo? —dijo ella—. Estás pisando terreno peligroso.

—Se me da mejor nadar en la parte honda —dijo él—. Saber que la única alternativa es ahogarme me ayuda a motivarme.

—Estás pisando terreno peligroso por lo que a temas de seguridad nacional se refiere —dijo con un tono de voz objetivo, profesional—. No es inteligente de tu parte, y ya te he dicho que creo que es innecesario.

—¿Hablas por ti misma o por el FBI?

—¿Qué diferencia hay?

Quizá ya no había ninguna.

—Hablando de lealtad laboral —dijo Clevenger—. Espero que te den un coche de la empresa. Sólo asegúrate de que el arranque sea remoto.

—Crees que todo esto tiene gracia. Yo no.

Clevenger oyó preocupación en su voz, no irritación.

—Tendré cuidado —le dijo.

—¿Tendrás cuidado? ¡Alguien ha hecho saltar tu coche por los aires!

—¿Qué quieres? No tengo la más mínima intención de que un asesino se libre.

—¿Por qué no vemos si podemos pasar el caso al FBI?

Aquello sonaba a estrategia.

—Es mi caso.

—No, es de Mike Coady. Te incorporó a su equipo como asesor.

—Te estás inmiscuyendo.

263

—Intento ayudar. La forma de interpretar la participación del FBI es simplemente como una señal de que hay fuerzas en juego que no puedes controlar.

—Cuando dejé la bebida, aprendí una cosa: lo único que puedes controlar es a ti mismo.

—Quizá vayas por buen camino —dijo—. Quizá la razón por la que no puedas retirarte del caso sea porque eres adicto a él.

—¿A qué sería adicto exactamente? ¿A que me saqueen el piso o a que me fracturen el cráneo?

—A la oscuridad. A alguna visión idealizada e inflexible de la verdad, que sólo tú ves. Quizá por eso no me haces caso. Porque no puedes.

—Es posible —reconoció Clevenger—. Pero te seré sincero: no voy a dejar nunca este hábito. Es a lo que me dedico. Es lo que soy.

La camarera llegó con las bebidas.

Clevenger observó cómo los labios de McCormick besaban el borde de la copa.

—Puesto que soy incurable, quizá puedas ayudarme con un ansia que tengo en particular —dijo Clevenger.

—Quizá —dijo McCormick, que obviamente creyó que habían acabado de hablar de trabajo. Dejó la copa en la mesa.

—North ha ido a Washington a ver si Snow-Coroway presentó alguna patente relacionada con el Vortek. Registraron dos, el día después de que mataran a Snow. El contenido está clasificado. No sé si tienen algo que ver con el Vortek o no. Quizá puedas averiguarlo.

—No hablarás en serio. Te estoy diciendo que te retires. No te ayudaría a que te metieras más, aunque pudiera, que no puedo.

—Tu padre quizá sí pueda. —Clevenger sabía que la relación de Whitney con su padre ex senador era un tema delicado entre ellos, quizá la razón por la que su relación no había funcionado, pero tenía que pedirle aquel favor.

Ella sonrió.

—Seamos realistas, mi padre no va a utilizar sus contactos para ayudarte.

—¿Por qué tendría que saber que me está ayudando a mí?

—Porque no le miento.

Clevenger asintió. En diez minutos habían recuperado la dinámica psicológica responsable, en gran medida, de su separación: McCormick creía que tenía que escoger entre la devoción por su padre y el amor romántico.

—Lo siento —dijo Clevenger—. Olvida que te lo he pedido. No era apropiado.

Ella cerró los ojos un segundo y meneó la cabeza con incredulidad. Luego, volvió a mirar a Clevenger.

—¿Qué te parece si olvidamos los motivos profesionales que me han traído aquí y nos centramos en los personales?

Quizá aún era posible.

—Me parece bien —dijo Clevenger.

—Te echo de menos.

¿Cómo lo hacía? Podía pasar impecablemente del trabajo al placer, seguramente era la razón por la que le había parecido tan fácil enamorarse de ella más y más cada día mientras le seguían la pista al Asesino de la Autopista. Pero, por algún motivo, cuando al final lo atraparon, su relación pasó de ardiente a cálida. ¿Era porque la violencia alimentaba su pasión? ¿Perseguir a un asesino, ver la mortalidad exquisita de ellos mismos en los rostros de las víctimas de Jonah Wrens, hacía que el amor pareciera el único antídoto a la muerte? ¿Era por eso por lo que Clevenger se sentía tan atraído por McCormick en aquel preciso instante como cuando sus ojos se fijaron en ella por primera vez?

—Yo también te echo de menos —dijo él. Y lo decía en serio.

—Coady me dijo que John Snow y Grace Baxter se encontraban aquí para hacer el amor —dijo Whitney.

—En una suite con vistas al parque. —Clevenger se recostó en el sillón—. Creía que no íbamos a hablar más de trabajo.

—Y así es. —Abrió la mano izquierda y le mostró la llave de su habitación.

Llegaron a la habitación, pero no a la cama. McCormick lo empujó contra la pared y lo besó con fuerza.

Clevenger no dejó que el ofuscamiento de la pasión se apoderara de él por completo. Quería sentir sus labios, su lengua. Le acarició los omóplatos delicados, notó su presión aún más cerca, luego bajó las manos por su espalda.

Ella le besó la oreja, el cuello.

Clevenger le subió la falda y pasó las manos por debajo de sus braguitas, atrayéndola hacia él, diciéndole sin palabras que la deseaba, que su cuerpo estaba listo para recibir el de ella. Pero había muchas cosas más en ese abrazo que quedaban por expresar: capítulos enteros de una vida dedicada a buscar la verdad, pero también el amor, pasando del sadismo de su padre al frío abandono de su madre.

Whitney le desabrochó el cinturón, le bajó la cremallera y le metió la mano en el calzoncillo.

Él soltó un suspiro.

Ella le agarró con fuerza, acariciándole con suavidad, una y otra vez.

Clevenger le puso la mano entre las piernas. Estaba cálida, mojada, para él, algo que otros hombres quizá daban por sentado, pero que él consideraba un milagro, la prueba más irrefutable de la existencia de Dios que probablemente iba a encontrar en este mundo.

Whitney lo bajó hasta la moqueta gruesa, lo guió para

que se tumbara y entrara en ella. Y entonces ella se movió por los dos, su ritmo expresaba el deseo de que la soledad se pudiera olvidar, que la esperanza pudiera ser eterna, que a la muerte se la pudiera derrotar.

Yacían desnudos, debajo de una sola sábana, mirando afuera, a un sueño de árboles iluminados.

—¿Crees que veían lo mismo que nosotros ahora? —le preguntó ella.

—Seguramente —contestó Clevenger.

—Debieron de sentirse muy seguros.

—Porque...

—Aquí se está bien, fuera hace frío, ¿sabes? Tienes que abrigarte, de una o dos formas distintas. Es la vida real. No se trata de amor. Se trata de hacer las cosas, de seguir adelante.

A Clevenger no le pasó por alto la visión ambiciosa que McCormick tenía de ella misma en el mundo exterior, o el hecho de que hubiera utilizado la palabra amor para describir lo que sentía dentro de la habitación.

—Me pregunto si estaban enamorados de verdad —dijo Clevenger—. No entiendo por qué John Snow habría seguido adelante con la operación, si eso significaba despedirse de ella.

—Es fácil creer que estás enamorado entre estas cuatro paredes. Todo es bonito y limpio. Perfecto. Quizá la realidad se metió por medio.

—¿En la forma de George Reese?

—Posiblemente. Pero Snow no podía conocer a Grace Baxter, conocerla de verdad, encontrándose con ella en una suite lujosa una o dos veces por semana. Quizá era insuficiente en otros aspectos.

Clevenger pensó en el amor de Snow por la belleza y la

267

perfección. Del mismo modo que había confiado en su trabajo para no implicarse en las realidades de la vida familiar, incluidas sus imperfecciones, la suite del Four Seasons, con sus
cortinas finas y vistas surrealistas, pudo contribuir a ocultar a
la verdadera Grace Baxter. Quizá Snow vislumbrara algo en
ella que era imperfecto; o peor aún, algo realmente feo.

Pensó de nuevo en Baxter sentada en su consulta, tirando de las pulseras de diamantes. «No quiero hacer daño a
nadie nunca más —le había dicho—. Soy mala persona. Una
persona horrible.» ¿Había hecho daño a Snow, roto en peda-
zos la ilusión de que era perfecta? ¿Era ésa la razón de que
hubiera creído que un bisturí era su única salida, su única
verdad?

—¿En qué piensas? —le preguntó McCormick.

No se sentía cómodo compartiendo sus pensamientos sobre el caso Snow, que le decían que aunque pudiera amar a
McCormick, no confiaba del todo en ella. Se preguntó si algo
así era posible.

—Pienso en si llegamos a conocer a alguien, en si se puede llegar a estar más seguro con otra persona que solo.

Whitney se acercó más a él y se acurrucó debajo de la sábana.

—Creo que casi todo el mundo se rinde antes de llegar
—dijo—. Deberíamos seguir intentándolo y ya está.

Clevenger la miró y vio en sus ojos que era sincera. Quizá dos personas podían unirse para crear algo más grande
que ellos dos. O quizá eso también era una fantasía. *Folie à
deux*. Una locura compartida.

—Me gustaría —dijo. Le pasó la mano por el abdomen—.
Quizá ésa sea la idea, ¿sabes?

—¿El qué?

—Seguir intentándolo. Quizá intentarlo sea de lo que se
trata. Quizá no sea más que eso. Quizá nunca se llegue del
todo a ningún sitio. Y quizá así esté bien.

—¿Sabes qué creo yo? —le preguntó, colocando su mano sobre la de él.

—¿Qué crees?

—Creo que deberías volver a hacer terapia. —Se rió.

Clevenger movió la mano hacia abajo.

—¿Cuándo tengo la próxima sesión?

17

15 de enero de 2004

Clevenger regresó al *loft* a la una y diez de la madrugada. Se preparó una cafetera, cogió la copia del diario de Snow y se sentó en el sofá a leerlo. Pasó una página tras otra, deteniéndose aquí y allí para degustar la filosofía de Snow, pero vio que su atención se desviaba una y otra vez a los dibujos que había hecho de Grace. Era donde su pasión quedaba más patente.

Pasó las páginas hasta llegar al último dibujo, en el que Snow había dibujado la cara de Grace como un collage de números, letras y símbolos matemáticos. Se quedó mirándolo más de un minuto. Y, por primera vez, se le ocurrió que era posible que Grace no se hubiera interpuesto en la creatividad de Snow, ni que hubiera coexistido simplemente con ella. Quizá la hubiera estado alimentando.

¿Estaba Snow utilizando a Grace Baxter? ¿Era la primera mujer que había despertado su pasión, o simplemente era una nueva fuente de energía de la que sacar provecho? ¿Se estaba volviendo más humano, o era un vampiro que chupaba la sangre de una mujer vulnerable?

La sangre. Aquellas palabras hicieron que Clevenger volviera a pensar en la posibilidad de que Grace se hubiera cortado las carótidas. Si Snow la había consumido emocionalmente y se había desentendido de ella al poco tiempo, quizá ella había transformado el crimen psicológico de Snow en su equivalente físico, convirtiendo su cuerpo desangrado en el símbolo específico de su aventura interrumpida.

Pero aquel panorama no cuadraba con las observaciones de Lindsey y Kyle Snow acerca de que su padre era realmente otra persona. No encajaba con la valoración de Jet Heller de que Snow se había enamorado de verdad de Grace Baxter.

Bajó el diario y cerró los ojos, rindiéndose al sueño que se había negado durante demasiado tiempo. Pero se despertó sólo quince minutos después, pensando en algo que George Reese había dicho el día anterior en la comisaría de policía. Se levantó y comenzó a caminar intranquilo arriba y abajo. Quizá su memoria se la estuviera jugando, quizá le diera demasiada importancia a unas palabras producto de la ira, pero no podía quitárselas de la cabeza.

Descolgó el teléfono y llamó a Mike Coady a su casa.

—Buenos días, casi —contestó Coady medio dormido.

—Cuando interrogué a George Reese ayer, me gritó algo sobre lo doloroso que había sido encontrar a su mujer desangrándose.

—Sí.

—¿Es eso lo que recuerdas? ¿Sus palabras exactas?

—Eso creo.

—¿Eso crees?

—No, no. —Soltó un suspiro largo y se aclaró la garganta—. Estoy seguro. Dijo: «¿Sabes lo que es ver a tu mujer desangrándose? ¿Tienes idea, joder?».

—Así lo recuerdo yo también.

—Excelente. ¿Quieres decirme por qué es tan importante como para llamarme en mitad de la noche?

—No estaba desangrándose, Mike. Estaba muerta. Tenía las carótidas seccionadas. No podía estar viva cuando la encontró, a no ser que la encontrara segundos después del acto.

—Quizá no se dio cuenta de que estaba muerta hasta que

271

intentó reanimarla. Quizá eso es lo que recuerda: pensar que estaba muriéndose.

—Pero sabía que ya había intentado suicidarse antes. La había visto con las venas cortadas. Gestos suicidas, simples lloviznas. Esto era un puto huracán. No entiendo cómo podría confundirlos. A menos que...

—¿Que qué?

—Dijiste que no habías encontrado cuchillas de afeitar manchadas de sangre en el baño —dijo Clevenger.

—Ni una.

—Pero Jeremiah Wolfe nos dijo que las heridas eran de dos armas distintas: algo parecido a una cuchilla que le cortó las venas y algo con una hoja un poco más gruesa, más rígida, el cuchillo de tapicero.

—Te sigo —dijo Coady, con energía renovada en su voz.

—Bueno, ¿dónde está la cuchilla?

Coady se quedó callado unos segundos.

—¿Quién sabe? Quizá la tiró al váter. ¿Qué más da? La causa de la muerte fue la pérdida de sangre por las carótidas.

Clevenger no estaba dispuesto a compartir esa teoría. Era una pieza del rompecabezas. Y quería tener tiempo y espacio para que todo encajara. Si le contaba a Coady lo que pensaba, se enterarían otros policías y luego lo sabría el abogado de Reese, Jack LeGrand. Entonces, LeGrand tendría tiempo de pensar en una explicación convincente: que Reese tiró la cuchilla a la basura de abajo y nadie pensó en recuperarla; que los técnicos de urgencias la cogieron y la perdieron; que la cogió el propio Clevenger. Empezaría a interrogar a los agentes que respondieron a la llamada para basar el caso en un examen chapucero de la escena del crimen.

—Seguramente tienes razón —le dijo Clevenger a Coady—. Deja que piense más en ello. —Quería cambiar de tema antes de que Coady se encariñara del que tenían entre manos—. ¿Has averiguado algo sobre mi camioneta?

—Kyle Snow no se movió de su casa anoche. Confirmado por su madre. Parecía creíble. No he podido localizar a Coroway.

—Ya es casi una costumbre.

—Me alegro de que tengas un coche patrulla abajo. ¿A Billy le parece bien que lo vigilemos?

Clevenger se acercó a la habitación de Billy. La puerta estaba un poco entreabierta. Quería mirarlo mientras dormía, la dicha secreta de todos los padres decentes del mundo. Abrió la puerta sólo unos centímetros y se asomó. Y vio que Billy no estaba.

Bajó a la calle y se acercó al coche patrulla que había aparcado en frente, en la oscuridad. El agente, un hombre con cara de niño que no podía tener más de veinticinco años, bajó la ventanilla.

—Buenos días, doctor Clevenger.

—Buenos días. Billy no está en casa. ¿Le ha visto salir?

El policía miró nervioso por la ventanilla del copiloto, luego por el retrovisor, como si comprobara en aquel momento dónde podía estar. No era buena señal.

—Creía que estaba arriba —dijo.

Billy conocía tres formas distintas de salir del edificio, pero Clevenger no imaginaba por qué querría marcharse sin que lo vieran. Y no saberlo hizo que se le acelerara el corazón.

—Gracias —dijo.

Subió corriendo al *loft*, marcó el móvil de Billy, pero no le contestó. Fue a su cuarto y encendió la luz. La cama estaba sin hacer. Había estado durmiendo, o al menos metido dentro, antes de salir. Quizá le había llamado algún amigo con la genial idea de ir a una sesión golfa. Pero cuando Billy se tomaba esas libertades teniendo clase al día siguiente, nunca se quedaba por ahí hasta tan tarde.

Volvió a llamar a Coady y le dijo que comunicara a la policía de Chelsea que si alguien veía a Billy, lo llevara a casa. Luego, volvió a llamar al móvil de Billy. Nada. Bajó a la calle otra vez, fue a la tienda 24 horas de la esquina. Kahal Ahmad, que hacía el turno de noche, le dijo que no había visto a Billy.

Clevenger no podía hacer mucho más. Regresó al *loft* y se sirvió otra taza de café. Luego se sentó de nuevo en el sofá y se lo bebió mientras miraba la estructura de acero del puente Tobin, que cruzaba el cielo negro azulado y se adentraba en Boston, y los faros esporádicos que serpenteaban por entre sus vigas de hierro. Echó la cabeza hacia atrás y pensó en echar una cabezadita.

Se despertó al oír que se abría la puerta del piso. Miró la hora. Las dos y cinco de la madrugada. Se levantó.

Billy entró en el salón; parecía preocupado.

—¿Qué pasa? —le preguntó Clevenger.

Miró entrecerrando los ojos en la distancia, como hacía siempre que luchaba con su conciencia, como si intentara pensar en algún modo de salir de un aprieto o eludir la verdad.

—El coche de policía está ahí en frente por algo —dijo Clevenger—. Si tienes que ir a algún sitio, deja que te lleven. Sólo hasta que resolvamos el caso.

Billy asintió.

—No quería que nadie me siguiera.

—¿Adónde? ¿Dónde has estado?

—Con Casey.

Casey Simms, su ex novia de diecisiete años de Newburyport. Clevenger notó que la tensión desaparecía de sus músculos. Quizá Billy había vuelto con ella. O quizá habían decidido dejarlo definitivamente para siempre. En cualquier caso, parecía un drama adolescente normal y corriente.

—¿Quieres que hablemos de ello? —le preguntó.

—Se ha jodido todo —dijo Billy.

—¿Qué? ¿Qué ha pasado?

—De todo.

—¿Crees que esta vez habéis terminado definitivamente?

Se encogió de hombros y bajó la cabeza.

Algo le preocupaba de verdad.

—¿Qué pasa? ¿Te ha hecho daño? ¿No querías que se acabara? Créeme, he pasado por eso. Puedes contármelo.

—Por esto no has pasado. No por lo mismo que yo. No lo creo, en cualquier caso. —Apartó la mirada.

Clevenger registró la advertencia. No parecía que fuera una simple ruptura.

—¿De qué se trata? —preguntó Clevenger—. Sea lo que sea, Billy, no estás solo. Mientras yo esté aquí, no lo estarás.

Billy respiró hondo y de nuevo miró entrecerrando los ojos a algo que estaba muy, muy lejos.

—Dice que está embarazada —dijo—. Se ha hecho la prueba.

Clevenger intentó ocultar su propia sorpresa y decepción, que debían de ser una milésima parte de lo que sentía Billy, el pánico de ver que su vida tomaba una dirección inesperada, saltándose los caminos que pensaba que lo llevarían a un futuro más seguro.

—¿Lo saben sus padres?

Negó con la cabeza.

—¿Qué piensas tú? —le preguntó.

—Yo quiero que lo pierda —dijo, enfadado—. Pero ella no quiere.

Clevenger asintió.

—¿De cuánto está?

—De cuatro semanas.

—Vale.

—Vale, ¿qué? —dijo Billy, con un nudo en la garganta.

—Nada, eso. Ven aquí.

Billy se acercó a él, pero se detuvo a unos pasos.

Clevenger le puso la mano en el ancho hombro y le tocó el cuello poderoso con los dedos.

—Todo se arreglará. Eso quería decir. Pase lo que pase, lo resolveremos juntos. Juntos saldremos adelante. —Lo atrajo hacia él y lo abrazó unos segundos, pero lo soltó cuando vio que los brazos de Billy se quedaban rígidos.

—Tengo que dormir un poco —le dijo, evitando mirarlo a los ojos. Se marchó a su cuarto y cerró la puerta.

Billy apagó la luz sobre las tres de la mañana.

Clevenger se quedó despierto en la cama. Recordó la cara de Billy cuando le había dicho que Casey estaba embarazada. Parecía asustado, aterrorizado. Y Clevenger quería asegurarse de que comprendía que su vida podía seguir adelante, incluso con la intrusión de acontecimientos sobre los que no tenía ningún control, aunque uno de esos acontecimientos fuera el nacimiento de un hijo o una hija en el decimoctavo año de su vida.

Mucho antes de oír hablar de John Snow o de Grace Baxter, Clevenger ya sabía que el riesgo de que una persona cayera en una depresión e incluso se suicidara era mayor cuando sentía que le habían secuestrado la vida, que era el pasajero de un avión con destino a un lugar al que no quería ir de ningún modo.

A veces, cuando hacerle de padre a Billy se hacía muy complicado, cuando los recuerdos de la brutalidad de su propio padre eran más nítidos, cuando llegaba a preguntarse si aquel lunático habría borrado una parte esencial dentro de él, esa parte que tenían los demás y que les permitía sentirse cómodos en el mundo y los unos con los otros, él mismo se sentía secuestrado. Y había fantaseado más veces de las que recordaba con la idea de enrolarse en uno de los petroleros gigantescos que entraban y salían del puerto de Chelsea, aceptar cualquier trabajo que pudieran ofrecerle y desaparecer.

Pensó en John Snow, en cómo él había encontrado la determinación necesaria para liberarse de su mujer, sus hijos y su socio, pero también de una mujer de la que se había enamorado profundamente, una mujer que llevaba en su vientre a un hijo suyo. Para la mayoría, la fuerza de ese vínculo era como la gravedad. Mantenía a hombres y mujeres dando vueltas los unos alrededor de los otros durante décadas, a veces totalmente aterrorizados, pero dando vueltas sin parar, estación tras estación, año tras año.

Algo explosivo debió de apartar a John Snow de la órbita de Grace Baxter, algo más poderoso que su amor. O al menos algo que parecía más poderoso.

Clevenger vio que la luz del cuarto de Billy volvía a encenderse. Le costaba conciliar el sueño tanto como a él. Un minuto después, oyó sus pasos en el salón, que se dirigía a los ventanales que daban al puente Tobin y se detenía allí.

Clevenger quería salir de la cama y estar con él, pero recordó la rigidez con la que Billy había recibido su abrazo. Y tenía que admitir que había cosas que uno no podía hacer por su hijo, como borrar sus errores. Podías sufrir con él, pero no en su lugar.

Billy volvió a moverse. Pero esta vez sus pasos se acercaban.

Llamó al marco de la puerta.

—Hola, colega —dijo Clevenger. Se apoyó en un codo y encendió la lámpara de la mesita—. Pasa.

Billy se quedó donde estaba. Parecía estar peor que hacía una hora; más pálido, incluso más asustado.

—Una noche dura —dijo Clevenger—. Creo que ninguno de los dos va a dormir mucho. Quizá deberíamos ponernos los vaqueros e ir a Savino's a comernos unas tortitas.

Billy no respondió.

—Podríamos ver un DVD —intentó Clevenger.

—Tengo que contarte algo más —dijo Billy.

A Clevenger se le cayó el alma a los pies. Se sentó en el borde de la cama.

—Te escucho.

—Te he mentido.

Clevenger esperó.

—No miré sólo los archivos de tu ordenador —dijo Billy. Bajó la vista al suelo y luego volvió a mirar a Clevenger—. Saqué copias.

—¿De los disquetes? ¿Sacaste copias?

—De los disquetes y del diario.

Clevenger tuvo una sensación de fatalidad inminente. Lo que había llevado a Billy a su puerta, fuera lo que fuera, le preocupaba lo suficiente como para eclipsar el pánico de haber dejado embarazada a su novia—. ¿Por qué ibas a sacar copias de los disquetes? —le preguntó.

—Para Jet —dijo Billy.

—¿Disculpa?

—Las saqué para el doctor Heller. Se las di a él.

Clevenger se había puesto de pie.

—¿Le diste las copias a Heller? ¿Te lo pidió él?

—Me pidió que le contara todo lo que pudiera averiguar sobre el caso Snow.

—¿Te dijo por qué quería que lo hicieras?

—Me dijo que quería saber quién había matado a su paciente. Quería ayudar a encontrar al asesino. Dijo que quien había matado a Snow había matado a todos aquellos que habrían venido tras él, a todos los que habrían podido someterse a la operación que iban a realizarle a él.

Parecía un motivo noble, y difícil de creer. La explicación más sencilla era que a J. T. Heller le preocupaba estar implicado en el asesinato de Snow y quería estar al tanto de la investigación. Eso no significaba que fuera culpable, pero le hacía escalar posiciones rápidamente en la lista de sospechosos.

—Lo siento —dijo Billy.

Parecía que lo decía en serio, pero que lo sintiera no arreglaba nada.

—¿Por qué lo hiciste? —le preguntó Clevenger.

—No lo sé. Nunca nadie se ha portado tan bien conmigo como tú. Como esta noche. Pensé que me echarías o algo así. Pero no lo has hecho. Así que quería contarte la verdad sobre lo que hice.

El Clevenger psiquiatra comprendía dos cosas acerca de Billy: que era indudable que estaba poniendo a prueba el amor de Clevenger, y que era vulnerable a los planes de otros hombres que se relacionaban con él de un modo paternal. Si Jet Heller hubiera sido corredor de apuestas, seguramente Billy se habría pasado horas y horas cogiendo boletos en un bar de Chelsea en lugar de sujetando los retractores en el quirófano del Mass General.

Pero otra parte de Clevenger, la más vulnerable, quizá la más humana, aún sentía las cosas a un nivel más visceral que cerebral. Y esa parte suya estaba furiosa por haber sido traicionada por alguien a quien tanto se había esforzado en ayudar.

—Me has mentido —dijo—. Y has puesto en peligro la investigación de un asesinato.

—¿Quieres que me marche? —preguntó Billy.

Clevenger lo miró y vio que aquella pregunta no se refería a irse de la habitación, sino a irse del *loft*. Billy estaba poniendo a prueba los límites de su amor por él, pero también su capacidad de poner límites, de moldear la personalidad de Billy, en la medida en que eso fuera posible a la edad de dieciocho años.

—No quiero que te marches —le dijo Clevenger—. Te

quiero. Que esto no funcionara sería, sin duda, lo peor que podría pasarme en la vida. —Se quedó callado unos segundos para que aquellas palabras calaran en él—. Pero si vas a robarme y a dinamitar mi trabajo, no nos quedará otra salida. —Miró a Billy fijamente a los ojos—. No podrás seguir viviendo aquí.

—No volverá a suceder. Nunca.

Clevenger asintió.

—No hablarás con Jet Heller. ¿Entendido? No tenía ningún derecho a utilizarte de ese modo. No es tu amigo. Y no sé por qué quería seguir la investigación tan de cerca. En realidad, no lo conozco de nada. Y tú tampoco.

—De acuerdo —dijo Billy.

Clevenger se preguntó si sólo lo decía para complacerle. Pero que Billy le hubiera trasladado de forma voluntaria la información sobre Heller lo dejó más tranquilo. Había asumido esa responsabilidad.

—Intenta dormir un poco —dijo—. Lo superaremos. Y pensaremos en cómo afrontar el tema de Casey.

—Sé que no merezco que me ayudes.

—¿Sabes qué? —dijo Clevenger—. Ya va siendo hora de que dejes de intentar demostrarlo.

18

08:00 h

Clevenger no llegó a dormitar más de diez minutos seguidos; en total, durmió menos de una hora. A las cinco se levantó definitivamente, llamó a una agencia de alquiler de coches del aeropuerto de Logan y encargó que le llevaran un Ford Explorer. Ya sabía adónde quería ir primero.

Llamó a la consulta de Jet Heller y habló con Sascha Monroe.

—Soy Frank Clevenger —dijo.

—Me alegra oírte.

—Lo mismo digo —dejó que pasara un instante para remarcar la inmensa conexión que ambos evidentemente tenían—. Necesito pasar a ver a Jet.

—No está.

—¿No estará en todo el día?

—Ha dicho que volvería a las once. Ha anulado la primera intervención. Estaba programada para las seis.

—No sabía que el gran Heller anulara intervenciones.

—No había anulado ni una en los cinco años que hace que lo conozco.

—¿Se encuentra bien?

—Deberías preguntárselo a él cuando vengas.

—Te preocupa.

—Perdió a una niña. La del aneurisma que presenció Billy.

—Ya lo sé.

—De todas formas, me parece que no es sólo eso.

—¿Qué quieres decir?

—Todo empezó cuando perdió a John Snow. —Sascha hizo una pausa—. No sé por qué te lo cuento. No eres su psiquiatra. Y yo tampoco.

—Te preocupas por él —dijo Clevenger—. Como también te preocupabas por John Snow.

Eso sirvió para que Monroe siguiera hablando.

—No es el de siempre. No para de decir que a John lo asesinaron, vuelve sobre el tema una y otra vez. Que si he leído algo en el periódico, que si he visto algo por la televisión. Está obsesionado.

—¿Por qué crees que es?

—¿Con franqueza? Creo que veía en John partes de sí mismo.

—¿Como por ejemplo...?

—La idea de superar el pasado, de olvidar a la gente que te ha hecho daño y a la gente a la que tú has hecho daño. Creo que quería curarle los ataques a John Snow, pero que estaba incluso más entregado a liberarlo de los recuerdos.

—¿Por qué le importaba tanto?

—Creo que por lo que le pasó de joven.

Clevenger recordaba la historia: los padres biológicos de Heller lo abandonaron, hacía novillos en el colegio y los servicios sociales lo encerraron por agresión.

—Me contó que descubrir la neurocirugía le cambió la vida —añadió Clevenger.

—Se la habría cambiado cualquier cosa que le diera la oportunidad de salvar vidas. Jet no quería pegarle un tiro a aquel niño, entiéndeme. Sólo tenía once años. Era un chaval con problemas. Pero creo que en el fondo él no lo ve así. Creo que nunca se ha perdonado.

Heller no le había contado a Clevenger que los servicios sociales lo habían detenido por disparar a alguien. Le dijo que había agredido a alguien.

—¿El niño sobrevivió? —preguntó Clevenger—. No me lo dijo.

—No —contestó Monroe—. De eso se trata. Murió.

A Clevenger apenas se le ocurría qué decir tras esa revelación. Heller había matado a alguien. Por supuesto, eso no demostraba que hubiese vuelto a matar, pero suscitaba ese fantasma. Los asesinos son distintos del resto de personas: la empatía no los frena. Quizá Heller había cambiado, o quizá no.

—Es como si Jet deseara someterse a la operación que estaba a punto de realizarle a John —siguió Monroe—; por eso le importaba tanto. Aunque salve mil vidas, no creo que nunca se perdone haber quitado una. Y creo que por una vez le gustaría vivir sin esa culpa, empezar de nuevo.

—Puedes unirte a mi gremio cuando quieras —dijo Clevenger, esperando de esta forma poner fin a la conversación sin que se notara que estaba desconcertado.

—Gracias, pero bastante trabajo tengo con poner orden en mi vida, imagínate en la de otras personas.

Eso era una invitación a profundizar en la vida de Monroe.

—Deberíamos hablar de eso algún día.

—Algún día —dijo ella—. Así que ¿te esperamos a las once?

—Eso estaría muy bien.

—Te anotaré en la agenda. Hasta luego, entonces.

—Cuídate.

Clevenger colgó. Se dirigió a los ventanales y miró el puente. El juicio de Monroe sobre Heller podía ser correcto. Su sed de liberarse de su propia conciencia podría haber ali-

283

mentado un deseo extraordinario de liberar a Snow, junto con indignación si alguien acababa con su plan.

Pero había otra forma de ver a Heller. Quizá la emoción de llevar a cabo la intervención de la década se hubiese ido apagando a medida que veía de forma más clara las implicaciones morales. El trabajo de toda su vida, al fin y al cabo, se debía al deseo de reparar la vida que había quitado. Amputarle limpiamente a un hombre los hechos de su pasado podía ser considerado, a la larga, como ayudar a un fugitivo a huir de la justicia.

Heller le había contado a Clevenger mientras tomaban unas copas en el Alpine que habría operado a Snow aunque los ataques no hubiesen sido de verdad epilépticos, sino pseudoataques. Pero ¿y si no era cierto? ¿Y si Heller había deducido que no había forma de curar a Snow de los «ataques» con un bisturí, que lo único que podía hacer en el quirófano era destruir la memoria de Snow? ¿Y si pasar a los anales de la historia de esa forma le hubiese hecho sentirse como un farsante, un traidor a la profesión que adoraba? En tal caso, matar a Snow podía parecer la única salida, la única forma de defender la pureza de lo que él llamaba su religión: la neurocirugía.

Heller ya había matado una vez. El hecho de convertirse en médico, de curar a gente, ¿había sólo oscurecido su negrura esencial hasta ahora? ¿Era la historia de su vida, su karma, tan inevitable como la de John Snow?

La gravedad. Las órbitas. La implacable fuerza del pasado. ¿Alguna vez había logrado alguien liberarse?

Clevenger oyó a Billy salir de su cuarto. Se giró.

Llevaba unos vaqueros anchos, una camiseta de manga larga y una gorra de béisbol con el logotipo de una empresa de monopatines pintado con *spray* en la parte de delante. Se había colgado algunas cuentas de hierro en las puntas de las rastas.

—¿Quieres que vaya a por lo que le di a Jet?

Oír a Billy usar el nombre de pila de Heller hizo que Clevenger se preguntara hasta qué punto estaba Billy molesto en realidad, hasta qué punto se tomaba todo aquello en serio. Y el hecho de que se planteara ir a verlo era aún más inquietante.

—Quiero que quede claro —le dijo Clevenger—. No hables con Jet Heller. No vayas a la consulta de Jet Heller. No cojas ninguna llamada de Jet Heller. ¿Lo has entendido?

—Yo sólo quiero hacer las cosas bien.

—Tienes que darme tu palabra de que no te acercarás a él.

Billy se encogió de hombros.

—Lo prometo —dijo, y suspiró—. ¿Alguna pista sobre qué decirle a Casey?

—¿Qué quieres decirle?

—Que nos está jodiendo la vida a los dos.

Clevenger podría haber sonreído al oír con qué franqueza hablaba Billy, pero se contuvo.

—Yo que tú ahora mismo no diría nada. Deja que se tome un tiempo para ella. Tiene que pensar en muchas cosas.

Billy asintió con la cabeza.

—¿Estarás en casa cuando vuelva, a eso de las cinco?

—Hecho. —Observó cómo se iba—. ¡Eh, Billy! —gritó antes de que cerrara la puerta principal.

Billy se asomó por la puerta.

—Dime.

—Hoy tienes una limusina, el coche patrulla de ahí delante. No tienes más que decirle dónde dejarte.

—Genial. —Y se fue.

Clevenger descolgó el teléfono, llamó a North Anderson y lo puso al corriente de lo de Heller.

—Creo que debería ir otra vez al Mass General —dijo Anderson—, a ver si alguien puede confirmar que Heller estaba realmente dentro del hospital cuando asesinaron a Snow.

—Buena idea. ¿Qué más tienes?

285

—Hago todo lo que puedo para rastrear las finanzas de George Reese. He encontrado bastantes cuentas de corretaje y media docena de cuentas de mercado de dinero, por ahora. Ese tío estaba forrado, aunque perder veinticinco millones con el Vortek pudo cambiar las cosas.

—¿A cuánto crees que asciende su fortuna?

—De momento, a menos que tenga dinero en un paraíso fiscal, quizá treinta, treinta y cinco millones. Y no sé qué otros préstamos tiene pendientes de pago el Beacon Street Bank. Pon que algunos de sus grandes prestamistas les fallaran y añade a eso el fracaso del Vortek. No es difícil imaginar que todo estallara.

—¿Hay alguna forma de rastrear las cuentas de verdad? Coroway me dijo que devolvió la mitad del dinero de I+D dedicado al Vortek. Era una causa demasiado perdida. Me gustaría saber si de verdad lo hizo.

—Quizá necesite que me ayude un poco Vania O'Connor, si no está asustado. Una o dos contraseñas.

—No es fácil que se asuste. Llámale.

—Sí. ¿Adónde vas?

—A la consulta de Heller.

—¿Quieres refuerzos?

—No. No es muy probable que me ataque en el hospital. Si es el hombre que buscamos, me encontraría en un callejón oscuro o me volaría el coche.

—La gente hace cosas raras cuando se ve acorralada.

—Tendré cuidado.

—Yo he dicho lo mismo un millón de veces, pero en realidad no sé cómo se hace.

Clevenger sonrió.

—No me pasará nada. Llámame si descubres algo.

—Tranquilo, colega.

Clevenger llegó a la consulta de Jet Heller a las once menos diez. Había unos seis pacientes en la sala de espera. Sascha Monroe estaba trabajando con el ordenador. Se acercó a su mesa.

—Hola —dijo. Sascha alzó la vista.

—Hola.

¿Qué había en el hecho de no conocer a una persona que te permitía preguntarte si sería la respuesta a todos tus problemas? ¿Adónde conducía un mapa del amor en última instancia? ¿Al éxtasis, a la satisfacción? ¿O a la desilusión, a la traición? Si invitaba a Sascha Monroe a formar parte de su vida, si llegaba a conocerla como persona real y completa, ¿seguiría pudiendo fantasear con ella, adorarla?

—He llegado pronto —dijo Clevenger.

—No ha venido —respondió ella con voz preocupada.

—¿No es normal?

—¿En Jet? Suele llamar cinco veces antes de entrar por la puerta. «Coge tal historial», «llama a tal paciente», «imprime análisis».

—En cambio, hoy, nada.

—Ni una palabra. Le he llamado a casa. Nada. Al móvil. Nada.

Eso sí que era raro.

—¿Le suele pasar cuando pierde a un paciente? —preguntó Clevenger en voz baja para evitar que algún paciente le oyera.

—No suele perder pacientes. Cuando le pasa, no es el mismo, pero no desaparece.

—En cualquier caso, todavía no son las once.

—Ya lo sé, pero aun así...

—Vamos a esperar a ver qué pasa.

Sascha asintió, pero era evidente que estaba preocupada.

Clevenger se sentó en la sala de espera, cogió un ejemplar del *Time* y lo ojeó. Pasaron cinco minutos. Diez. Quin-

287

ce. Llegaron dos pacientes más. Un hombre que esperaba y al que le salía una cánula del cuero cabelludo miró el reloj y meneó la cabeza en señal de irritación. Clevenger miró a Sascha y vio que ella lo miraba. Ahora sí que su rostro reflejaba preocupación. Se levantó y se dirigió hacia ella.

—Algo va mal —dijo—. Lo sé.

—¿Por qué no me acerco en coche a su casa, a ver si está?

—¿Lo harías?

—Claro. ¿Dónde vive?

—En el 15 de Chestnut Street. En el ático. Apartamento tres.

Eso estaba en Beacon Hill, a un kilómetro y medio de allí.

—Si está, le diré que te llame.

Clevenger dejó el coche en el aparcamiento del Mass General. Chestnut Street estaba a sólo diez minutos a pie y, aunque el aire era frío, no era incómodo. Hacía sol, y no había viento. Era uno de esos días que hacen que la gente que visita Boston, que camina por los adoquines y los ladrillos viejos, decida hacer las maletas y mudarse a la ciudad.

Llegó al número 15 de Chestnut Street, un imponente edificio de tres plantas con miradores. Abrió la puerta de roble macizo que daba acceso al vestíbulo y vio el apellido Heller grabado en una placa de latón junto al timbre del tercer piso. Lo pulsó y esperó. No obtuvo respuesta. Lo pulsó de nuevo. Nada.

Salió afuera y se dirigió a la parte trasera del edificio. Había tres aparcamientos. En el que correspondía al tercer piso había un Aston Martin rojo. Ciento cincuenta de los grandes. Tenía que ser el de Heller. Levantó la vista y vio que las persianas de su piso estaban bajadas.

Volvió a la parte de delante y se dirigió a la entrada. Pulsó el timbre del primer piso. Transcurrieron algunos segundos hasta que contestó una mujer con acento extranjero.

—¿Sí? ¿Qué desea?

—Mensajero —dijo Clevenger.

—¿Para la señora Webster?

—Mensajero —repitió Clevenger.

Cuando la gente puede hacer algo para evitar un conflicto, por ejemplo pulsar un botón o abrir un pestillo, por lo general lo hace. Por eso los allanadores de moradas no suelen tener que derribar puertas.

—Mensajero —volvió a decir.

—¿De UPS?

—Mensajero.

Se oyó el portero automático. Empujó, abrió la puerta y subió por las escaleras hasta la tercera planta.

La puerta de Heller estaba un poco entreabierta. Con todo, Clevenger utilizó la aldaba, grande y de latón. Nadie respondió. Empujó la puerta para abrirla y entró.

Las persianas estaban bajadas, y el sol de última hora de la mañana no pasaba de un resplandor filtrado y sombrío. La arquitectura del piso era espectacular. Había una chimenea de piedra muy alta, columnas acanaladas y relucientes suelos de madera noble, pero estaba casi vacío. Los únicos muebles que había en la sala grande de delante eran un sofá de piel negra y una pantalla plana de televisor de 50 pulgadas montada en la pared de enfrente. Había un óleo de Mark Rothko, que probablemente valdría quinientos mil dólares, apoyado en la guardasilla de la otra pared. En la cocina, encima de la isla central de granito negro había una escultura de acero inoxidable retorcido.

—¿Jet? —gritó Clevenger.

Nadie respondió.

Se adentró más en el piso, hasta la chimenea de piedra, y creyó oír un movimiento al final de un pasillo que parecía conducir a los dormitorios.

—¿Jet?

Los sonidos cesaron. Cogió el pasillo, dejó atrás una

puerta cerrada y se dirigió a una que estaba abierta a unos seis metros. Ya casi había llegado cuando oyó pasos detrás de él y giró sobre sus talones.

Heller estaba en el pasillo, vestido con vaqueros y una sudadera gris de Harvard con el cuello desgarrado y en forma de uve. Llevaba una pistola en la mano. Estaba pálido y agotado y no iba afeitado.

—¿Frank? ¿Qué haces aquí? —le preguntó. Se inclinó en la dirección de Clevenger, con la frente surcada de arrugas y los ojos inyectados en sangre—. Ésta es mi casa —dijo, y hasta eso lo dijo con algo de inseguridad.

Clevenger estaba a cuatro metros y medio y notaba el olor a whisky que despedía. Dobló la pantorrilla y notó la pistola atada con correa.

—Esto está algo vacío —dijo, forzando una sonrisa—. ¿Te mudas a otra casa?

—Nunca he llegado a instalarme aquí del todo —dijo Heller—. Vivo en el trabajo.

Clevenger sabía que Heller no mentía. Podía permitirse un ático de cinco millones de dólares, pero no tenía ningún interés en amueblarlo. Vivía por y para la neurocirugía.

—He pasado por la consulta. Sascha ha intentado ponerse en contacto contigo. Está preocupada porque no coges las llamadas. Por eso he venido.

—Le gustas.

—Es muy buena persona.

—¿Muy buena? Es un once en una escala del uno al diez, Frank. Tenías que haberte puesto las pilas.

¿Estaba intentando distraerlo? ¿Y por qué hablaba de él en pasado?

—Uno nunca sabe qué le deparará el futuro —dijo Clevenger.

Heller levantó la pistola.

A Clevenger se le ocurrió hacerse con la suya, pero Heller no llegó a apuntarle. Sostenía el arma delante del pecho, la dirigía a los lados y miraba la pistola como un pájaro herido.

—A Snow le dispararon a bocajarro en el corazón —dijo Heller—. Imagínate qué terror. —Negó con la cabeza y respiró hondo—. He visto cómo disparaban a un hombre, Frank. Es algo horrible. De verdad —miró a Clevenger—. ¿Tú lo has visto alguna vez?

—Sí.

—Lo siento.

Clevenger quería dejar de hablar de matar a gente.

—¿Por qué no has ido al trabajo? —le preguntó a Heller.

—Estoy trabajando —dijo él—. Pero es otro tipo de trabajo. —Señaló con la cabeza la puerta abierta que había junto a él—. ¿Quieres echar un vistazo?

—Claro —dijo Clevenger, y se dirigió lentamente hacia Heller—. ¿Te importa bajar el arma? A veces ocurren accidentes.

—En absoluto —dijo Heller. Desapareció del pasillo y entró en la habitación.

Clevenger se llevó la mano a la pantorrilla, desenfundó la pistola y se la colocó en la cintura, sujeta por el vaquero y debajo del jersey negro de cuello alto. Luego se dirigió a la puerta. Una parte de él se preguntaba por qué seguía allí. Podía salir y volver con Anderson o Coady, pero creía que no había ninguna posibilidad de que Heller soltara prenda si lo hacía. Y aún no tenían nada en contra de él para detenerlo.

Llegó a la entrada de la habitación y se detuvo, paralizado por lo que vio. Heller estaba sentado a una mesa hecha con una puerta y dos caballetes metálicos y observaba un monitor de ordenador en el que resplandecían números, símbolos y letras. Tenía el arma al lado del teclado. El resto de metros cuadrados de la mesa, las paredes y el suelo estaba cubierto de folios y de libros.

—Si pisas algo, da igual —dijo Heller, sin apartar la mirada del monitor.

Clevenger miró hacia abajo y vio que los folios que tenía a los pies eran páginas de una clave informática. Los libros eran manuales sobre física e ingeniería aeronáutica. Evitó pisar todos los que pudo. Miró con más detenimiento las paredes y vio que había páginas del diario de John Snow pegadas con cinta adhesiva una al lado de otra, una fila tras otra.

—¿Qué haces? —preguntó Clevenger.

—Devolver la vida a mi paciente —dijo Heller.

—Ya... —¿Se había vuelto loco?—. ¿Cuánto tiempo llevas con eso?

Heller miró las ventanas cerradas con las persianas bajadas.

—No sé. —Se volvió y miró a Clevenger—. ¿Qué deja un hombre cuando muere?

—Lo que ha hecho en vida. Lo que ha dejado atrás.

—Su legado —dijo Heller—. John Snow sólo ha dejado eso. Su trabajo, por ejemplo. Y la respuesta a una pregunta: «¿Era o no era un cobarde? ¿Me falló, o no me falló?».

—¿Y cuál es el diagnóstico, de momento? —preguntó Clevenger, atento a lo lejos que tenía Heller la mano de la pistola.

—No era un rajado. Estaba dispuesto a llegar hasta el final.

—¿Por qué lo dices?

—Porque llevaba su idea más preciada en la bolsa de viaje negra que encontraron junto a su cadáver. Un hombre que se dispone a abandonar el mundo no se lleva el trabajo consigo.

—No sé si lo entiendo.

—Mira.

Heller se levantó, cogió la pistola y se hizo a un lado. A Clevenger no le gustó la idea de sentarse dando la espalda a Heller. No si tenía el arma en la mano.

—Otra vez con el arma —dijo. Heller la dejó encima de la mesa, pero se quedó a una distancia desde la cual la tenía al alcance.

—Ni siquiera sé por qué la cogí de la caja fuerte. No la soporto. No sé por qué la compré, para empezar.

—Alguna idea tendrás.

—Quizá para comprobar que nunca la usaré. Algo así como un alcohólico que guarda una botella de whisky en la repisa de la chimenea durante diez años para comprobar que puede resistirse, que no sólo está sobrio, sino más que sobrio.

—A lo mejor tú también deberías probarlo. Parece que lleves todo el día bebiendo.

—No dejes que tu enfermedad te ciegue, Frank. No soy alcohólico. Es sólo que sufro. Me hace el efecto de la anestesia. Dos, tres, cuatro días y me pondré bien. Luego no beberé más.

—Ya te lo preguntaré el día número cuatro —dijo Clevenger mientras se dirigía a la mesa. Se sentó en la silla de Heller y se inclinó para mirar el monitor. La pantalla estaba llena de líneas de números, letras y símbolos matemáticos—. ¿Qué estoy mirando? —preguntó.

—A Grace Baxter.

Clevenger alzó la vista y miró a Heller, que sonrió de forma misteriosa.

—No hables en clave —dijo—. Yo también estoy cansado, por el amor de dios.

Heller le masajeó los hombros.

—Ya lo sé, colega. —Señaló la pantalla con la cabeza—. He ideado una simulación informática para analizar el último dibujo que hizo Snow de Grace en su diario, el que hizo con un collage de números y símbolos matemáticos. Me ha ayudado un poco un amigo del Instituto Tecnológico de California. Dale a *F1* mientras mantienes pulsadas las teclas *control* y *suprimir*.

Clevenger hizo lo que Heller le pedía. Mientras se echaba atrás en la silla, las líneas de la clave de la pantalla empezaron a moverse. Los números, las letras y otros símbolos se unían y alejaban entre sí y, de forma gradual, iban reorganizándose en una versión luminosa del retrato que Snow había dibujado de Grace.

—La tenía metida en la mente hasta lo más profundo —dijo Heller—. Estirada como un gato sobre los hemisferios derecho e izquierdo de su cerebro. Pulsa *F2, control, suprimir.*

Clevenger hizo lo que Heller le dijo. El retrato empezó a desmontarse y se convirtió de nuevo en las líneas de la clave que Clevenger había visto ya.

—El retrato contiene la respuesta al resto de cosas —dijo Heller mientras señalaba las páginas pegadas a las paredes—. ¿Cómo creas un objeto volador que sea puro impulso hacia delante e invisible a los radares?

Clevenger siguió mirando el monitor y se dio cuenta de que Snow había acabado el trabajo sobre el invento que durante tanto tiempo le había sido esquivo. Acercó de nuevo las manos al teclado, pulsó *F1, control, suprimir.* Mientras miraba, los números, las letras y los símbolos volvieron a moverse hacia su sitio y recrearon el retrato de Grace Baxter.

La pasión de Snow por Grace y su espíritu creativo se habían fusionado, y el resultado había sido lo que Collin Coroway y George Reese querían de él: el Vortek.

—En realidad, ¿a qué has venido? —preguntó Heller.

Clevenger lo miró.

—Has dicho que estabas preocupado por mí. Era mentira. ¿Cuál es el verdadero motivo?

—¿Dónde conseguiste los CD y el diario? —le preguntó Clevenger. Heller tardó unos segundos en responder.

—Conozco a gente de la policía —respondió Heller.

Era una mentira admirable, desde un determinado punto de vista. Heller no estaba delatando a Billy. ¿Era porque se preocupaba por él, o porque creía que podía seguir utilizándolo?

—No vuelvas a ponerte en contacto con mi hijo. ¿Entendido?

—Quieres mantenerlo alejado de lo que haces. ¿Qué hay de malo en que se acerque? Te quiere.

—No es asunto tuyo. No te acerques a él.

—Billy necesita algo para tener la mente y el corazón ocupados. En su interior hay oscuridad. Lo veo. Porque lo veo en mí.

—Mantente alejado, o...

—¿O me matarás? —Se rió entre dientes—. Quizá nos parezcamos más de lo que crees.

—No somos iguales —dijo Clevenger—. Lo tuyo con este caso es obsesión. Lo mío, trabajo.

Heller volvió a mirar la pantalla del ordenador.

—John Snow era paciente mío. Su vida estaba en mis manos.

Clevenger pensó en lo que le había dicho Sascha Monroe: que Heller soñaba con volver a nacer con la conciencia tranquila, que liberar a Snow de su pasado era como liberarse a sí mismo.

—Lo trágico es que podrías haber sido una especie de modelo para Billy —dijo Clevenger—. Podrías haberle ayudado a encontrar un nuevo lugar en la vida, si no lo hubieses utilizado.

—De vez en cuando, a todos nos utilizan, Frank. Incluso cuando trabajas en nombre de Dios, estás sólo prestado.

Clevenger dio media vuelta y se fue.

19

Clevenger sabía que Whitney McCormick estaría en Boston hasta el anochecer y que luego regresaría a Washington. La llamó al móvil.

—¿Qué tal está mi paciente favorito? —contestó Whitney.

—Aún no estoy curado.

—Bien.

—¿Dónde estás? —le preguntó Clevenger.

—Haciendo llamadas en el hotel.

—¿Nos vemos para un café?

—¿Por qué no llamo al servicio de habitaciones y ya está?

Chestnut Street estaba a un kilómetro y medio del Four Seasons.

—Estoy aquí mismo.

—Date prisa.

Llamó a su puerta diez minutos más tarde.

Whitney abrió. Llevaba unos vaqueros que estaban deshilachados en una rodilla y una camisa blanca de estilo masculino que le quedaba grande. Estaba igual de guapa que la noche anterior.

Clevenger movió la cabeza.

—¿A ti nunca te queda mal el pelo, te sale alguna que otra imperfección, nada para dar un respiro a un tío?

—No nos vemos mucho. Para mí tener dos días buenos seguidos es algo poco corriente.

—No sé por qué, pero no me lo creo.

La atrajo hacia él. Se besaron. Clevenger le acercó los labios al cuello. Whitney empujó la puerta, la cerró y lo arrastró a la cama.

Hicieron el amor despacio, mirándose a los ojos mientras Clevenger se introducía en su cuerpo y ambos se deleitaban liberándose de sus existencias individuales, dejándose arrastrar por una fuerza mayor que la simple suma de sus energías.

Yacieron juntos, agotados, disfrutando de esos pocos minutos en los que los amantes apenas saben a quién pertenecen cada brazo y cada pierna.

Whitney giró la cabeza y lo miró, acercando los labios a su oreja.

—Este sitio me gusta. Deberíamos hacer esto más a menudo.

—Ya lo haremos.

Clevenger cerró los ojos, respiró hondo y soltó el aire. Pensó para sus adentros lo extraño que era que Whitney y él se vieran en el Four Seasons, que planearan seguir viéndose allí. Era casi como si los dos estuvieran perdidos en alguna transferencia del caso y la exteriorizaran. Clevenger abrió los ojos.

—Tengo que pedirte una vez más...

Ella sonrió.

—No tienes que pedírmelo.

—Es sobre el caso —dijo él, apoyándose en un codo.

—Bien. ¿Qué?

—Esas patentes.

Ella lo miró y de sus ojos fue desapareciendo poco a poco el cariño, invadidos por una mezcla terrible de dolor, ira y de fría resignación a la realidad de lo que hacían para ganarse la vida, a que no se habían conocido primero como amantes, a que quizá nunca fueran sólo amantes.

—¿Qué pasa con las patentes? —preguntó.

Clevenger dudó si seguir hablando porque le pareció que salía a trompicones de un papel y se metía en otro, pero la fuerza de lo que necesitaba saber actuaba en la dirección contraria.

—Si Snow-Coroway presentó patentes para el Vortek, me gustaría estar seguro de que Collin Coroway y George Reese tenían todo lo que necesitaban de John Snow. Tenían el invento necesario para que la empresa saliera a bolsa, lo cual habría convertido a Snow en alguien prescindible.

—No puedo obtener esa información.

No podía dejarlo correr, no podía hacer oídos sordos a su profesión, a su vocación, ni siquiera por ella, a pesar del poco tiempo que había tardado en amarla desde el momento en que la vio.

—No quiero sacar a tu padre otra vez, pero como ex senador y como antiguo miembro del Subcomité de Inteligencia, aún tiene que tener contactos... —Se dio cuenta de que había ido demasiado lejos—. No pretendo insinuar de ningún modo que esto sea una especie de elección entre...

—Entonces, ¿por qué sientes la necesidad de negarlo? —Whitney se levantó y empezó a recoger su ropa—. Yo también soy psiquiatra, Frank.

Clevenger se levantó.

—Lo que quería decir...

—Sé lo que quieres.

—Mira —dijo con un suspiro—, me he equivocado sacando el tema.

—No te puedes controlar. El trabajo es tu escudo. Te sirve para esquivar todo lo demás. Siempre ha sido igual. Y siempre lo será.

—¿Como por ejemplo...?

—Una relación de verdad, para empezar. —Whitney se puso los pantalones—. En primer lugar, ¿ni siquiera te das cuenta de por qué aceptaste este caso, Frank? ¿Es que no ves un poquito de John Snow cuando te miras al espejo? ¿El hecho de ser adicto a resolver rompecabezas, de mantener a todo el mundo a cierta distancia, de evitar intimar de verdad? ¿No te suena?

Lo único que podía hacer era escuchar.

Whitney se subió la cremallera y se puso la camiseta.

—Una cosa sobre mi padre —dijo mientras se abrochaba los botones—. Nunca me ha utilizado.

Clevenger meneó la cabeza mientras pensaba que había sido poco delicado y que Whitney le había interpretado mal, todo a la vez.

—Whitney, no he hecho el amor contigo para conseguir algo —dijo.

—Pues es lo que parece.

Se calzó y cogió la chaqueta del respaldo de la silla del escritorio.

—Whitney, espera.

—¿Para qué? —gritó.

Clevenger se dirigió a las ventanas y miró afuera. La vio cruzar la calle y desaparecer en el Public Garden mientras las ramas heladas de los árboles se mecían con el viento suave.

Cuando Clevenger cruzó la puerta del Instituto Forense de Boston, Kim Moffett levantó un montoncito de mensajes.

—John Haggerty te ha llamado tres veces para hablar de ese caso nuevo —dijo—. Lindsey Snow ha llamado dos veces y el FBI, cuatro, pero porque yo los estoy acosando por lo de mi ordenador.

—¿Has llamado al FBI?

—Al laboratorio de pruebas de Quantico.

—Kim...

—Tienen que devolverlo. Tengo mis cosas en él.

—Estos temas requieren tiempo. Podrían quedárselo un año, incluso más.

—¿Y qué pasa con mis derechos? ¿Qué pasa con la vida privada de una persona? ¿Se ha ido todo eso a la mierda después del 11-S?

Moffett no iba a rendirse.

—Haré todo lo que pueda.

—Gracias —dijo con una sonrisa—. North me ha pedido que te diga que viene hacia aquí. Te ha llamado al móvil dos veces.

Frank Clevenger asintió con la cabeza y se dirigió a su consulta.

—Otra cosa —dijo Moffett.

Clevenger se giró.

—Tienes una mancha de pintalabios en la chaqueta.

Bajó la vista y vio una manchita imperceptible del pintalabios rosa claro de Whitney en la chaqueta de cuero negro.

—¿Por qué piensas que es pintalabios?

Moffett se giró y se puso a trabajar con el procesador de textos. Clevenger entró en la consulta, se quitó la chaqueta y se limpió la mancha. La lanzó a una silla, se sentó a la mesa y llamó al móvil de Lindsey Snow, que contestó.

—Soy el doctor Clevenger.

—¿Puedo ir a verte? Es para hablar de mi padre, para hablar de su asesinato.

«Asesinato.» Eso era nuevo. La teoría de Lindsey había sido que ella había empujado a su padre al suicidio. ¿Ahora creía que lo habían asesinado?

—¿Cuándo puedes estar aquí? —le preguntó Clevenger.

—En menos de una hora.

—Perfecto.

Quiso devolverle las llamadas a John Haggerty, pero le saltó el contestador automático. «No aceptaré ningún caso hasta que se resuelva el de Snow —dijo—. Ya te llamaré cuando eso ocurra.»

Puso los pies encima de la mesa, se echó atrás en la silla y cerró los ojos. Se imaginó a Whitney McCormick desapareciendo en el Public Garden. Pensó que quizá la hubiese perdido para siempre al mezclar trabajo con placer. Entonces abrió los ojos de repente. Tenía la respuesta a una de las preguntas que había estado haciéndose: ¿por qué iba John Snow a someterse a la operación y dejar su vida si había encontrado al amor de su vida?

La respuesta era sencilla, tan sencilla que le había resultado difícil dar con ella, hasta que representó el drama con McCormick. Tanto Snow como Baxter se habían traicionado de alguna forma. Su amor ya no era aquello tan perfecto que había sido. Algo había ido muy mal.

—Hola, desaparecido —dijo Anderson desde la puerta.

Clevenger bajó los pies de la mesa y se giró hacia él.

—¿Qué hay?

—Hoy a última hora estaré leyendo los extractos de las cuentas personales, bancarias y de corretaje de George Reese. Vania está progresando.

—¿Sigue trabajando fuera de casa? Estoy preocupado por él.

Anderson negó con la cabeza.

—Está en mi casa. Allí nadie puede encontrarlo, a no ser que descubran las tazas de café que se amontonan en la basura. Le preparo cada dos horas. Grande, con leche...

—Cuatro azucarillos.

—Tiene enseñado a todo el mundo.

—¿Ha pasado algo más?

—En el Mass General no he encontrado a nadie que pudiera situar a Heller en el hospital cuando asesinaron a Snow. Todavía no, de todas formas. No es que eso demuestre nada...

—No.

—¿Qué tal está Billy, por cierto?

Clevenger miró la hora. Las dos y cuarto. Billy aún estaba, o debería estar, en el instituto.

—Ahora mismo está resolviendo un par de problemas —dijo, y lo dejó ahí.

—¿Puedo hacer algo?

—No estoy seguro de lo que puede hacer nadie, incluyéndome a mí; pero si te necesito, te lo diré.

—Bueno, está bien.

—Lindsey Snow está de camino.

—Esto sigue.

Lindsey se sentó en la silla en la que se había sentado la última vez que había ido a la consulta de Clevenger. Llevaba una falda corta de color verde lima y un jersey de cuello alto de canalé color hueso. Cuando cruzó las piernas, Clevenger pudo ver que llevaba unas bragas diminutas de satén negro.

—Si te cuento algo —dijo—, tienes que prometerme que nunca dirás que te lo he dicho yo.

—Sé guardar un secreto —dijo Clevenger mientras la miraba deliberadamente a los ojos.

—Te lo cuento porque me siento unida a ti.

Clevenger sabía que el hecho de que se sintiera unida a él no tenía nada que ver con él, sino que se debía a la muerte de John Snow. Lindsey era como un átomo de oxígeno: era exquisitamente inestable e intentaba establecer vínculos de forma desesperada. Por un lado Clevenger quería decírselo, explicarle que la atracción que sentía por él se debía sólo a la pérdida repentina de equilibrio que había sentido al morir su padre. Pero no era paciente suya. Era una sospechosa. No le debía una relación psicoterapéutica ni ninguna otra cosa. Era libre de aprovecharse de sus necesidades, de tentarla a que se abriera. Eso es lo que podía hacer falta para destapar un caso de asesinato. Mentiras piadosas del corazón al servicio de la verdad. El asunto no olía muy bien, pero era su asunto. Bajó la mirada y se fijó en sus medias el tiempo suficiente como para que ella notara que la miraba.

—Adelante —dijo Clevenger—. Deseo escucharte. —Sabía que ella sólo oiría la primera palabra: «Deseo».

Lindsey se sonrojó y se mordió el labio inferior.

—La última semana o así antes de morir papá, estaba bastante deprimido. Era como si toda la energía que le había ido llegando lo estuviera abandonando. Dejó de hablar con todo el mundo, incluso conmigo.

Clevenger asintió con la cabeza. Se preguntaba si Lindsey seguía ciñéndose a la teoría del suicidio.

—Así que Kyle decidió coger la pistola de papá para que no se hiciera daño. Al menos eso es lo que dijo.

Clevenger intentó no mostrar ningún sentimiento, a pesar de que sentía que el caso podía estar dando un último giro en su largo y retorcido camino.

—¿Cómo consiguió el arma?

—Papá la guardaba siempre en el mismo sitio: la balda de encima del perchero de las camisas de su armario. Los dos le hemos visto cogerla de allí cuando se iba al trabajo y volverla a poner en su sitio al llegar a casa. Las balas las guardaba en alguna otra parte.

—¿Y tu padre no se preguntó qué había pasado con el arma?

—Kyle se lo contó. Le contó que la había cogido... y por qué.

—¿Tu madre lo sabía?

Lindsey asintió con la cabeza.

Eso podría explicar por qué Theresa Snow había intentado impedir que Clevenger hablara con Kyle.

—¿Y cómo explica Kyle que a su padre lo mataran con esa pistola?

—Dice que sólo la tuvo hasta la noche anterior. Me dijo que papá quería recuperarla, que le amenazó con entregarlo por infringir la libertad condicional. Así que se cabreó y se la dio. —Se le humedecieron los ojos—. Kyle dice que le dijo que adelante, que se pegara un tiro si eso era lo que quería.

—¿Le crees? ¿Crees que devolvió el arma?

Descruzó las piernas y volvió a cruzarlas de una forma que atrajo de nuevo la mirada de Clevenger.

—Yo sólo sé que jamás había visto a Kyle tan feliz como estos últimos días —dijo Lindsey—. Y dice que no puede ir al entierro de papá, que no sería «honesto».

¿Contaba Lindsey la verdad, o estaba intentando acabar con su hermano, castigarlo por desviar la adoración que sentía su padre por ella? Si Clevenger era sólo un sustituto de Snow, quizá Lindsey quisiera que encarcelara a Kyle, lo cual sería el equivalente de desterrarlo a otro estado, como había hecho Snow.

—¿Crees que tu hermano mató a tu padre? —le preguntó Clevenger.

—No quiero creerlo, pero... —Apartó la mirada.

Clevenger dejó que pasaran unos segundos.

—Gracias por contármelo, Lindsey —dijo.

Ella volvió a mirarlo, inclinó la cabeza y el pelo sedoso le cayó como una cascada y le tapó medio rostro.

—Bueno, ¿nada más?

—Seguiré con tu hermano y veremos adónde nos lleva esto.

—¿Adónde nos lleva lo nuestro? —preguntó Lindsey con voz quejumbrosa.

Clevenger quería evitar herirla. No formaba necesariamente parte del trabajo.

—Por muy guapa que seas, Lindsey —le dijo con toda la delicadeza que pudo—, y por mucho que quiera estar contigo fuera de la consulta, no puedo.

—¿Nunca?

Esa pregunta dejó claro que Lindsey estaba dispuesta a esperarlo durante muchísimo tiempo. Quizá para siempre. Y eso ayudó a Clevenger a ver de nuevo que su droga no era el sexo con su padre, sino la posibilidad de tener relaciones sexuales con él. Snow la había atado a él adorándola más que a los demás, sin haberla llegado a tocar jamás en realidad. Lindsey buscaba al siguiente suministrador de esa adoración, no al siguiente amante.

—Eres demasiado guapa como para decir «nunca» —le dijo Clevenger.

Lindsey estaba radiante.

—No estás con... —Señaló con un movimiento de la cabeza en dirección a la mesa de Kim Moffett.

Él negó con la cabeza. Lindsey respiró hondo y soltó el aire.

—Genial. Así pues, ¿te doy tiempo y ya está?

—Dame tiempo.

—Ya entiendo.

Se levantó y empezó a ponerse la chaqueta.

Él se levantó y la miró. Era una joven preciosa. Ni siquiera era una mentira piadosa.

—Eres extraordinaria, ya lo sabes —le dijo.

Por primera vez Lindsey parecía desconcertada.

—Y no sólo porque lo pensara tu padre, o porque lo piense yo.

—¿Qué quieres decir?

—Quiero decir... —Se dio cuenta de que hablaba un lenguaje que ella no podía comprender. No entendería que le dijera que otros hombres no sólo la encontrarían deseable sino que obrarían en consecuencia, que serían honestos con ella en todos los sentidos. La autoestima le había venido siempre dada por cómo se veía reflejada en los ojos de John Snow—. Ahora no tiene importancia.

Pareció contenta de dejarlo ahí.

—Hasta luego.

—Cuídate.

Salió de la consulta. Kim Moffett entró a los diez segundos.

—Whitney McCormick está al teléfono —dijo.

A Clevenger sólo le bastó oír el nombre para oler su perfume, imaginar sus dedos moviéndose por su pelo. Alucinaciones de enamorado.

—Gracias. —Esperó a que Moffett se fuera y descolgó el auricular—. Whitney.

—He hablado con mi padre —dijo McCormick.

Él no dijo nada.

—Se solicitaron dos patentes para un sistema de estabilización de vuelo, registradas conjuntamente a nombre de Snow-Coroway, InterState Commerce y Lockheed Martin.

—Coroway me mintió en Washington —dijo Clevenger—. Él y Reese se hicieron con el Vortek. Snow cumplió. Ya no le necesitaban.

—Conozco ese sentimiento. Debe de ser contagioso.

—Escucha —dijo Clevenger—, antes me he equivocado al sacar el tema de la forma como lo he hecho. Yo...

—Podrías haber dicho simplemente: «Es un placer hacer negocios contigo» —dijo con frialdad.

—¿Cuándo podré verte?

McCormick colgó.

El Four Seasons

Tan sólo veinte días antes
13:45 h

*E*staba impaciente por verla, por contárselo. Llevaba una camisa azul cielo de Armani y un traje azul oscuro también de Armani que había comprado en Newbury Street el día anterior; un cinturón negro de piel de cocodrilo; mocasines negros y brillantes. Iba recién afeitado y llevaba el pelo cortado a la perfección. Estaba de pie junto a la ventana que daba al Public Garden y la vio bajarse de un taxi en la acera. El frío viento invernal le agitó el pelo caoba.

Se dirigió a la entrada del hotel.

En dos semanas todo había cambiado. Dos semanas antes, él le había dicho que tenían que dejar de verse, que el hechizo con el que ella lo había embrujado hacía meses y que lo había sustentado tras el ataque era inútil. Su vida había tocado fondo, era incapaz de dar el paso final para crear el invento con el que tanto le costaba dar. En realidad, el Vortek era una ilusión. Y él, un farsante.

Su hija se había enterado de su aventura y le rehuía. Su hijo se había apartado de él. Incluso su propia inventiva lo había abandonado. Nunca se había sentido tan solo, tan indigno de recibir amor. Pero entonces Grace le dijo que prefería morir a vivir sin él, que llevaba un hijo suyo en el vientre.

Lo quería. Más que a la vida misma. Y eso cambiaba las cosas. El amor de Grace abrió una puerta cerrada en su interior, otra vez.

El hielo empezó a fundirse. El engranaje de su mente empezó a ponerse en funcionamiento. Las ruedas giraban. Tenía sueños en los que ecuaciones enteras se solucionaban solas, con lo que cada vez reunía más y más piezas del rompecabezas que estaba resolviendo.

Llamaron a la puerta de la suite. Se dirigió a ella y abrió. Al principio, Grace parecía estar agotada y preocupada. Pero se le iluminó la cara al verlo.

—Pareces un hombre nuevo —dijo.

—Me siento un hombre nuevo.

Entró en la suite y se volvió hacia él.

Él cerró la puerta y le mostró su diario, abierto por un retrato de ella que había dibujado con números, letras y símbolos matemáticos.

—¿Qué es esto? —preguntó ella, sonriendo. Se lo cogió.

—El Vortek —dijo él.

Grace lo miró pidiéndole una explicación.

—Cada vez que topaba con un obstáculo, pensaba en ti. Me imaginaba tu cara. —Alargó la mano y le tocó ligeramente la mejilla—. Siempre funcionaba. Así que cuando llegó el momento de dar el paso final y escribir la solución completa, decidí tenerte presente todo el rato. Y todas las piezas del dominó cayeron. —Señaló el dibujo con la cabeza—. Si pones derechas las curvas y separas las líneas, tienes veintinueve ecuaciones: el plano para volar sin que los radares te detecten, como un fantasma.

—Lo has conseguido —dijo ella asombrada.

—Lo hemos conseguido.

—No. —Grace negó con la cabeza.

—Esto ha sido una empresa conjunta.

De nuevo parecía preocupada.

—¿Qué? —Le preguntó él—. Ahora nada se interpondrá entre nosotros.

Grace se echó a sus brazos y enterró la cara en el cuello de él.

—Te quiero —susurró—. Estoy orgullosa de ti. Nada tendría que haberse interpuesto entre nosotros, para empezar.

20

$\mathcal{M}$ike Coady recogió a Kyle Snow en la casa de Brattle Street y se lo entregó a Clevenger en la jefatura de la policía de Boston. Fue de forma voluntaria, sin duda para eludir otro análisis de drogas que lo habría vuelto a mandar a la cárcel por infringir la libertad condicional.

Clevenger y él se sentaron uno frente al otro, esta vez en la misma sala de interrogatorios en la que Clevenger se había visto con George Reese. Coady miraba desde detrás del espejo unidireccional.

—Háblame de la pistola de tu padre —le dijo Clevenger.

—¿Qué quiere saber?

Clevenger permaneció en silencio. Vio que las pupilas de Kyle eran como puntitos, a pesar de que la luz de la sala era tenue. Estaba colocado, probablemente de Percocet u Oxycontin.

—No sé de qué me habla —dijo Kyle—. No sé nada de...

—La guardaba en su armario, ¿no? En la balda de encima del perchero de las camisas.

Kyle se encogió de hombros.

—Entiendo lo que pasó, Kyle. Te hizo caso por primera vez en tu vida y luego se apartó de nuevo. Reabrió la herida. Una herida muy profunda.

—Ya le dije que no podía hacerme daño. Nunca esperé nada de él.

—Uno no va en busca de narcóticos a no ser que se sienta desnudo y vacío por dentro. Y viste la oportunidad de liberarte de ese dolor. No pudiste contenerte. No a los dieciséis años.

Kyle se apartó el pelo de la frente y se inclinó hacia Clevenger.

—Usted no sabe una mierda de mí.

—Así que le cogiste la pistola... del armario.

—¿Eso quién lo dice?

—Dijiste que se la devolviste la noche antes de que lo asesinaran. —Clevenger miró a Kyle a la cara y vio que tenía los ojos entrecerrados y la mandíbula tensa—. Pero no lo hiciste.

—¿Se lo ha contado mi hermana?

—Eso da igual.

Kyle parecía muy enfadado.

—Menuda zorra.

—En el arma no aparecieron las huellas de tu padre —dijo Clevenger—. Si se la devolviste y él mismo se disparó, habrían aparecido. Alguien limpió la pistola. No me imagino a tu padre haciéndolo. —Alzó un poco la voz—. ¿Para qué iba tu padre a limpiar su propia arma antes de dispararse?

A Kyle se le movían sin parar los músculos de la mandíbula.

—Sabemos que fuiste la última persona que tuvo la pistola de tu padre. Sabemos que estabas cerca del Mass General la madrugada que recibió el disparo. Sabemos que lo odiabas. Todo cuadra. Por eso cuando le pedí a tu madre que nos dejara entrevistarte, dijo que no.

—Yo no lo asesiné —dijo Kyle mientras se le humedecían los ojos.

—¿No? —Clevenger lo presionó—. Me dijiste que querías que muriera. Querías ver cómo lo mataban. Y ahora tengo que creerme que cogiste el arma y no...

311

—Se la cogí para que no se suicidara. Pero no pude quedármela.

—¿Por qué no?

—Porque quería utilizarla.

—Ayúdame a entenderlo: estás muy preocupado porque quizá se suicide, ¿pero no puedes quedarte el arma porque temes matarlo tú mismo?

Tras haberlo dicho, Clevenger se dio cuenta de que podía ser perfectamente cierto. Kyle estaba igual de necesitado de su padre que de enfadado con él. De todas formas, siguió insistiendo, porque sentía que la verdad estaba a punto de salir a la luz.

—No —le dijo—. Querías usarla y la usaste. Lo mataste. Mataste a tu padre.

—¡No! —gritó Kyle, y las lágrimas empezaron a resbalarle por la cara—. Quería matarlo, por eso la di.

—La diste —repitió Clevenger fingiendo estar enfadado—. ¿Qué hiciste, fuiste a Harvard Square y se la entregaste a un estudiante universitario? ¿Quién coño iba a cogértela?

—Collin —soltó, y se tapó la cara con las manos—. Se la di a Collin.

—Se la diste a Collin. —Clevenger hizo una pausa—. ¿Por qué? —preguntó en voz baja—. ¿Por qué a Collin?

—No lo sé. —Kyle hablaba ya entre sollozos—. ¿Por qué no nos deja en paz de una vez? Déjenos en paz de una vez.

Clevenger asintió. Observó a Kyle llorar tapándose la cara con las manos mientras el eco de su ruego le resonaba en la cabeza. «¿Por qué no nos deja en paz de una vez? Nos.» Y lo vio todo claro. Así es como aparece a veces la verdad: como un submarino que emerge a la superficie o un misil que aparece en la pantalla de un radar. Las raíces de la destrucción, la coherencia de una locura concreta, salían de repente a la luz.

—Entiendo —dijo.

Υ

—¿Le crees? —le preguntó Coady a Clevenger cuando éste entró en la sala de observación.

Clevenger miró a Kyle por el espejo unidireccional.

—No creo que sea el asesino que buscamos.

—A mí también me da esa impresión, lo cual nos lleva de nuevo a Coroway. Si Kyle está dispuesto a testificar y el jurado le cree, tenemos a Coroway en el Mass General con el arma de John Snow. Tenemos un móvil, el hecho de que Coroway de repente tuviera carta blanca para vender el Vortek y sacar a bolsa Snow-Coroway, algo a lo que Snow habría opuesto resistencia. Da la casualidad de que registra el Vortek en la oficina de patentes un día después de la muerte de Snow. Lo único que no tenemos es un testigo. No podemos situarlo en ese callejón. Comprobé los registros de llamadas telefónicas del móvil de Snow. La mañana del asesinato no cogió ninguna llamada de Coroway. Y hay otro problema: no tenemos ningún móvil para que Coroway matara a Grace Baxter.

—Lo traeremos igualmente —dijo Clevenger.

—¿Crees que podemos obtener una confesión?

—Creo que podemos obtener lo que necesitamos.

Coady lo miró con recelo. Clevenger volvió a mirar por el espejo unidireccional.

—Voy a dejarme llevar por la intuición. Necesito a todo el mundo en una sala. A los Snow, a Coroway, a Reese... y a Jet Heller.

—Escucha. Si convoco a Reese, Jack LeGrand vendrá con él. Hay que ser realistas: Reese no dirá nada con su abogado al lado. Y con el comisario ya estamos pisando terreno peligroso.

—La última vez habló mucho, y LeGrand también estaba delante.

313

—Te advierto que ésta será tu última oportunidad con él. ¿Estás seguro de que quieres gastarla ahora?

—Estoy seguro.

—¿En qué estás pensando? ¿En una pequeña terapia de grupo?

—Exactamente. Y tú podrás verlo todo a través del espejo unidireccional.

Coady no respondió de inmediato.

—Más vale que funcione —dijo al fin.

Clevenger se sentó a su mesa de la consulta. Se puso a releer la copia del diario de Snow mientras esperaba que Billy volviera de su entrenamiento de boxeo. Había decidido invitarlo a observar el interrogatorio, para por fin ganarse toda su confianza.

Sonó el teléfono. Lo cogió.

—North quiere hablar contigo —dijo Kim Moffett.

—Pásamelo. —Esperó un segundo—. ¿Qué pasa?

—No sé qué sacar en limpio de esto —dijo Anderson—, pero hace dos semanas se realizó una transferencia importante y muy curiosa en la cuenta de mercado de dinero de George Reese. Y no se trata de un ingreso que cuadre con lo que pudiera obtener por recuperar su inversión en el Vortek. Es una transferencia hecha desde su cuenta.

—¿Cuánto dinero?

—Cinco millones.

—¿A quién?

—A Grace Baxter.

Clevenger tembló, literalmente. Cerró los ojos y se imaginó a Baxter tirando de sus pulseras de diamantes. Sus esposas. «Soy mala persona. Soy una persona horrible de verdad.»

—¿Qué te parece? —preguntó Anderson—. ¿Una especie de pago antes de separarse?

Clevenger abrió los ojos. Sintió una tristeza enorme en el estómago: por Baxter, por Snow, por la infinidad de personas que intentan liberarse de lo que son y lo único que consiguen es hundirse en las arenas movedizas de la vida que tan desesperadamente quieren dejar atrás.

—Todas las piezas del rompecabezas encajan ya —le dijo a Anderson.

315

21

George Reese, el abogado Jack LeGrand, Theresa, Lindsey y Kyle Snow, Collin Coroway y Jet Heller estaban sentados alrededor de la larga mesa de la sala de interrogatorios.

Clevenger, North Anderson, Mike Coady y Billy Bishop los miraban desde la sala de observación.

Nadie de la sala de interrogatorios miró a nadie durante aproximadamente el primer minuto. Por fin Kyle miró furtivamente a Coroway, quien meneó la cabeza en su dirección con un paternalismo que a Clevenger le revolvió el estómago.

LeGrand miró el reloj.

Heller, con los ojos inyectados en sangre y el pelo largo y despeinado, miraba la mesa.

Theresa Snow le apartaba a Lindsey el pelo de la cara.

Reese y Coroway establecieron contacto visual y lo mantuvieron unos instantes.

Clevenger observó a Billy viendo la escena desde el espejo unidireccional, y en lugar de sentirse cohibido porque había invadido su espacio, en lugar de preocuparse por el hecho de que exponerlo a la delincuencia podía convertirlo en un delincuente, lo que sintió fue agradecimiento porque estuviera allí, porque quisiera estar allí.

—¿Todo preparado? —le preguntó Coady a Clevenger. Ya le había contado a Coady su plan.

—Todo preparado —respondió.

—Suerte —dijo Coady—. Si funciona, quedará en los anales.

Clevenger abandonó la sala de observación y entró en la de interrogatorios. Se sentó a la cabeza de la mesa, en el extremo opuesto a George Reese y Jack LeGrand. Collin Coroway estaba sentado a un lado, junto a Jet Heller. La familia Snow estaba sentada delante de ellos.

Clevenger miró alrededor de la mesa.

—¿Alguien quiere empezar? —preguntó.

Reese se movió en la silla.

—No sé a qué está jugando, doctor —dijo LeGrand—, pero si no tiene ninguna pregunta en concreto, a mi cliente le gustaría volver a su trabajo en el banco.

—El banco —dijo Clevenger—. Es tan buen sitio para empezar como cualquier otro. —Miró a Coroway—. El señor Reese y el Beacon Street Bank invirtieron en Snow-Coroway Engineering. ¿Es eso correcto?

—Sí, así es —respondió Coroway, sin demostrar ninguna emoción.

—Fue una inversión sustanciosa —dijo Clevenger, mirando a Reese—. ¿Es eso correcto?

Reese no contestó.

—Veinticinco millones de dólares —añadió Clevenger—. Y el Beacon Street Bank no está exactamente hecho de granito. Está nadando contra una marea de préstamos en mora. Una pérdida de veinticinco millones de dólares podría mandarlo al tribunal de quiebras.

—Mi cliente no dirige una empresa pública —dijo LeGrand—. Sus activos son cosa suya. Y me gustaría que se abstuviera de insinuar que su negocio no es solvente.

—Pido excusas —dijo Clevenger, y se giró hacia Theresa Snow—. Su marido estaba a punto de inventar algo que habría resuelto los problemas financieros del señor Reese muchas veces —dijo—. Por no hablar de hacer al señor Coro-

317

way incluso más rico de lo que era. Muchísimo más rico. Pero luego todo se torció. Algo impedía a su marido avanzar. Llámelo bloqueo mental. Y cuando intentó abrirse paso... Bueno, todos sabemos —prosiguió Clevenger mientras miraba alrededor de la mesa— que John Snow tenía epilepsia. Demasiado estrés, un problema que no podía resolver, y en su mente se producía un cortocircuito. Ahora bien, quizá esos ataques fueran reales, o quizá no. En cualquier caso, lo atormentaban. De eso estamos seguros. Y ése fue uno de los motivos por los que iba a someterse a una neurocirugía. Estaba harto de sus limitaciones. —De nuevo fijó su atención en Theresa Snow—. Usted lo sabía.

Ella apenas asintió con la cabeza.

—Todos ustedes lo sabían —dijo Clevenger mientras escudriñaba al grupo. Se quedó unos segundos mirando a Heller para asegurarse de que no se venía abajo—. Así que la cuestión era cómo ayudar a John Snow a salvar ese último obstáculo creativo. ¿Cómo inspirar a un genio cuyo cerebro, o mente, no puede recorrer el último kilómetro? —Clevenger se encogió de hombros—. ¿Alguien quiere lanzar una suposición? —Esperó; nadie se lanzó—. Bueno... —Miró al otro extremo de la mesa, a George Reese—. ¿Y si se enamoraba?

Reese se giró un poco en su asiento y apartó la mirada.

Pareció que Jack LeGrand se preguntaba por qué Reese tenía aspecto de no sentirse cómodo.

—La cosa es más o menos así —dijo Clevenger, sin dejar de mirar a Reese—. Su mujer llega un día a casa y le dice que ha hecho una buena venta en su galería de arte. Doscientos mil dólares. Un solo cuadro. Y resulta que es un cuadro de ella. —Se detuvo y miró un momento a Theresa Snow, quien apartó la mirada—. Está orgullosa de sí misma porque sabe que, económicamente, las cosas están bastante mal. Lo que siempre le ha importado, que resulta ser el dinero, se está acabando.

—Según usted —dijo LeGrand.

Clevenger no esperó.

—Y usted, señor Reese, como cualquier marido habría hecho, pregunta quién es el comprador. Al fin y al cabo, alguien debe de haberse prendado de su mujer. —Reese lo miró desde la otra punta de la mesa, y Clevenger siguió hablando—. Ella le cuenta que el hombre se llama John Snow, es ingeniero aeronáutico y tiene su propia empresa. Es extremadamente inteligente, pero bastante torpe para el trato social. Es raro. Parece que ella lo haya cautivado, casi embrujado. A ella le parece que podría venderle cualquier cosa. Encuentra la situación casi divertida. Y a usted el cerebro se le pone en marcha. —Miró a Reese a los ojos—. ¿Quiere seguir usted?

—Váyase a la mierda —dijo Reese.

Clevenger vio que Coroway levantaba los dedos de la mesa para indicarle a Reese que no perdiera el control. Lo miró con detenimiento.

—El señor Reese tiene un asiento en primera fila para el enamoramiento de John Snow de su mujer, porque Snow tiene la mala costumbre de confiar en su socio. Y usted nunca lo había visto tan activo, señor Coroway, como el día que lo vio por primera vez con Grace Baxter. Nunca lo había visto tan vivo. —Clevenger se detuvo—. Usted y el señor Reese idearon un pequeño plan. ¿Por qué no dejar que Grace Baxter fuera la musa de John Snow? Si ya tiene la información que necesitan, quizá se la revele a ella. Si de verdad está bloqueado, quizá ella pueda motivarlo para recorrer el último kilómetro, para llevar a cabo el último salto creativo. Después de todo, no sería el primer gran artista o intelectual al que inspirara una mujer hermosa. —Clevenger se encogió de hombros y miró de nuevo a Reese—. Ya está medio enamorado de ella. Y no es muy probable que ella se enamore de él. El hombre apenas es capaz de vestirse solo.

Clevenger pensó que Billy estaba en la sala de observación,

319

preparado para lo que en breve vería y oiría. Se esforzó por seguir centrando la atención en el grupo sentado a la mesa.

—En realidad, nadie habría pensado jamás que Grace Baxter y John Snow pudieran tener una relación seria. —Se volvió para mirar a Theresa Snow—. Desde luego, usted no. Por eso no se opuso al plan cuando Collin Coroway se lo confió. Usted sabía que la pasión de su marido se limitaba a su ciencia. No era precisamente un romántico, no iba a quitarle una joven glamurosa a su marido multimillonario. Así que cuando colgó un retrato de Grace en su casa, usted se fijó en el premio: en el invento y el dinero que obtendrían si Snow-Coroway Engineering salía a bolsa. Hizo lo que le pareció que tenía que hacer para lograr que superara el bloqueo mental. Si su musa necesitaba un poco de espacio en la pared encima de la repisa de la chimenea, que así fuera.

Lindsey Snow miró horrorizada a su madre.

—¿Lo sabías? ¿Desde el principio?

Su madre no respondió.

Clevenger esperó varios segundos.

—Claro que lo sabía —dijo.

A Theresa Snow se le endureció el rostro; su aspecto era horrible. Tenía la mirada dura y los dientes un poco al descubierto. Por primera vez parecía lo que era: una mujer triplemente despreciada. Primero, por el amor de su marido por la invención; después, por la adoración que sentía por su hija; y luego, por su pasión por otra mujer.

Clevenger se dirigió a Coroway.

—Y usted sabía algo más de John Snow, porque también se lo había contado. Usted sabía que lo más probable era que tras someterse a la intervención, fuera un hombre muy distinto, que empezara de nuevo. Una tábula rasa.

—No tengo por qué estar aquí sentado escuchando estas tonterías —dijo Coroway.

—Sí tiene —dijo Clevenger—. Sí tiene porque a Theresa

no se la acusará de nada. Sabía que Grace Baxter estaba seduciendo a su marido. Sabía que todo estaba arreglado. Pero eso no es delito. Usted fue quien le disparó.

Heller se levantó y fulminó a Coroway con la mirada.

—Eres un cabrón hijo de...

Clevenger puso una mano encima del brazo de Heller. Coroway no dijo nada.

—Mire, Collin, puede que todos los presentes sean culpables de algo, pero irá a la cárcel solo. Porque actuó solo.

—Yo le di el arma —dijo Kyle Snow con la voz temblorosa.

Clevenger lo miró y luego volvió a mirar a Coroway.

—Kyle le dio el arma de su padre. Y se siente muy culpable de haberlo hecho, porque en el fondo sabía con exactitud qué haría usted con ella. Había pensado muy seriamente en hacerlo él mismo.

Coroway miró a Kyle.

—Los asesinos se conocen entre ellos—le dijo Clevenger a Coroway—. Usted mordió el anzuelo. Le utilizó.

—Jamás podrá demostrar nada de todo esto —dijo Coroway.

—Podemos y lo haremos —replicó Clevenger.

—No veo que mi cliente esté en una situación legal complicada —dijo Jack LeGrand, y en su voz se adivinaba cierto nerviosismo—. Si no tiene inconveniente, nosotros nos vamos.

—Yo esperaría —dijo Clevenger, y señaló a Lindsey y a Kyle—. Mire, estos chavales habían sufrido mucho con su padre. Y no tenían ninguna intención de perderlo por culpa de Grace Baxter. Así que Lindsey mandó a su hermano que llevara la carta de despedida de Baxter al Beacon Street Bank para que el señor Reese leyera que su mujer no quería vivir sin su amante, John Snow. —Clevenger miró a Reese a los ojos—. Ésa fue la nota que colocó junto a la cabecera de la cama tras matar a su esposa. También mordió el anzuelo.

—Esto se ha acabado —dijo Jack LeGrand mientras se levantaba.

Reese no se movió. En el fondo todo el mundo quiere oír la verdad.

LeGrand volvió a sentarse lentamente.

—Miren, el plan salió bien —siguió Clevenger—. John Snow y Grace Baxter se veían una y otra vez en una suite del hotel Four Seasons. Ustedes se enteraron pronto de que Snow no ocultaba nada. Era cierto: no daba con la solución final para el Vortek. Pero Grace le infundió una energía que él no sabía que tuviera. Y, literalmente, su mente usó esa energía para atravesar la barrera creativa que había impedido que el Vortek fuera ya una realidad. La utilizó para avanzar intelectualmente como no lo había hecho jamás. Superó el umbral de ataques porque ella hacía que estuviera tranquilo. Grace estaba tan metida en su intelecto e intuición que cuando por fin resolvió el problema con el que tanto había peleado, escribió la solución en el diario en forma de retrato de ella. Dibujó su pelo, sus ojos, su nariz y sus labios con un collage de números y símbolos matemáticos; ecuaciones que daban como resultado la invención que tanto le había costado encontrar.

—No sabía que el diario seguía considerándose una prueba —dijo LeGrand.

—Resulta que tengo una fotocopia que hizo mi hijo antes de que el FBI interviniera —dijo Clevenger—. Y también consta como prueba el registro de la transferencia de cinco millones que el señor Reese realizó a la cuenta de su esposa como pago por seducir a John Snow. Recibió el dinero el día después de que el Vortek se patentara.

—Muy interesante —dijo LeGrand—, pero en realidad lo único que demuestra su teoría es que mi cliente y su mujer estaban completamente comprometidos el uno con el otro. Ella habría hecho cualquier cosa por él, y viceversa. La única persona que tenía un motivo de verdad para matar a Grace era la señora Snow, la mujer de John. Es a la única persona a la que él traicionó.

Theresa Snow no respondió.

—Eso podría ser cierto si el plan hubiese salido tan bien como su cliente creía que saldría —dijo Clevenger—. Pero salió demasiado bien. No sólo John Snow se enamoró de Grace Baxter, sino que ella se enamoró de él. Esperaba un hijo suyo. Y quería tener al bebé.

Lindsey Snow se estremeció. Theresa Snow se dio literalmente la vuelta. Reese se puso en pie.

—¡Eso es mentira! —dijo.

LeGrand lo cogió e hizo que se sentara de nuevo. Clevenger observaba cómo Reese intentaba controlarse.

—El problema fue que nadie, y eso lo incluye a usted, señor Reese, tuvo en cuenta el hecho de que John Snow era un individuo extraordinario. No era un figurín, no era un atleta. Se sentiría perdido en esas fiestas lujosas que organizan ustedes. Pero tenía un cerebro maravilloso. Era un genio. Un inventor. Tenía una imaginación tan poderosa que apenas le cabía en el cerebro. Y eso fue lo que sedujo tanto a su mujer. Porque la verdad es que a ella el dinero nunca la satisfizo. El dinero tenía secuestrado lo mejor de ella. Pero ella era mucho más profunda de lo que usted sabía. De lo que ella sabía. Ni siquiera el pago de los cinco millones que le había prometido hizo que olvidara a John Snow. —Clevenger observó cómo ese dato se introducía en la psique de Reese—. El día que su mujer no fue al cóctel del banco, usted volvió a casa. Ya había leído la espantosa verdad en su carta de despedida. Amaba a Snow. No quería vivir sin él. Y cuando aquella noche la encontró en la cama con las muñecas abiertas, un día después del asesinato de Snow, no pudo soportarlo más. No iba a morir por aquellas heridas, usted lo sabía. Su mujer ya había jugado antes a los suicidios. Pero esta vez había una diferencia. Esta vez usted ya la había perdido, por otro hombre. Por un hombre muerto. Así que cogió el cuchillo de tapicero y le cortó el cuello.

—Más le vale tener pruebas que lo confirmen... —empezó a decir LeGrand.

—Las heridas eran de dos hojas distintas —le interrumpió Clevenger—. La del cuchillo de tapicero que usó su cliente para cortarle las carótidas a su mujer y la de algo más fino, como una cuchilla de afeitar, que usó ella para lacerarse las muñecas.

El rostro de LeGrand perdió toda compostura.

—La policía no encontró ninguna cuchilla de afeitar ensangrentada porque el señor Reese se deshizo de ella antes de que llegara. —Clevenger hizo una pausa—. A mí me cuadra todo. Y a un jurado también le cuadrará.

—Los mató a los dos —soltó bruscamente Coroway mientras señalaba a Reese—. Kyle entregó la carta de despedida de Grace y el arma de John a la misma persona: George Reese. Él mató a John. Y luego mató a su mujer porque se habían enamorado y en teoría no debían. Yo hice lo mismo que Theresa. Sólo ayudé a mantener viva la fantasía entre ellos. No soy culpable de ningún crimen.

Clevenger lo miró y meneó la cabeza.

—Usted es la piedra angular de este arco, porque una vez hubo conseguido lo que quería de su socio, es decir, el Vortek, le contó la verdad. Le dijo que le habían tendido una trampa. Que se había enamorado de una actriz. Porque en lo más profundo usted lo odiaba, Collin. Odiaba su intelecto. Odiaba el hecho de que él fuera un genio y usted llevara las cuentas. ¿Y encima tener que pensar que acabaría con Grace Baxter? No. Eso no podía soportarlo. Le dijo que lo que él consideraba amor era sólo una artimaña. Lo destrozó. Y entonces fue cuando él dijo adiós. Entonces fue cuando le dijo que dejaba a todo el mundo, que la operación no sólo acabaría con los ataques. Se llevaría todo su dolor porque no se acordaría de ninguno de ustedes.

Heller se agarraba al borde de la mesa. Tenía los nudillos blancos.

—No sé de qué está hablando —dijo Coroway.

—¿Cómo iba usted a dejar libre por el mundo a un hombre con los conocimientos que John Snow tenía sobre armas? Podía compartir sus secretos de empresa. Podía montar su propio negocio y hacer que usted cerrara. Al final todo se redujo a una cuestión de dinero. Así pues, aquella mañana usted fue al Mass General y se las ingenió para encontrarse con él en aquel callejón —prosiguió Clevenger—. Le disparó a bocajarro directamente al corazón. Lo mató antes de que tuviera la oportunidad de renacer.

Heller salió disparado de la silla, se dirigió a Coroway y lo lanzó contra la pared. Empezó a estrangularlo. Lindsey Snow gritó.

—¿Quién era usted para quitarme a mi paciente? —gritó Heller—. ¿Es usted Dios?

Clevenger y Kyle Snow acudieron rápidamente e intentaron apartar a Heller, que no hacía más que apretar el cuello de Coroway.

—¡Íbamos a hacer historia! —gritó furioso.

Se abrió la puerta. Por el rabillo del ojo, Clevenger vio entrar a Mike Coady y a Billy. Coady había desenfundado el arma.

—Doctor Heller —dijo Billy—. No.

Heller lo miró. Luego se miró las manos.

—Por favor —dijo Billy.

Heller soltó poco a poco a Coroway, que cayó al suelo jadeando en busca de aire. Coady bajó el arma.

—Da la casualidad de que llevo dos pares de esposas —dijo Coady mientras miraba a George Reese y las levantaba—. No hay diamantes en ninguna. Tendrá que arreglárselas con éstas.

325

22

*P*oco más de una hora después, Theresa Snow entró en la consulta de Clevenger en el Instituto Forense de Boston. Clevenger la había localizado justo al llegar a su casa y le había dicho que debía verla enseguida.

Clevenger acercó una silla a su mesa y le hizo una señal para que tomara asiento. Él se sentó en la silla de su escritorio.

—¿De qué quiere hablar? —preguntó ella.

—De la verdad.

Sus miradas se cruzaron, y ella la sostuvo.

—¿La verdad sobre qué?

—Sobre John.

—Dígame a qué se refiere.

—Sé qué pasó en realidad, Theresa. Y sé por qué. —Clevenger apartó la mirada—. No estoy orgulloso de lo que he hecho en la sala de interrogatorios, aunque volvería a hacerlo.

Ella permaneció en silencio. Clevenger volvió a mirarla y bajó la voz.

—Sé por qué mató a John. Y no la culpo por haberlo hecho.

—Está usted loco —replicó ella tímidamente.

—Su mente estaba enamorada de la mente de John, pero el resto de usted estuvo muerto todos los años de su matrimonio.

No hubo reacción.

—Siguió a su lado cuando cualquier otra persona se habría ido. Se quedó a pesar de que era cruel con su hijo. Se quedó mientras él prodigaba todo su afecto a su hija. Usted se puso en el último lugar. Lo puso a él en el primero porque era extraordinario.

—Los matrimonios se basan en cosas distintas —dijo ella—. El nuestro se basaba en el trabajo de John.

—Y por eso estuvo de acuerdo con Coroway y Reese. Dejó que le montaran a John una aventura porque sabía lo mucho que sufría cuando se bloqueaba, cuando no podía crear. El Vortek lo torturaba. Y entonces John dio con alguien que le proporcionó una clase de energía nueva, una energía que ustedes dos nunca tuvieron juntos, una energía que era capaz de hacer que su creatividad arrancara. Así que usted sacrificó sus sentimientos de nuevo. Por él.

—En realidad, ella no debía... Ya sabe.

—Acostarse con él.

Parecía que esas palabras la hubiesen herido.

—En teoría, debía decirle que él le importaba mucho, pero que primero tenía que resolver su matrimonio. En teoría, debía encauzar la energía de John hacia su trabajo.

—Hasta que hubiese acabado el Vortek. Entonces todo habría terminado entre ellos.

Theresa asintió con la cabeza.

—Pero no acabó. Para ella no. Ni para él. Todos los años que usted había estado a su lado, todo el sufrimiento de Kyle, no parecían valer para nada. John no quería vivir sin Grace Baxter y, del mismo modo, ella no quería vivir sin él. Así que usted, y no Collin, le dijo a John que habían empujado a Grace a que lo sedujera. Hizo añicos su confianza en ella. Y entonces fue cuando él le dijo que abandonaba... a todo el mundo. Le dijo que la operación los convertiría a ustedes dos en desconocidos.

—Ni siquiera recordaría lo que me había hecho.

—Usted para él no existiría —dijo Clevenger—. Él era quien la amenazaba con aniquilarla. Nadie podía esperar que usted consintiera que eso pasara.

Clevenger deslizó la mano unos centímetros en su dirección, y ella la miró con deseo. Él vio que en su mirada había hambre, hambre de la clase de conexión que su marido había encontrado con otra mujer.

—Hay un motivo por el que nada salió como Coroway y Reese le dijeron que saldría —dijo Clevenger—. A veces, cuando las personas se conocen, sienten algo que jamás habían sentido. Es un encaje perfecto. Un viejo profesor que tuve solía decir que era como encontrar tu *mapa del amor*. Grace Baxter era el de John. Y viceversa.

—¿Algún día podré...? —Theresa lo miró a los ojos.

—Cuénteme qué sintió —dijo Clevenger.

—¿Cuándo?

—Al dispararle.

Theresa dudó.

—Puede contármelo. Todo ha acabado. Acusarán a Reese del asesinato de Grace. Y a Coroway del de John. —Se quedó callado un momento—. ¿Se sintió bien?

Ella cerró los ojos y los abrió, como una gata.

—Me sentí persona por primera vez.

—Por una vez antepuso sus sentimientos a los de él.

—La verdad es que no me creía capaz de apretar el gatillo, pero entonces tuvo la desfachatez de decirme que superara el pasado, que me reinventara a mí misma. ¡Después de haberle entregado toda mi vida! —Theresa movió la mano de forma que ya casi tocaba la de Clevenger—. Lo extraño es que creo que disparándole sí que me reinventé. Creo que cambié toda la arquitectura de mi vida.

—¿Cree que por eso Kyle le dio el arma de John? ¿Para que pudiera escapar?

—Los dos necesitábamos hacerlo.

Clevenger respiró hondo y meneó la cabeza.

—A Coroway le caerá cadena perpetua. No sé si se lo merece.

—Collin, George y yo sabíamos que jugábamos con fuego —dijo Theresa—. Cualquiera de nosotros podía quemarse en cualquier momento.

—Eso es verdad —dijo Clevenger—. Lo que pasa es que nunca se sabe cuándo o cómo ocurrirá.

Clevenger giró la silla en dirección al gran espejo de marco recargado que había en la pared opuesta. Theresa se giró y también miró el espejo. Al verse reflejada, sonrió.

Clevenger alcanzó el botón que había debajo de su mesa. El reflejo de ambos se fue desvaneciendo poco a poco, y las luces de la consulta fueron atenuándose. El espejo se volvió transparente y se pudo ver a Collin Coroway, Mike Coady, Billy Bishop y a Jet Heller de pie detrás de él.

—¿Frank? —preguntó Theresa, confundida y nerviosa.

—Perdóneme por montar otra obra teatral a su costa.

—Nadie puede atestiguar nada de lo que le he dicho —protestó Theresa—. Usted es psiquiatra. Ésta es su consulta.

—Pero no soy su psiquiatra. Y esto no es una terapia. Es la investigación de un asesinato.

Se le llenaron los ojos de lágrimas.

—¿Ha sido Kyle? ¿Se lo ha contado él?

—Kyle jamás la traicionaría. Durante todos estos años sólo la ha tenido a usted —dijo Clevenger—. Lo que pasó es que no me cuadraba que le diera el arma de John a Collin. Su hijo es demasiado inteligente para eso. Quería que su marido muriera. El único motivo que tenía Collin para matar era el dinero, y ya tenía una fortuna. Pero usted... Usted mataría por pasión, por celos, por rabia. Usted mataría por los mismos motivos por los que George Reese mató a Grace, porque no aguantaba imaginar que su pareja pudiera renacer. No cuando usted había soportado durante tanto tiempo un matrimonio que estaba muerto.

La puerta de la consulta se abrió. Coady entró con las esposas en la mano.

—Creía que me entendía —dijo Theresa en un tono sumamente vulnerable—. Creía... ¿No siente nada por mí?

—Sí —respondió Clevenger—. Me siento mal por no habernos conocido como médico y paciente antes de que ocurriera todo esto. Quizá así habría tenido una oportunidad de ser libre de verdad en lugar de vivir entre rejas.

Billy Bishop se sentó en el asiento situado junto a la ventana, en el extremo opuesto a la mesa de Clevenger. Había sabido cómo se desarrollaría el drama en la jefatura de la policía de Boston.

—Así pues, ¿quién crees que te voló la camioneta —le preguntó a Clevenger.

—Me apuesto lo que quieras a que fue Kyle Snow —contestó él—. Tenía motivos y sabe algo de explosivos, pero no puedo demostrarlo.

—Yo lo veo igual —dijo Billy—. Ayudó a que mataran a Grace Baxter y a su padre, y casi te mata a ti. Todo porque se odia a sí mismo. Se lo veo en los ojos. En la vida va a necesitar más Oxycontin que ahora.

—Cada vez se te da mejor.

—El doctor Heller ha estado muy convincente ahí dentro. Sabe actuar.

—No tiene ninguna intención de cambiar de trabajo. Me ha dicho que se tomará una semana de vacaciones y que después tiene programado un caso muy importante. Otra niña. Ésta tiene un tumor.

Billy se estremeció.

—¿Crees que estará lo suficiente calmado?

—Se recuperará —respondió Clevenger—. El caso de John Snow está cerrado, en parte gracias a él... y a ti.

Parecía que Billy tuviera algo importante que decir, pero que no encontrara las palabras.

—Estoy seguro de que podrías presenciar las operaciones si quisieras —dijo Clevenger—. Le encanta tenerte en el quirófano. Y te aseguro que a mí no me importa.

—No pensaba en el doctor Heller.

Clevenger esperó.

—He hablado con Casey sobre el bebé —dijo Billy—. Anoche a última hora.

Menuda transición. Clevenger quería ayudarle a ser objetivo.

—Ya te dije que todavía es demasiado pronto para saber si de verdad querrá tenerlo —dijo.

—Lo sé —dijo Billy—. Pero le dije que no pasaba nada si lo tenía.

A Clevenger no se le ocurría ninguna respuesta rápida.

—A ver, es una persona, ¿verdad? —añadió Billy—. O tiene posibilidades de serlo. Así que si ya la quiere, no seré yo quien la obligue a hacer algo que no desea, algo de lo que quizá se arrepienta el resto de su vida.

Aquello sonaba de maravilla. También sonaba a primer paso de un camino muy largo y muy duro.

—Parece que quieres a esa chica —le dijo Clevenger.

Billy se puso incluso rojo, se miró los pies un momento y luego volvió a mirar a Clevenger.

—¿Has llamado a Whitney?

—Todavía no.

Billy meneó la cabeza.

—Nos vemos en el *loft*. —Y se levantó.

Clevenger también se levantó.

Se dieron un abrazo que duró unos segundos más que el breve abrazo típicamente masculino que solían darse.

331

Billy se fue.

Clevenger se sentó de nuevo. Miró el teléfono durante diez, quince segundos antes de descolgar el auricular. Marcó el número de Whitney McCormick de Washington. Escuchó cómo el teléfono de ella sonaba una, dos, tres veces.

—¿Diga? —contestó Whitney.

—Soy Frank.

Silencio.

Clevenger miró por la ventana al puerto de Chelsea, de aguas de color azul intenso, y espumosas debido al viento invernal e incesante que soplaba.

—No quiero que esto... que lo nuestro acabe.

Clevenger oía la respiración de McCormick, pero ella no le dijo nada.

—Creo que deberíamos intentar pasar más tiempo juntos, no menos, porque conocer a alguien que te haga sentir que podrías ser más de lo que eres no es nada habitual. Y la verdad es que ahora pienso eso. Es algo que pasa una vez de cada millón. Y creo que a nosotros nos pasa.

Ella seguía sin responder. Clevenger suspiró.

—O nos pasaba.

—Nos pasa —dijo ella.

Clevenger cerró los ojos.

—Quiero verte.

—¿Me das un poquito de tiempo?

—Desde luego. —Abrió los ojos.

—Y creo que será mejor que nos veamos en el Ritz —dijo ella—. Tenemos que instaurar nuestra propia tradición.

Agradecimientos

*E*stoy enormemente agradecido a mi corrector, Charles Spicer, a mi agente, Beth Vesel, y a mis editores, Sally Richardson y Matthew Shear, a quienes les importa tanto su trabajo, y el mío. Ningún escritor puede estar mejor acompañado.

Las primeras lecturas que realizaron Christopher Keane, Jeanette y Allan Ablow, Paul Abruzzi, Stephen Bennett, Charles *Red* Donovan, Julian y Jeanne Geiger, Michael Homler, Rock Positano y el abogado Anthony Traini tuvieron un valor incalculable.

Mi amigo, colaborador y coterapeuta, el caballero de genio indomable J. Christopher Burch, estuvo en cada paso del camino.

Finalmente, doy las gracias a mi esposa, Deborah, a mi hija, Devin, y a mi hijo, Cole, por recordarme constantemente lo mágica y conmovedora que puede ser la vida.

Este libro utiliza el tipo Aldus, que toma su nombre
del vanguardista impresor del Renacimiento
italiano Aldus Manutius. Hermann Zapf
diseñó el tipo Aldus para la imprenta
Stempel en 1954, como una réplica
más ligera y elegante del
popular tipo
Palatino

* * *

* *

*

Asesinato suicida se acabó de imprimir
en un día de invierno de 2006,
en los talleres de Puresa,
calle Girona, 206
Sabadell
(Barcelona)

* * *

* *